Impressum

Bibliografische Information der Deutschen Nationalbibliothek: Die Deutsche Nationalbibliothek verzeichnet diese Publikation in der Deutschen Nationalbibliografie; detaillierte bibliografische Daten sind im Internet über http://dnb.dnb.de abrufbar.

© 2018 Astrid Korten
http://www.facebook.com/Astrid.Korten.Autorin
Website: www.astrid-korten.com
Twitter: https://twitter.com/charbrontee
Google: Astrid Korten
Lektorat: Christine Hochberger, Buchreif
Korrektorat: Melanie Hinterreiter
Bildnachweis: ©Shutterstock /PicFine / © Ebru Sidar / Trevillion Images
Covergestaltung ©ZERO Werbeagentur München
Alle Rechte vorbehalten. Das Werk darf – auch teilweise – nur mit Genehmigung der Autorin wiedergegeben werden.
Herstellung und Verlag:
BoD – Books on Demand, Norderstedt
ISBN 978-3-7528-6169-3 / € 9,90

Recht und Unrecht, Irreführung und Rache.

Wenn nur wenige Beweise existieren, ist die Tat dann nicht geschehen? Um ein Verbrechen aufzuhalten, müssen wir zunächst daran glauben.

Das größere Verbrechen ist das Schweigen.

4

Über das Buch

„Sein Tod hat sich wie Stacheldraht um mich gewickelt. Ich kenne die Wahrheit und ich will Vergeltung ..."

Lynn-Elisabeth von Raaben erlebt den dunkelsten Tag ihres Lebens, der ihr schönster hätte werden sollen. Benedikt, ihr Verlobter, verunglückt tödlich auf dem Weg zu seiner Braut.
Sieben Jahre später erhält Lynn den Anruf einer Frau, der sie völlig aus der Bahn wirft und der Benedikts Unfalltod in ein anderes Licht rückt.
Sie trifft eine folgenschwere Entscheidung.
Als wenig später ein Mord geschieht, stürzt Lynn in den Abgrund ihrer eigenen Vergangenheit ...

Ein erschütternder Psychothriller um Opfer und Täter, um Irreführung, Rache, um tiefen Hass und einer erschütternden Wahrheit. Nach einer wahren Begebenheit.

Erste Stimmen:

"Dieser Thriller verdient das Prädikat wertvoll, denn er ist so intensiv und fesselnd, dass man das Ende des Buches fürchtet und sich doch nicht daraus lösen kann." **WAZ**

„Ein erschütternder Psychothriller um Opfer und Täter, um Recht und Unrecht, um Irreführung und Rache, der in seiner Größe an Dürrenmatts Besuch der alten Dame erinnert." **JayL**

5

„Das ist für mich der bis jetzt beste und vor allem tiefgreifendste Thriller, den ich bisher von der Autorin gelesen habe – und ich kenne sie alle." Christine Hochberger

„Erschütternd und ganz groß." **Susanne Paraquin**

„Niveauvoller Thriller der Extraklasse." **Vronika22**

„Ein ungewöhnlicher Psychothriller, der leise beginnt, sehr bewegt, nachhallt und mich absolut überzeugt hat." **Ursula K.**

„Grandios – Astrid Korten übertrifft sich selbst. Ein Psychothriller der Meisterklasse, der ein Thema aufgreift, das selbst den hartgesottensten Leser in seinen Standfesten erschüttern wird. Für mich das beste Werk der Autorin." **Melanie Hinterreiter**

„Ein Psychothriller der auf ganzer Linie überzeugt, bewegt und mich fassungslos zurücklässt!" **Bücherseele79**

„Bewegend und zugleich erschütternd. Mich wird die Handlung gedanklich auf jeden Fall noch lange begleiten." **Jeanette Lube.**

6

Widmung

Für Christine Hochberger, die mir immer wieder meine ewigen Zweifel nimmt.

„Sie"

Tagebucheintrag, Dezember 1965

Die Nacht schärft ihre Sinne

Ein Wohnviertel.
St. Pieter, ein Villenviertel in Maastricht, nur zehn Geh-Minuten von der historischen Altstadt entfernt.
Perfekte Vorgärten.
Pleasant Ville.
Auf der einen Straßenseite sauber aneinandergereihte Einfamilienhäuser, auf der anderen die freistehenden Anwesen.
Mittendrin ein hübsches Einfamilienhaus.
Die Nacht schärft dort die Sinne.
Die Schatten und die Geräusche kommen, die Geheimnisse vertiefen sich.
Ein Fenster.
Die Augen eines Teddybären funkeln böse in der Finsternis.
„Sie" stehen dicht nebeneinander. Lockige Haare umrahmen ihre schönen Gesichter. Ihre Haltung verspricht nichts Gutes, sie haben eine Schere und ein Rasiermesser bereitgelegt.
Gemeinsam üben sie an dem Teddybären und rasieren ihm den Kopf, lächeln zum Schluss.
Ein Junge betritt den Raum.
Er starrt seinen Teddy an, will sprechen. Der Klang seiner Stimme ist verloren.
Sein Wispern soll aufhören, denken „sie".
Ein Schrei.
Das Undurchdringliche.
Die Stille.

Am nächsten Morgen wachen „sie" schweißgebadet auf. Sie starren

8

auf den schlafenden Jungen, lächeln und streicheln ihn.

Die Schleusen ihrer Erinnerung an die vergangene Nacht sind offen und sie können den Fluss von Bildern und Geräuschen, die in ihre Köpfe strömen, nicht aufhalten.

Sie wollen mehr.

Prolog

6. Mai 2010

Er war glücklich.

„Nach 15.00 Uhr wird alles anders sein."

War es der Wind, der ihm die Worte zuflüsterte und durch sein Haar blies? Er wollte seiner Braut nicht mit einer zerzausten Frisur entgegentreten. In der Innentasche seines Jacketts war ein Kamm, den seine Mutter ihm zugesteckt hatte. Auch hatte sie versucht, ihrer Stimme einen missvergnügten Klang zu geben, als sie zum Abschied gesagt hatte, dass seine zukünftigen Schwiegereltern gewiss nicht von seiner Idee begeistert seien, seine Braut auf einem getunten Motorroller zum Standesamt zu fahren, zumal sie ihren weißen Rolls-Royce für die Hochzeit auf Hochglanz gebracht hatten. Aber ihr Lächeln sagte etwas anderes. Seine Mutter hatte einen Mordsspaß bei dem Gedanken.

„Nur ein Emporkömmling fährt mit einem weißen Rolls-Royce zum Standesamt, Mom. Wir werden die Dinge anders regeln, wir knattern zum Amt."

„Du bist dir sicher, dass Lynn nicht so ein Sissi-Kleid anziehen wird? Dann wird es schwierig, sie dort hinzubringen."

„Kein Sissi-Kleid für diese Braut, Mom."

„Aber was, wenn es regnet, Junge?"

„An unserem Hochzeitstag gibt es keinen Regen!"

Nach dem heutigen Tag würden Lynn und er selbstbestimmt sein. Nach 15.00 Uhr!

Der Krawattenknoten schnürte ihm fast die Kehle zu. Er versuchte, ihn ein wenig zu lockern. Dieser Affenanzug war erst recht ein Zugeständnis, zu dem er nur widerwillig bereit gewesen war. Seine Schwiegereltern waren der Meinung, dass zu einer Frau im Hochzeitskleid ein Mann im Frack gehörte, dass einen solchen Frack nur Männern aus einer höheren sozialen Schicht tragen könnten, und dass er gewiss nie dazu gehören würde. Seine zukünftige Schwiegermutter ließ keinen Zweifel daran, dass sie für ihre Tochter einen Mann aus den eigenen Kreisen bevorzugt hätte. Ein Schwiegersohn

10

mit einem Universitätsabschluss, der während seiner Studienzeit ein Mitglied einer Studentenvereinigung gewesen war, der wohlhabende Eltern hatte und der seine Stimme den Christdemokraten gab. Auf der Liste der geeigneten Schwiegersöhne standen er und seine Eltern auf der Skala von null bis zehn weit unter null. Nein, weder sie noch er würden jemals auf dieser Liste stehen. Dessen ungeachtet heiratete er heute ihre Tochter.

In ein paar Stunden würde der Standesbeamte Lynn und ihn bitten, aufzustehen und sich gegenseitig die rechte Hand zu reichen, um zuerst ihm die Frage aller Fragen zu stellen.

„Benedikt Hallbach, nehmen Sie Lynn-Elisabeth von Raaben zu Ihrer rechtmäßigen Ehefrau, und versprechen Sie, alle Aufgaben wahrzunehmen, die Ihnen das Gesetz der Ehe auferlegt?"

Und er würde sich vergewissern, dass seine Schwiegermutter, Elisabeth von Raaben, sein *Ja*, das in diesem Augenblick schönste Wort der Welt, hören würde.

Lynns Familie mochte ihn nicht. Dennoch würden die Angehörigen seiner zukünftigen Frau akzeptieren müssen, dass er im Frack und mit Roller seine Braut abholte und dass nach der heutigen Trauung ihr Adelsname nur als Geburtsname im Stammbuch erwähnt würde.

„Lynn-Elisabeth Hallbach." Das klang herrlich.

Er lächelte breit. Kein Doppelname, nur Hallbach.

Benedikt hatte die Straße entlang der Gleise für sich allein. Niemand war weit und breit zu sehen. Der Wind spielte mit seinem Haar und ließ ihn erneut lächeln. Er dachte an Lynn, an das Leben, das sie ab morgen führen würden und daran, dass er sich kämmen musste.

Er sah zur Seite. Auf dem Bahngleis spielte ein kleiner Junge mit einem hässlichen Stofftier. Plötzlich blendete die Sonne Benedikt und er nahm das Kind nur noch als Schemen wahr. Der Junge stolperte oder strauchelte, und drehte sich um. Jemand hob das Kind hoch, drückte es an sich und hielt es ganz nah vors Gesicht.

Benedikt hörte in der Ferne den Protest des Kindes, dann Gebrüll, dann verebbte ein Schrei. Vermutlich hatte der Vater seinem Kind eine Tracht Prügel verpasst. Man spielte ja nicht auf den Gleisen. Viel zu gefährlich.

Noch fünf Minuten bis zu seiner Braut. *Lynn ... Unser gemeinsames Leben fängt morgen an.*

11

Plötzlich kam etwas auf ihn zu. Die Sonne blendete ihn, er blinzelte, musste ausweichen!

Er wollte ausbrechen – bremsen ... *Lynn* ... Zu spät!

Sieben Jahre später

Lynn, 6. Mai 2017

Der achtjährige Patrick hat mich mit seinem Fahrrad bis zur Straßenkreuzung begleitet, wo seine gleichaltrige Freundin auf ihn wartet. Das letzte Stück radle ich allein.

Ich konzentriere mich auf die Straße, die zum Bahnübergang führt. Mit erhobenem Kopf, entschlossen – gegen den Wind. Diese Stunde gehört nur mir. Meine graue Lederjacke offen, die Ärmel hochgekrempelt, eine Frühlingssonne, die meine nackten Arme wärmt. Vor sieben Jahren hätte ich eine weiße Lederjacke getragen. Weiß war die Farbe meines Hochzeitskleides. Weiß steht für Unschuld.

Für die Menschen in Maastricht ist dieser schöne Tag der Auftakt zu einem vielversprechenden Sommer. Nicht für mich. Der Himmel wölbt sich wie eine hohe blaue Kuppel, aber für mich trägt er, wie jedes Jahr am sechsten Mai, Schwarz; tiefschwarz wie meine Seele.

Ich bleibe an der Fußgängerampel vor der Brücke stehen. Es ist die letzte Ampel, die ich noch überqueren muss, um zu den Gleisen zu gelangen. Das Signal ist rot wie die Rosen in meiner Hand – oder wie die Farbe des Blutes.

Allein stehe ich dort, wie vor sieben Jahren Benedikt. Ich schaue nach links und rechts. Weder Autos noch Busse fahren vorbei. Das sinnlose Warten strapaziert meine Geduld.

Endlich springt die Ampel auf Grün, die Farbe der Hoffnung. Ich steige auf mein Fahrrad und radle geradeaus weiter.

Ein Kleintransporter zieht, wie aus dem Nichts kommend, an mir vorbei, hüllt mich in eine blaue Dieselwolke. Ich huste, wedle mit der Hand vor meinem Gesicht und höre kurz auf zu treten.

Der Transporter braust in Richtung Gleise davon. In der Ferne hält der Fahrer an und steigt aus. Er lädt etwas ab. Die Gestalt kommt mir auf eigenartige Weise vertraut vor.

Ich fahre weiter, denke an meine Verabredung. Urplötzlich ist mir nicht mehr wohl bei der Sache. Vielleicht hätte ich mich doch lieber für eine spätere Uhrzeit entscheiden sollen.

Es ist auf den Tag genau sieben Jahre her. Seit sieben Jahren wache ich in der Nacht vom sechsten auf den siebten Mai auf. Es sind die Geräusche der vorbeifahrenden Züge, die über die roten Rosen fahren und mich aus dem Schlaf holen. Aber nicht nur. Ich darf mich nicht auf diese Geräusche konzentrieren, aber natürlich tue ich nichts anderes. Dabei starre ich auf meinen Wecker, beobachte, wie die Zeiger sich im Schneckentempo fortbewegen, wie die Zeit langsam vergeht. Rote Rosen. Ich schnappe nach Luft ...

Die Signale sind eindeutig, sie lassen sich nicht leugnen. Ich kenne dieses Gefühl, dass mir den Atem raubt. Ich leide unter Angstzuständen, aber nicht erst seit Benedikts Unfall. Die Angst umfließt mich seit Ewigkeiten. Ich ging deswegen zu einem Psychiater, aber in Wahrheit war ich nicht bereit, mich zu öffnen. Als er anfing, sich nach meiner Kindheit zu erkundigen, ging ich nicht mehr hin.

Meine Kindheit sind seine überhöhten Honorarrechnungen nicht wert und so bin ich ihm die Antwort schuldig geblieben.

Da ist etwas, dem ich mich nie wirklich gestellt habe: der Wahrheit – und meiner seelischen Verfassung seit meinem Selbstmordversuch. Seit sieben Jahren hat Benedikts Tod sich wie Stacheldraht um mich gewickelt. Mich davon zu befreien, wird mit Verletzungen einhergehen. Bisher habe ich es jedenfalls nicht gewagt. Aber jetzt ist es so weit. Ich kenne die Wahrheit und ich will Vergeltung ...

6. Mai 2010

Ich erwachte in dem Bett, entspannt und mit einem Lächeln auf meinem Gesicht, in dem ich zwei Nächte zuvor Auf Wiedersehen gesagt hatte. Das Bett, in dem ich das erste Mal mit Benedikt geschlafen hatte, das Bett, in dem er mir seine Geschichten erzählt und in dem er mir poetische Liebeserklärungen vorgelesen hatte. Das Bett, in dem wir lagen, als er mir sagte, dass seine Eltern den weißen Rolls-Royce nehmen sollten, aus dem er niemals vor meinem Elternhaus aussteigen würde.

Mein erster Gedanke galt Benedikt und den wunderbaren Verstößen, die wir heute gegen die Tradition der Familie von Raaben und ihren gesellschaftlichen Stand begehen würden.

15

Der Hochzeitstag: ein Donnerstag. Kein Samstag!
Die Uhrzeit: 15.00 Uhr. Nicht 11.00 Uhr!
Keine kirchliche Trauung, nur eine standesamtliche!
Kein Sissi-Kleid. Keinen Brautschleier!
Keinen Rolls Royce!
Keine zelebrierte Hochzeitsmesse!
Kein gemischter Chor!
Kein Geschwisterpaar als Trauzeugen!
Ich grinste. Und später?
Niemals eine Taufe für unsere zukünftigen Kinder!
Keine auf christlichen Werten basierende Erziehung!
Das allein hatte meine Mutter schon in Rage versetzt. „Es obliegt der elterlichen Verantwortung, den Kindern eine religiöse Basis zu bieten, worauf sie später zurückgreifen können."
No way, Mom!
„Kinder haben vor allem Anspruch auf ein Elternhaus, in dem sie behütet aufwachsen können. Sie haben das Recht auf eine Jugend, die sie widerstandsfähig und stark macht, Mutter!"
Mein Vater schmunzelte und sah mich erstaunt an, mischte sich aber nicht ein. Er hatte in den vergangen Wochen allerdings zu oft erwähnt, dass er mich zum Altar führen wollte wie meine Schwester Bernadette. Das war Tradition und Traditionen musste man pflegen.
No way, Dad!
Sobald mein Vater zu viel Text von sich gab, war er für mich ein Fremder, der sich zufällig an unseren Tisch gesellte. Armer Papa.

Der Himmel war bewölkt, es windete und die Temperaturen lagen bei knapp vierzehn Grad.
Der Friseur legte letzte Hand an meine Frisur.
„Wusstest du, Lynn, dass vor acht Jahren ein Freund deines Vaters ermordet wurde?", sagte Mutter beiläufig, während sie dem Friseur auf die Finger schaute.
Fast wäre ich vor Zorn aufgesprungen, weil sie tatsächlich versuchte, mir meinen großen Tag mit einer derartigen Bemerkung zu ruinieren. „Warum sagst du das?", erwiderte ich bissig. „Du warst nie ein Fan von Papas Freund. Du konntest ihn nicht mal leiden."
„Fan? Was für ein lächerliches Wort in diesem Zusammenhang. Man ist Fan von einer Band oder einer anderen Art der öffentlichen Unterhaltung. Es spielt keine Rolle, ob ich mich mit seinem Gedan-

16

kengut identifizieren konnte oder auch nicht, es hätte nicht passieren dürfen. Es ist eine schwarze Seite im Buch unserer nationalen Geschichte. Politischer Mord gehört einfach nicht zu unserem Volk."

„Heute ist der Hochzeitstag deines jüngsten Kindes", schnauzte ich sie an. „Willst du diesem Tag nicht endlich eine festliche Note verleihen?"

Meine Mutter schwieg.

Sie wusste, wie sehr sie mich damit treffen konnte, und was sie mit ihrem Schweigen anrichtete.

Zwei Uhr. Eine seltsame Unruhe machte sich unter uns breit. Meine Schwester bat ihren Mann, nach dem weißen Rolls-Royce Ausschau zu halten.

Halb drei: noch immer kein Bräutigam in Sicht.

„Er lässt dich sitzen", zischte meine Mutter durch ihre makellosen Zähne. „Ich wusste ja, dass er nichts taugt."

Ich versuchte, ruhig zu bleiben. Es war unmöglich, dass Benedikt es sich anders überlegt hatte, es musste einen anderen Grund für seine Verspätung geben.

Mein Schwager und mein Bruder gingen mit meinem Vater durch den Garten zu dem weit geöffneten Tor, um nach Benedikt Ausschau zu halten.

Ich stand am geöffneten Fenster meines Schlafzimmers und hörte die Signale von Krankenwagen und Polizeifahrzeugen. Mir kam es vor, als fuhren sie in unsere Richtung.

Ich sah, wie mein Vater und mein Bruder in Richtung Straße liefen, aus meinem Blickfeld verschwanden und zurückkehrten. Die Sirenen waren jetzt ganz nah.

Mein Vater kam wie ein Betrunkener auf unser Haus zu, mein Bruder musste ihn stützen. Er sah zu mir herauf und bedeutete, mich vom Fenster zu entfernen.

Aber ich blieb stehen und blickte zum Himmel. Kein Blau, sondern ein tief verhangenes Grau, kein Crescendo der Farben.

Im Haus erklangen Stimmen, Aufregung – dann Totenstille.

Ich wartete.

Drei Uhr, Viertel nach drei, halb vier.

Wir hätten schon seit einer halben Stunde Mann und Frau sein sollen.

Um fünf nach vier stand meine Mutter mit ernster Miene vor mir. Ihr Blick war furchterregend, aber ich sah auch Verwirrung darin.

17

Und Kälte.

Ich ertrug diesen Blick nicht und schaute wieder aus dem Fenster. Ein Sturm kam auf, der die Äste der Bäume brach, wie Minuten später mein Herz.

„Setz dich!"

Ich blieb stehen.

„Benedikt hat seinen Motorroller gegen einen Baum gefahren. In seinem Jackett. Er ist tot."

Ich ertrug es nicht, sie um mich zu haben. Sie hielt wie stets die Welt zum Narren.

Als ich nicht antwortete, drehte sie sich um und ging.

Es dauerte lang, bis mich der Sinn ihrer Worte erreichte. Schließlich zog ich mein Kleid aus.

Um halb fünf sah mein Vater nach mir und umarmte mich. „Du solltest herunterkommen, Lynn. Wir haben etwas vom Chinesen bestellt."

Dann ging auch er.

Ich rührte mich nicht, saß eine Weile in meinem Unterkleid auf dem Stuhl. Mir war nur kalt, sonst fühlte ich nichts.

Später half mir meine Schwester beim Anziehen und brachte mich in meine Wohnung.

„Soll ich jemanden für dich anrufen, Lynn?"

Ich schüttelte den Kopf. „Ich möchte allein sein."

Ich fühlte nichts.

*

Die Maas ist ein Fluss wie die Zeit, ein Strom, kraftvoll und sanft, in dem ich mich sieben Jahre habe treiben lassen. Zumindest habe ich das geglaubt. Am 6. Mai 2010 haben drei Menschen mein Leben zerstört. Ich habe erfahren, wer sie sind und wo sie leben.

Seit ich weiß, dass Benedikts Unfall kein Unfall war, raubt mir das Gefühl der Ohnmacht den Schlaf und sorgt dafür, dass ich noch immer nicht alle Puzzlestücke zusammensetzen kann.

Ich will den Blick nicht mehr abwenden, will endlich wieder leben, zurückschlagen, wenn die Zeit dafür reif ist.

Und die Zeit ist reif.

Lynn, 7. Mai 2017

Ich wache auf. Es dämmert, der Sonnenaufgang ist nah. Die Trauer flimmert wie Lichter über meine Netzhaut. Seit sieben Jahre denke ich daran. Der 7. Mai ist *the day after*, der Tag danach. Seit ich das erste Mal *am Tag danach*, am Tag nach meinem vermeintlichen Hochzeitstag, aufgewacht und aus meinen Trümmern geklettert bin, haben sich mir diese drei Worte eingebrannt und sie sind immer präsent. Der siebte Mai wird immer jener Tag sein, der auf den sechsten Mai folgt, und der sechste Mai wird immer von der Erinnerung an ein Ereignis geprägt sein, das niemals hätte geschehen dürfen.

Vor sieben Jahren hoffte ich auf eine Hochzeitskutsche mit Pferden und sah uns beide damit vor dem Standesamt ankommen, der weiße Rolls-Royce hinter uns. Voller Schadenfreude dachte ich an den Gesichtsausdruck meiner Mutter, sobald sie mit Papa aus der Limousine stieg. Und die Gefühle, die ich dabei empfinden würde.

Tief in meinem Herzen fand ich mein Verhalten aber ein wenig kindisch. Mit meinen einundzwanzig Jahren sollte ich in der Lage sein, meine Jugend hinter mir zu lassen und negativen Erinnerungen weniger Raum geben.

Manchmal erschrecke ich noch heute regelrecht vor der Verachtung und dem Hass in mir. Ich musste mich häufiger zwingen, mich von meinen mörderischen Fantasien zu verabschieden, insbesondere von denen, die meine Mutter betrafen. Töchter lieben nun mal keine Mütter und Mütter keine Töchter. Wir sind Konkurrenten, betonte Mutter immer wieder. Na ja!

Ich war davon überzeugt, dass ich erst dann von meinem Elternhaus loskommen konnte, sobald ich mit Benedikt verheiratet war. Sobald ich mein anderes, neues Leben führen würde. Sobald ich eine

19

Lynn-Elisabeth Hallbach geworden wäre. Diese Betrachtung brachte mir den Frieden und ich konnte die unschönen Gedanken von mir fernhalten.

Aber seitdem sind die frühen Vögel, die den neuen Tag besungen haben und mit denen ich voller Elan aufgewacht war, davongeflogen.

Ich habe seither keine Verabredung mehr für den siebten Mai getroffen. Dieser Tag ist nur für mich und meine Gedanken. Für meine Erinnerungen, und in diesem Jahr auch für meine Planung.

Am Tag danach habe ich mein Hochzeitskleid noch einmal angezogen und mich auf die Gleise gelegt, wollte mit einer Rose in der Hand dem Leben entfliehen. Benedikt liebte rote Rosen. Aber dann war da plötzlich seine Stimme in meinem Kopf. *Denk an den Lokführer. Warum noch einen Menschen ins Unglück stürzen, Lynn? Ich bin doch bei dir. Immer. Der Schmerz wird nachlassen, die Wunde heilen.*

Benedikt nahm mich an diesem Tag in Gedanken an die Hand und brachte mich von den Gleisen wieder nach Hause. Aus dem Spiegel im Badezimmer sah mich ein Wesen mit fahler Haut und grauen Lippen an. Ich drehte ein wenig den Kopf, betrachtete mich halb von der Seite. Ich sah aus wie ein Wrack, aber noch immer mit wunderschönen Haaren. Rotblond, lang und leicht gewellt.

Benedikt hat sein Versprechen gehalten, er war bei mir und zog mich aus, legte mich ins Bett, tröstete mich, liebte mich. Nur deshalb habe ich überlebt.

Heute lebe ich, weil er noch immer bei mir ist. Nur in einem Punkt hat er sich geirrt: Die Wunde hat sich nicht geschlossen. Ich weine jede Nacht, schlucke die Dunkelheit und finde keine Ruhe. Wie in diesem Moment.

Ich setze mich an den Küchentisch. Und in diesem Moment vernehme ich ein Knistern.

Die Wohnung ist ständig voller Geräusche, aber die habe ich längst auf irgendeiner Ebene meines Bewusstseins abgespeichert. Ich kenne das Gluckern in den Heizungsrohren, das Rauschen des Windes in den Bäumen und die Stimmen der Menschen, die am Vrijthof leben. Doch dieses Geräusch ist anders und lässt mich jäh den Kopf heben.

Es klingt, als geht jemand auf dem Flur vor meiner Wohnungstür auf und ab. Was macht jemand mitten in der Nacht vor meiner Tür? Ich erhebe mich und blicke durch den Türspion. Es ist stockdunkel.

Ich halte den Atem an, lege mein Ohr an die Tür, lausche nach draußen. Nichts ist mehr zu hören, was sich von den üblichen Geräuschen unterscheidet. Vielleicht habe ich es mir nur eingebildet. Meine Nerven sind ziemlich angeschlagen.

Ich muss die Tür verriegeln! Dann kann ich mich sicher fühlen. Die Haustür aufzubrechen, kostet eine Menge Kraft und Zeit und verursacht dazu erheblichen Lärm. Das Schlimme ist nur, dass ein Junkie das locker schaffen kann. In der Stadt lungern um den Vrijthof-Platz jede Menge Junkies herum, es gibt zahlreiche Coffee-Shops mit bekifften, lächelnden Menschen.

Benimm dich nicht wie eine hysterische alte Frau! Vielleicht ist da gar nichts. Ich habe aber nicht nur ein Geräusch gehört. Mehrmals ist eine Person vor meinem Küchenfenster auf und ab gegangen. Mehrmals! Mitten in der Nacht. Hier stimmt etwas nicht, und das hat nichts mit Hysterie und Einbildung zu tun!

Ich ignoriere meine innere Stimme.

Ich verriegele die Wohnungstür noch nicht, muss einen Blick riskieren. Danach kann ich mich meiner Angst und allen möglichen grauenhaften Vorstellungen hingeben. Im Augenblick darf ich mich nicht paralysieren lassen.

Entschlossen öffne ich die Tür, betätige den Lichtschalter.

Ich starre den Fußboden des Hausflures an.

Mein Gehirn arbeitet seltsam, so langsam ...

Nasse Fußspuren. *Draußen regnet es.* Kleinere Schuhgröße.

Jemand ist in das Haus eingedrungen. Jemand muss vor Kurzem die Holztreppe hinaufgekommen sein. Irgendwann innerhalb der letzten zehn Minuten.

Ein Schatten löst sich im Gang von der Hauswand. Aus den Augenwinkeln werde ich ihn gewahr. Fast zeitlupenartig drehe ich mich um. Ich erkenne nicht viel. Es gibt keinen erklärbaren Grund, weshalb jemand hier im Dunkeln steht.

Es gibt zumindest keinen harmlosen Grund.

„Hallo?"

Ich hätte um keinen Preis die Tür öffnen dürfen.

In Windeseile verriegle ich die Haustür, gehe in die Küche, setze mich an den Tisch und betrinke mich mit meiner imaginären Freundin Prosecco *Rosarot.*

Nach zwei Gläsern nehme ich Benedikts Duft war und glaube, sein Flüstern zu hören. *Ich bin doch bei dir, Lynn.*

Seit neun Monaten weiß ich, wer für die Tat verantwortlich ist, die

21

mein Leben zerstört hat. Heute ist der siebte Mai. Ich werde meinen Plan in die Tat umsetzen und mit einer Rose zu den Gleisen gehen. Die Wut schnürt mir die Kehle zu. Ich denke nur noch eines: *Dafür werdet ihr bezahlen. Ich will Vergeltung.*

„Ich will Vergeltung." Die Wörter segeln davon.

Der Erste, der verstehen wird, dass das Verbrechen, das er begangen hat, nicht ohne Folgen bleiben wird, ist Maarten Senger, verheiratet mit Laura.

Teil I – Maarten

Kapitel 1

Maarten

Es hat ihn den ganzen Tag verfolgt. Jetzt betrachtet Maarten Senger das flache weiße Päckchen, das er gerade aus seinem Briefkasten genommen hat. Es enthält keinen Absender, keinen Firmennamen, nur einen Adressatenaufkleber mit seinem Namen und seiner Adresse. Das erste Versprechen hat die Website erfüllt, das Testpaket auf diskrete Weise zu versenden.

Er legt den Inhalt auf den Esstisch und prüft, ob alles in Ordnung ist: Sterilisierte und versiegelte Wattestäbchen, Transportbehälter zum sicheren Versand des Testmaterials, Gebrauchsanleitung mit Illustrationen, Rückumschlag für die DNA-Proben. Alles okay.

Sein Magen krampft, sein Körper schmerzt, seine Hände zittern. Er nimmt die Gebrauchsanleitung in die Hand, die Antworten auf die häufig gestellten Fragen kennt er dank Google bereits. Natürlich weiß er, dass ein Kind die DNA von der Eizelle der Mutter und der Samenzelle des Vaters erbt, dass beide Zellen dreiundzwanzig Chromosomenpaare enthalten. In einem Vaterschaftstest werden die spezifischen DNA-Sequenzen für mehrere Chromosomen untersucht. Das Ergebnis ist ein einzigartiger genetischer Bauplan: das DNA-Profil.

Durch das Bestimmen und Vergleichen von DNA-Profilen wird festgestellt, ob ein biologischer Verwandtschaftsgrad besteht.

Er liest die Passage noch einmal. Der Text ist ihm vertraut, er kennt ihn auswendig. Bis jetzt sind die letzten beiden Wörter dieses Abschnitts nicht mehr als eine zu Papier gebrachte Schlussfolgerung, aber jetzt ist alles anders. Jetzt liegt ein komplettes Testpaket für die Wahrheit vor ihm auf dem Tisch. Er kann nun feststellen, ob er der leibliche Vater seiner Töchter ist.

Einige Tage zuvor

„Du hast mich schon während der Ehe betrogen, du hinterhältiges Stück Scheiße!", schrie Laura ihm vor Tagen ins Gesicht. Ihre Augen flackerten, ihr Mund war zu einem schmalen Strich verzogen, ihre ganze Haltung durchdrungen von Widerstand und unbändiger Wut.

Er hatte ihr vor ein paar Minuten gestanden, dass es da eine neue Frau in seinem Leben gab. Für Laura stand fest, dass diese andere Frau die Ursache für seine Entscheidung war, dass er sie schon während der Ehe betrogen hatte, was aber nicht der Fall war. Erst nach seinem Auszug aus dem gemeinsamen Haus hatte er sich für eine andere Frau interessiert.

Maarten zwingt sich, ruhig zu bleiben, lässt sie toben, will gehen. Die Dinge könnten entgleiten. Nur fort von hier.

„Du weißt es jetzt", sagt er, „denk darüber, was du willst. Mit dir kann man sich nicht in Ruhe austauschen. Im Übrigen bin ich derjenige, der das Recht hat, in der Vergangenheit deine Loyalität und Treue infrage zu stellen. Merke dir das! Spiele nur weiter die Unschuld vom Lande, mich kannst du damit nicht mehr täuschen." Er ist schon an der Haustür, dreht sich aber noch einmal um. „Ich werde es Flor und Diana dieses Wochenende sagen. Sollte ich feststellen, dass sie es schon wissen, dann ...“

Laura kommt auf ihn zu. „Dann was ...?“

„Ich warne dich. Lass es sie ja nicht wissen", wiederholt er kalt, kontrolliert.

Blitzschnell und fluchend greift sie nach einem Glas. Er verliert die Kontrolle. Seine geballte Faust schmettert gegen die Wand. Er starrt auf seine aufgeplatzten Knöchel, auf das Blut an der weiß getünchten Wand.

„Ich werde es meinen Kindern sagen. Meinen Kindern!", brüllt sie. „Wenn du verstehst, was ich meine!“

Einen Moment lang sagt keiner etwas, dann dreht er sich wortlos um und verlässt das Haus. Verdammt. Erschrocken darüber, wie dünn die Membran sein kann, die ihn von Gewalttätigkeit und völligem Irrsinn trennt, wartet er draußen in seinem Wagen. Langsam beruhigt er sich wieder.

Das Gespräch hat bei Maarten einen bitteren Nachgeschmack hinterlassen. Ein enges Band hat sich um seine Brust legt. Das Atmen fällt ihm schwer. Anfangs ignoriert er Lauras Worte und denkt nicht weiter darüber nach. Er kennt ihr Verhalten, ihre zynische Art, ihn in die Enge zu treiben. Es ist an der Zeit, dass er ihr das nicht mehr erlaubt. Denk nach, Maarten, denk nach!

Soweit es ihn betrifft, kann sie tief im Dreck wühlen. So tief, dass sie selbst darin erstickt und nie wieder auftaucht.

Er schafft es drei Tage, ihre Worte zu ignorieren, tut, als seien sie

25

ihm entfallen. Sobald ihn die Erinnerung einzuholen droht, lenkt er sich mit Arbeit ab oder ruft einen seiner Freunde an. Aber ihre Worte meine Kinder lassen ihn nicht mehr los. Es kommt ihm vor, als hätte sich das Licht in seinem Leben verändert, es ist nicht mehr warm, sondern düster wie die Dämmerung im Winter.

Seine Gedanken wandern stets zu einer Frage: Was, wenn er nicht der biologische Vater seiner Töchter oder auch nur von einem der Mädchen ist? Tief in seinem Herzen ist das Wissen immer noch besser, als die Unsicherheit, unter der er seither leidet. Er wird aber immer ihr Vater sein, selbst mit einem negativen Testergebnis. Er hat miterlebt, wie die Mädchen auf die Welt gekommen sind, sie sind in seinem Herzen, gehören zu ihm. Das wird sich nie ändern. Seine Bindung zu den Kindern ist zu stark. Was ihm zu schaffen macht, ist diese Unruhe, die von ihm Besitz ergriffen hat und die er Laura verdankt. Auch sein Körper reagiert auf seine psychische Belastung. Seine Gliedmaßen schmerzen neuerdings so sehr, dass es ihm schwerfällt, morgens aufzustehen.

Laura ...

In Gedanken schlägt er mit aller Kraft zu. Laura stürzt zu Boden. Sie schafft es aber, sich wieder hochzurappeln, und versucht in Panik zu entkommen, aber er ist so viel schneller als seine Frau, die nicht den Hauch einer Chance hat. Er packt sie bei ihren langen Haaren und schlägt ihren Kopf mit aller Wucht auf den Boden, wieder und wieder, bis sie verstummt.

Er hasst sie.

Maarten fragt sich, ob es klug ist, den Test zu machen. Nur noch zwei Tage, dann sieht er die Mädchen zum ersten Mal seit sechs Wochen wieder. Wenn Laura im letzten Moment nicht wieder eine Ausrede einfällt, um das Treffen zu boykottieren.

Er weiß, dass die Kinder den Kontakt wollten, das hat Flor ihn in ihren WhatsApp-Nachrichten wissen lassen, die sie ihm heimlich schickt. Ich bin nicht wütend auf dich, wie Mama, hat sie kürzlich geschrieben. Aber ich will Mama nicht traurig machen.

Flor schreibt ihre Nachrichten nur, wenn sie sich sicher ist, dass Laura es nicht bemerkt, wie auf der Toilette in der Schule. Oder in der Garderobe nach dem Ballettunterricht. Diana traut sich das nicht. Sie hat Angst, dass sie sich versprechen könnte, wenn ihre Mutter sie fragt, ob sie Kontakt zu ihrem Vater habe. Diana kann nicht lügen, Flor hingegen schon. Genau wie Laura. Gut möglich,

26

dass Flor deshalb nicht meine biologische Tochter ist.

Er ist schockiert über diesen Gedanken und macht sich Vorwürfe.

Flor ist ein zehnjähriges Mädchen mit einer blühenden Fantasie. Sie schwärmt von Sternschnuppen, Küken, bunten Luftballons, Überraschungen. Sie ist wie ihre Mutter, als sie sich gerade kennengelernt hatten: Jungsein, Gewitter, Sommerhimmel. Seine Welt kommt mit wenigen Farben aus.

Was tun? Das Ganze wieder in den Umschlag stecken und in den Mülleimer werfen?

Er will sich weniger mies fühlen.

„Sie"

Tagebucheintrag, Oktober 1965

Die Liebenden

Sie sind dem Jungen gefolgt. Da steht er, auf dem kopfsteingepflasterten Vrijthof und blickt über Maastrichts größten Platz. Es ist sehr früh am Morgen, noch lange nicht hell, und er scheint keine Eile zu haben. Die einstige Hinrichtungsstelle mit ihren sorgsam getrimmten uralten Bäumen und den Hinterhofgärten hat es ihm wohl angetan.

Wie „Sie". Nur nicht um diese Zeit. Erst später, nachdem sie beide ... „Egal", flüstern sie. Jedenfalls später, wenn sie in einem der Straßencafés das lauschige Lebensgefühl dieses Platzes entspannt und mit entblößten Zähnen auf sich wirken lassen.

„Sie" haben viele Namen: die Hübschen, die Beobachter, die Verliebten, die Unzertrennlichen, die Unversehrten, die Unberührten, die Unerhörten. Sich „sie zu nennen, ist für sie unverfänglicher, erlösender, vertrauter, dankbarer.

Sie beobachten den Jungen, der sinnierend zur gotischen St. Jans-Kirche blickt, deren rote Kirchturmspitze er gestern erklommen hat. Seine Glatze glänzt in der Morgensonne, als er auf einen der kleinen Hinterhofgärten zugeht.

Auch wenn der Himmel ausnahmsweise nicht vollkommen bedeckt ist, sich der Mond dafür nur in seiner halben Pracht zeigt, wird er nur schemenhaft Bäume, Sträucher und seine Verfolger erkennen.

Er öffnet das schmiedeeiserne Tor. Man könnte meinen, die Stille des Gartens gefällt dem Zehnjährigen. Sie beide mögen dieselben Dinge in dieser beschaulichen Stadt. Das Schattenrissartige der Pflanzen erinnert sie an die poetische Ästhetik alter Schwarz-Weiß-Filme. Dem Jungen machen sie vermutlich Angst, denken sie.

„Warum kommt Nobody dann hierher?", flüstern sie und denken:

28

Was für eine dumme Frage. Weil wir ihn hierher gelockt haben. Weil er gesagt hat: „Ich will nicht mehr!"

Diese schwachsinnigen Worte äußern alle Straßenkinder, die sie Nobodys nennen. Die Nobodys ahnen nicht, dass sie damit ein Tor öffnen, das sie sicher nicht in einen der schönen Gärten von Maastricht führen wird.

Der Junge

Der Junge nähert sich langsam dem Brunnen in der Mitte des Gartens. Obwohl er keine Angst verspürt, steigt seine Aufmerksamkeit. Er schwitzt ein wenig, dennoch ist es nicht warm ist. Plötzlich hört er ein Geräusch, das nicht zu den anderen Geräuschen der Nacht passt. Ein Rascheln, rechts hinter ihm, zu laut, um von einer durch das Laub huschenden Maus oder einem Vogel zu stammen.

Dann erneutes Rascheln. Jetzt kommt es von der linken Seite. Schritte, eindeutig Schritte.

Der Junge hält den Atem an und dreht sich vorsichtig um. Seine Augen sind geweitet, die Muskulatur angespannt bis zur Schmerzgrenze.

Nun ist das Rascheln links hinter ihm, ganz nah, zu nah.

Noch bevor er sich umdrehen kann, wird er von hinten angesprungen, fällt in einen Busch, unter dem ein großer, kantiger Stein verborgen liegt. Er hört seine Rippen knacken, stöhnt auf. Hilfe suchend hebt er einen Arm. Er weiß, dass er wiederum auf obskure Weise betrogen worden war.

Hände drücken ihn nieder, eine Hand hält ihm den Mund zu. Der Junge beißt zu. Hört einen Schmerzenslaut.

Der Angreifer reißt seine Hand zurück, ist kurz irritiert, woraufhin der Junge sich unter ihm wegrollen kann. Dann schlägt ihm eine andere Hand heftig ins Gesicht.

„Wir haben dich gewarnt!", zischen sie.

29

Kapitel 2

Maarten

Als wäre es das Selbstverständlichste auf der Welt, zieht Maarten es nun vor, Silke einzuweihen und seiner Freundin zu sagen, dass das Testmaterial eingetroffen ist. Nach dem atemberaubenden Sex hat er für sie gekocht und ihr seine Häppchen ans Bett gebracht. Jetzt nimmt er ihre Hand und streift sie mit seinen Lippen. „Du riechst so gut", sagt er zärtlich.

Silke sieht ihn fragend an. „Was ist los mit dir? Was beschäftigt dich?"

Sein Herz schlägt schneller. Er gibt ihre Hand frei. „Da ist nichts. Ich bin müde, es ist der zermürbende Streit mit Laura. Sie entwickelt sich zu einer Monster-Mom und ich bin der Punchingball. Ich sollte das alles nicht so sehr an mich heranlassen." Seine Stimme klingt zu laut, weil er sie angelogen hat, zu heftig, um seiner Lüge Nachdruck zu verleihen, zu unstet, um Silke davon zu überzeugen, dass die Lüge Wahrheit ist. In Wahrheit ist der Betrug um seine Kinder der wahre Grund. Es kostet ihn enorme Überwindung, gelassen zu bleiben.

„So eine Trennung ist schwer. Sie ist für niemanden eine gute Zeit", erwidert sie und küsst ihn. „Was kann ich für dich tun, damit du dich besser fühlst?"

Maarten umarmt sie.

„Schon wieder?", kokettiert Silke. „Kein Problem, weißt du? Vertreibt Laura aus dem Kopf. Ich bin jetzt hier und ich bleibe bei dir. Darauf kannst du vertrauen."

Es ist dieses Wort. *Vertrauen.* Er möchte sich gedanklich nicht wirklich mit seiner Noch-Ehefrau auseinandersetzen, aber dieser Begriff *Vertrauen* erinnert ihn an Laura, und er denkt an ihren Verrat ...

Er war vor Laura zu Hause und nahm die Post von der Fußmatte. Darunter war auch ein Brief der Stadt.

Er reißt den Umschlag auf. Erst da fällt ihm auf, dass das Schreiben an Laura adressiert ist: ein Bußgeldbescheid über eine Geschwindigkeitsübertretung, drei Wochen zuvor an einem Nachmittag auf einer Autobahn. Ein Ort, wo sie seiner Meinung nach nicht hätte sein sollen.

30

Er steckt den Bescheid wieder in den Umschlag.

Laura antwortet später mit einem Achselzucken. „Ein Irrtum. Ich war gar nicht dort. Einer meiner Stammkunden hat das auch schon zweimal erlebt. Eine Verwechslung der Nummernschilder. Ich verstehe nicht, wie so etwas passieren kann. Ich rufe da morgen mal an."

Am nächsten Tag sagt sie beiläufig, dass es tatsächlich eine Verwechslung gewesen sei und dass die Behörde den Bußgeldbescheid zurückgenommen habe.

Er glaubt ihr und vergisst das Schreiben. Immerhin hatte dem Schreiben kein Beweisfoto beigelegen.

Der Vorfall kommt wieder hoch, als Laura eines Abends übel wird und sie zur Toilette läuft. Er hört, wie sie sich übergibt, und geht, ohne genau zu wissen, warum, zum Computer. Er sieht das Online-Banking-Portal auf dem Bildschirm, die Rechnungen auf dem Schreibtisch, dann klickt er mit der Maus auf ihr Konto und schaut sich den Kontoauszug an. Am Ende der Übersicht fällt ihm eine Zahlung über 58 Euro an die Stadtverwaltung auf.

Sein Magen zieht sich zusammen. Jetzt hat er es endlich geschafft. Jetzt hat er sie! Laura ist stets eine geniale Lügnerin gewesen, aber jede Lüge hat seine Zweifel genährt. Er fühlt sich jetzt wie eines dieser Tiere, die in ein unbekanntes Gebiet eindringen und es von innen heraus zerstören. Er ist fassungslos, wütend, bereit, sie auf der Stelle zu töten. Er erträgt ihre Demütigungen nicht mehr.

Er denkt daran, dass sich oft die Mailbox meldet, sobald er versucht, sie anzurufen. Aber als er um eine Erklärung bat, lachte sie ihn aus.

„Ich bin eine Kosmetikerin, erinnerst du dich? Meine Kunden müssen sich in Ruhe auf der Liege entspannen können. Mein Handy ist dann abgeschaltet und du landest auf der Mailbox", hat sie ihm erklärt.

„Deine Mailbox ist neuerdings mein bester Freund, selbst dann, wenn du keine Kunden hast."

Laura lächelte nur. „Du bist eifersüchtig und dein Verhalten ist unangemessen. Es ist geradezu ungeheuerlich, wenn ein Mann seine Frau kontrolliert." Ihre Stimme hatte einen zynischen Unterton. „Ich verlange, dass du dich bei mir entschuldigst."

Silke schnippt mit den Fingern. „Hallo, bist du noch da?"

Grabesstille. Er bewegt keinen Muskel.

Silke schubst ihn an.

31

„Ja, ich bin wieder da. Entschuldigung."

Er wird vorerst mit niemandem über den Vaterschaftstest sprechen. Dafür ist immer noch Zeit, wenn das Ergebnis vorliegt.

Sei auf das Schlimmste vorbereitet.

Kapitel 3

Maarten

In den vergangenen Jahren hat er gelernt, mit extremen Stresssituationen klarzukommen. Laura war Stress pur, die Kinder nie. „Ihr seid schon wieder gewachsen", stellt Maarten fest. „Nicht mehr lang und meine Töchter überragen mich."

„Kommt Silke auch?", will Flor wissen, die nach Vanillekekse duftet.

„Ja, aber es wird spät. Sie ist heute Abend mit ein paar Kollegen ins Kino gegangen."

Diana spielt mit einer Haarlocke. „Wird sie bei dir übernachten, Papa?"

„Das hoffe ich doch."

Diana sieht ihn nachdenklich ein. „Mama möchte nicht, dass sie hier schläft."

Maarten hüstelt. „Mama lebt nicht mehr hier, Schatz. Sie hat in diesem Haus nichts zu wollen." Er bedauert sofort seine Antwort. „Ich meine es nicht böse", fügt er rasch hinzu. „Ihr habt Silke doch auch gern. Sie liebt euch und hat sich sehr gefreut, euch endlich wiederzusehen."

Das „endlich" hätte nicht sein sollen, denkt er. Er muss besser auf seine Wortwahl achten.

Er zieht seine Töchter an sich. „Ich habe mir ein sehr schönes Spiel ausgedacht", sagt er und hat sofort ein schlechtes Gewissen.

Er hat einen Weg gefunden, den Test durchzuführen, ohne bei den Mädchen Verdacht zu schöpfen. Flor hat ihn auf die Idee gebracht, als sie in einer der letzten WhatsApp-Nachrichten erwähnte, dass Diana sich zu ihrem elften Geburtstag einen Arztkoffer gewünscht hat.

Maarten hat alle möglichen Utensilien im Internet gekauft, damit die Mädchen Krankenschwester spielen können, darunter auch drei weiße Arztkittel.

„Wir sind ein Team", erklärt er, nachdem er die Sachen hervorgeholt hat. „Ich bin der Leiter der Klinik und ihr beide seid meine Assis-

33

tentinnen." Er zeigt auf die Möbel. „Lass uns daraus eine Art Krankenhaus bauen."

Diana klatscht erfreut in die Hände. „Wir schieben die Couch an die Wand und machen Betten aus den Stühlen", beschließt sie.

„Aber wir sagen Mama nichts davon", warnt Flor.

Seine Mädchen sind fantastisch, machen begeistert mit. Maarten ermahnt seine Assistentinnen einige Mal. „Ihr habt noch nicht das nötige Know-how. Ihr befindet euch noch in der Ausbildung, was bedeutet, dass ihr zuhören, nachdenken und lernen müsst. Seid nicht zu selbstsicher."

Flor kichert.

Mit dem Stethoskop hören sie die imaginäre Brust von imaginären Patienten ab, murmeln etwas und schauen sich gelegentlich mit hochgezogenen Augenbrauen an.

Flor nennt Maarten „Doktor Klemm." Diana verspricht sich und nennt ihn wieder „Papa".

Das Fieber wird gesenkt, es gibt Hammerschläge auf unsichtbaren Gliedmaßen, Injektionen werden in nicht vorhandenen Gesäße und Oberschenkeln verabreicht, und Flor erzählt immer mit dem gleichen strahlenden Lächeln, dass jemand stirbt oder vollständig geheilt ist.

„Oh, was sehe ich jetzt?", rief Maarten, als er merkt, dass die Begeisterung für das Spiel langsam nachlässt. Er klopft Dianas linke Wange. „Sie haben eine seltsame Farbe, Frau Assistentin."

Er blickt zu Flor. „Du meine Güte, ist hier eine ansteckende Krankheit ausgebrochen?"

Diana lacht schallend.

Maarten hebt seine Hand. „Lachen Sie nie laut, wenn Sie an der Assistentenkrankheit leiden, die schlimme Folgen haben kann. Warten Sie mal, ich mache einen Test."

Seine Hand zittert ein wenig, als er zuerst bei Flor und dann bei Diana mit dem Wattestäbchen Wangenschleim entnimmt. Er fühlt sich wie ein Betrüger.

„Ich bringe das sofort ins Labor", sagt er. „Bleibt ruhig, wenn ich weg bin, und habt keinen Kontakt mit den Patienten. Habt ihr das verstanden?"

Die Mädchen versprechen, dass sie gehorchen werden.

In der Küche steckt er die Wattestäbchen in die Transportbehälter und schiebt sie in den Rückumschlag. Dann legt er den Umschlag in einen der Küchenschränke. Wenn die Mädchen schlafen, wird er das

34

Rücksendeformular ausfüllen.

„Ich habe gute Nachrichten", ruft er, als er das Wohnzimmer wieder betritt. „Glücklicherweise ist es nicht die Assistentinnenkrankheit. Sie beide müssen also nicht in Quarantäne."

„Bekommen wir jetzt Chips?", fragt Diana und sieht ihren Vater seltsam an.

„Sie"

Tagebucheintrag, Mai 1966

Am falschen Ort zur falschen Zeit.

Der Junge hat ihnen nicht gereicht. Er war nicht gut genug. Sie haben in ihren Köpfen bereits ein Zeichen gesetzt, ein blutiges, grausames Zeichen. Seine Haare hatten sie geschnitten und danach seinen Kopf mit dem Rasiermesser kahlgeschoren. An dem Teddy hatten sie das geübt.

Sie mögen ihn nicht mehr, aber der Junge will es nicht akzeptieren, er kommt immer wieder, ist weiterhin hinter ihnen her. Im Traum findet er sie. Sie sind wehrlos, erliegen ihm, hassen sich, wenn sie beschmutzt aufwachen. Er will sie nicht in Ruhe lassen, stalkt sie, daher können sie ihn nicht ignorieren.

Sie würden sich gerne mal nach einem Mädchen umsehen. Ein bisschen Abwechslung kann nicht schaden. Aber er lässt sie nicht aus den Augen.

Weil er sie immer wieder heimsucht, kommen sie um das Unvermeidliche nicht herum. Es ist nun mal ihre Aufgabe. Sie haben ihn ausgesucht, sie haben ihn gewollt, müssen ihn ausschalten und wissen auch schon wie.

Sie werden sich seiner annehmen. Nicht mehr und nicht weniger. Das ist ihre Pflicht.

Es ist sehr früh, als der Junge losläuft, um seine Papierschiffchen an der Maas zu testen. Er baut gern Schiffchen, sein Vater hat es ihm beigebracht, das hat er ihnen einmal erzählt und noch mehr. Er läuft auch gern. Er mag die frühmorgendliche Stille, den Bodennebel, das feuchte Glitzern der Nässe auf dem Laub und das Rascheln der Blät-

ter, wenn der Wind sie mutwillig wie ein spielendes Kind wieder auf-wirbelt.

Die meisten seiner Klassenkameraden laufen nicht gern zum Fluss, denn manchmal liegen an der Maas die Obdachlosen, die ihren Rausch noch nicht ausgeschlafen haben, und die Kinder beschimp-fen.

Der Junge hat keine Angst. Er ist mit fünf älteren Brüdern aufge-wachsen und von Kindesbeinen an gewohnt, sich durchzusetzen, zur Not auch mit körperlichem Einsatz. Es kommt bei einer gewalttäti-gen Auseinandersetzung nicht in erster Linie auf körperliche Stärke an, sondern auf Skrupellosigkeit. Nicht zögern, sondern als Erster zu-schlagen, und das mit gnadenloser Härte.

Der Junge hat sich diese Weltanschauung zu eigen gemacht und mal an den Gleisen erfolgreich angewandt. Morgens gefällt es ihm dort besser als am Nachmittag. Es ist ruhiger und die Luft ist unver-braucht. Heute Morgen hat er besonders gute Laune. Sobald die Schiffchen flussaufwärts treiben, wird er beim Bäcker für die ganze Familie Brötchen kaufen und sein Brötchen beim Frühstück in seine Milch stippen. Dann wird er mit seinen Brüdern herumalbern, sich von seinen Eltern knuddeln lassen und den Sonntag mit seinem Vater im Schuppen verbringen. Basteln mit seinem Vater findet er großar-tig.

Der Junge grinst und schwelgt so in Vorfreude, dass er sich nichts dabei denkt, als er hinter sich ein Rascheln hört. Er denkt sich auch nichts, als die Geräusche näher kommen.

Hätte der Junge sich nur wenige Sekunden früher umgedreht, hätte er sie, sein Unheil, gesehen und vielleicht davonlaufen können. Aber so legt sich plötzlich von hinten eine Schlinge um seinen Hals, die zugezogen wird, und alles Strampeln, Treten und Schlagen hilft ihm nicht. Er verliert das Bewusstsein.

Als er es wiedererlangt, wird er über die Gleise geschleift. Die ein-zige Reaktion, die dem Jungen bleibt, ist ein panischer Schrei, der in einem Gurgeln untergeht.

Kapitel 4

Maarten

Maarten war schon zweimal oben, um nach den Kindern zu sehen. Sie schliefen sofort ein, nachdem er sie ins Bett gebracht hatte. Aber nicht ohne ihn vorher umarmt zu haben und zu sagen, dass es ein großartiger Tag gewesen sei. Als er Flor zudeckt, flüstert sie, dass sie öfter zu ihm kommen möchte. Maarten schafft es, sich zu beherrschen, aber nachdem er das Zimmer verlassen hat, kann er seine Tränen nicht länger zurückhalten. In diesem Moment hasst er Laura mehr denn je.

Er hätte nie gedacht, dass er als Mann so verletzlich sei. Auch hat er nicht damit gerechnet, dass Laura so übel gegen ihn vorgehen würde. Im Gegenteil, er hat in Betracht gezogen, dass der Auszug aus der gemeinsamen Wohnung eine Befreiung für Laura sei, zumal sie ihm oft Kontrollsucht, Argwohn und Kleingeistigkeit vorgeworfen hat. Sie nannte ihn einen Schlappschwanz, ein Weichei, und attackierte ihn mit dem Blick ihrer Mutter. Auch wenn er zweifelsohne weiß, welche Worte daraufhin folgen würden, verletzten sie ihn jedes Mal.

„Ich habe immer gewusst, dass mit dir sexuell etwas nicht stimmt. Du bist zu weich, zu wenig interessiert an sexuellen Experimenten und deine Libido ist kaum der Rede wert", hat sie einmal in einem verächtlichen Tonfall behauptet. „Wegen deiner mangelnden Libido findet es niemand fragwürdig, dass ich mich nach anderen Männern umsehe. Echte Männer! Heterosexuelle Männer mit einem großen *H*! Geile Männer! Aktive Männer! Leidenschaftliche Männer! Männer vom Typ Höhlenmensch! Ganz anders als der Besitzer einer Tierhandlung, der nach zehn Jahren abends die Augen nicht mehr offen halten kann und höchstens in der Lage ist, seine Hunde zu ficken!"

Maarten seufzt und lauscht einen Moment unten auf der Treppe, doch es ist still. Die Kids schlafen tief und fest. Er geht ins Wohnzimmer. Das Programm im Fernsehen lässt zu wünschen übrig. Die ARD wiederholt einen Tatort und auf den kommerziellen Kanälen heizen C-Promis sich gegenseitig bei dämlichen Spielen an. ARTE zeigt einen Stummfilm und 3Sat ein Drama, aber er hat keine Lust auf Drama.

38

Er will auch nicht mehr an Laura denken. Diese Frau hat ihm genug zugesetzt, sie ist passé mit einem großen *P. Ausradiert. Weg damit.* Sie ist für ihn gestorben. *Ein echter Tod wäre eine noch bessere Idee.* Keine gute Idee. Obwohl Laura sich immer noch widerwärtig benimmt, ist sie die Frau, mit der er ursprünglich alt werden wollte. Sie ist die Mutter seiner Kinder. Seine erste Liebe. Ein menschliches Wesen, dem man nicht den Tod wünscht. Sie gehört nicht mehr zu ihm, aber er wird sich weiter mit ihr auseinandersetzen müssen, solange die Kinder in seinem Haus leben. *Ich werde sie an Geburtstagen, bei Abschlussfeiern, Hochzeiten und Geburten der Enkel treffen.* Aber das wird noch eine Weile dauern.

Das Formular ist ausgefüllt, der Rückumschlag zugeklebt. Er könnte jetzt zum Briefkasten gehen, der zwei Blocks vom Supermarkt entfernt ist. Dann muss er den Rest des Wochenendes nicht mehr überlegen, ob er ihn tatsächlich einwerfen sollte. Er könnte endlich loslassen. Er geht damit aber auch ein Risiko ein.

Er starrt auf den Umschlag, nimmt ihn noch einmal in die Hand. Darin liegt die eine Antwort oder ... verschiedene Antwortvarianten. Nach der Untersuchung wird er wissen, ob er eine der drei Kategorien erfüllt: eine sehr wahrscheinliche, höchstwahrscheinliche, und eine, mit an Sicherheit grenzender Wahrscheinlichkeit, biologische Vaterschaft.

Maarten legt ihn wieder hin.

Lynn, 8. Mai 2017

Ein lautes Geräusch weckt mich auf. Grund genug, wieder tief unter die Bettdecke zu kriechen, um mich dort geborgen zu fühlen und vielleicht der Angst zu entkommen.

Angst erzeugt Angst. Vor sieben Jahren wollte ich alles ganz genau wissen, sogar die schlimmsten Einzelheiten des scheußlichen Unfalls. Angst beherrscht seitdem einen wichtigen Teil meines Lebens. Ich sehe sie nicht als Schwäche, schweige sie nicht tot. Ich verheimliche auch nicht, dass ich mich seit damals vor der Nacht und vor der Wahrheit fürchte. Welch starke Anziehungskraft die Angst auf mich ausübt und was sie aus mir macht, behalte ich aber für mich. Die Angst ist wie der Tod. Unausweichlich – wie die Wahrheit.

Erneut klopft es an die Tür. *Mach dich vom Acker!*

Vor sieben Jahren bin ich ebenfalls von einem lauten Geräusch aufgewacht und konnte das, was mich erwartete, nicht ermessen ...

Jemand hatte an die Tür geklopft. Ich stolperte die Treppe hinunter und öffnete die Haustür. Vor mir stand meine Schwester Bernadette.

Sie schob mich beiseite und eilte die Treppe hinauf. „Geh dich waschen und zieh dich an, Lynn! Seine Eltern haben Mama und Papa angerufen."

Ich ging zurück ins Schlafzimmer und warf einen Morgenmantel über. „Seine Eltern? Meinst du die Eltern von Benedikt?"

„Von wem rede ich denn sonst? Sie haben versucht, dich zu erreichen, sagen, dass du nicht ans Telefon gehst. Sie wollen dich in die Organisation der Beerdigung mit einbeziehen."

Ich hatte das Gefühl, in die Knie zu gehen, und griff mir einen Stuhl.

„Du kannst diese Leute nicht ignorieren, Lynn!"

Ich saß nur da, hörte ihren Redeschwall, aber nichts von dem, was sie sagte, drang zu mir durch. Ich war nicht hier. Keine zwei Tage waren seit dem Unfall vergangen.

40

„Du hörst mir nicht zu", warf Bernadette mir vor. „Du kannst wirklich nicht den ganzen Tag hierbleiben. Was soll mit dem Haus geschehen, in dem ihr nach der Hochzeit leben wolltet? Du wirst darüber nachdenken müssen, Lynn! Es mag sehr hart klingen, aber du hast Verpflichtungen." Sie seufzte. „Und was hast du bloß mit deinen Haaren gemacht?"

Ich strich über meinen Bubikopf. „Ich habe sie kurz schneiden lassen." Einen Moment dachte ich an die Schere, die in den Händen eines stirnrunzelnden Friseurs mein Haar geschnitten hatte. Ich schluckte trocken.

„Wann?"

„Gestern."

Ihre Augen quollen fast aus ihrem Kopf. „Gestern? Erzählst du mir gerade, dass du am Tag nach dem Tod deines Verlobten zum Friseur gegangen bist, um dir die Haare abschneiden zu lassen?"

Ich sah sie an. Sie hatte zugenommen, eine kühne Fettwulst wölbte sich über den Hosenbund, das Gesicht war wabbelig. Bernadette war mir fremd, war es immer gewesen. Jemand, der mir zufällig einen Besuch abstattete. Ein Wesen, mit dem mich nichts verband.

Ich hatte nicht damit gerechnet, dass sie mit ihrem Mann und ihren drei Kindern aus Texas zu meiner Hochzeit kommen würde. Sie wäre besser zu Hause geblieben. Wie ähnlich sie doch unserer Mutter war. „Du hast zugenommen."

Als ich auf die Welt kam, war Bernadette vierzehn. Sie fand es äußerst peinlich, dass ihre Mutter im Alter von siebenunddreißig Jahren ein Baby bekam. Nach Bernadette sollten Menschen über dreißig keinen Sex mehr haben. Es gehörte sich nicht. *Banal. Schrecklich.* Bernadette vertrat die Meinung, dass schon die Geburt von Yuri, der, als ich auf die Welt kam, sechs Jahre alt war, eine Peinlichkeit gewesen wäre. Kein Wunder, dass Bernadette sich in der vorgeblichen Sittenstrenge der Vereinigten Staaten pudelwohl fühlte.

Yuri hatte mir von Bernadettes Ansichten erzählt, als ich noch klein war. Ich verstand nicht, worüber er sprach, aber ich lachte, weil er lachte. Ich tat alles, was Yuri machte, er war mein Held. Mein großer Bruder, mein Vorbild. Ich hatte noch einen älteren Bruder, aber ich kannte Harry kaum. Als ich geboren wurde, war er fünfzehn, und als ich anfing, mir über die Dinge des Lebens Gedanken zu machen, studierte er bereits und lebte in einem Studentenwohnheim in Aachen.

Mich verband auch nichts mit Bernadette. Ich konnte mich nicht

41

erinnern, dass wir jemals Spaß miteinander oder über etwas ernsthaft diskutiert hätten. Sie hatte mir weder Fragen gestellt, noch mich auf die eine oder andere Art und Weise spüren lassen, dass sie sich für mich interessierte.

Der penetrante Besucher an meiner Wohnungstür hat sich vom Acker gemacht. Unten ist es wieder ruhig. Meine Welt ist schwarz. Es gibt keine Wärme mehr, seit Benedikt tot ist. Ich möchte nur noch eine weitere Stunde meinen Rausch ausschlafen.

Heute Nachmittag werde ich eine WhatsApp für eine Frau ausarbeiten, die mein erstes Opfer sein wird. Versenden werde ich sie erst heute Abend. Unangenehme Nachrichten kreisen in der Dunkelheit länger in den Köpfen der Empfänger herum und wirken bedrohlicher. Das Verbrechen kennt keine Tageszeit, nur die Wahrheit.

Ich versuche, den Moment vollkommen in mich aufzunehmen, keinen anderen Gedanken zuzulassen. Die Welt ist dann nicht mehr grau und die Bäume rauschen wieder leise.

Ich bin endlich bereit.

Kapitel 5

Maarten

Sie halten einander an den Händen und sprechen zum ersten Mal über die Zukunft. Sie lachen über den schieren Irrsinn des Gedankens, dass sie gemeinsam uralt werden können, als Silke plötzlich das Thema wechselt. „Warum glaube ich immer noch, dass etwas nicht stimmt, Maarten?"

Maarten schaut auf seine Hände. „Manche Dinge muss ich erst selbst herausfinden, bevor ich darüber reden kann. Das hat nichts mit dir zu tun, sondern mit mir."

Silke gibt ihm einen Kuss. „Schau mich an. Du kannst mir alles sagen. Ich werde dich nicht verurteilen. Ich möchte dich unterstützen, dein Freund sein. Nimm dir die Zeit, die du brauchst, ich werde dir helfen, so gut ich kann."

„Hm ... Hört sich gut an", antwortet er. „Ich muss noch einen Brief einwerfen. Begleitest du mich zum Briefkasten? Die Mädchen schlafen, wir können durchaus für ein paar Minuten das Haus verlassen." Er steht auf und zieht sie hoch. „Ich mag es, wenn du da bist. Dass es dich gibt, ist wunderbar, dass du mit mir zusammen sein willst." Er küsst sie. Und noch mal. „Das Erstellen eines Profils auf einer Dating-Website war die beste Entscheidung, die ich bisher in meinem Leben getroffen habe. Als mir dein Profil auffiel, wusste ich sofort, dass du es bist, auf die ich gewartet habe." Der darauffolgende Kuss hält die Zeit einen Moment an.

Silke lächelt sanft. „Wenn wir so weitermachen, landet dieser Brief nie im Briefkasten."

Auf dem Weg zum Briefkasten sprechen sie kein Wort miteinander. Sie gehen dicht nebeneinander, auf dem Rückweg wortlos und eng umschlungen. Als sie wieder im Haus sind, horcht Maarten einen Moment nach oben. „Sie schlafen fest. Jetzt brauche ich ein Glas Wein."

Er denkt an den Umschlag, der jetzt auf dem Weg zur Wahrheit ist. Seit Lauras Andeutung rechnet er damit, dass er der biologische Va-

43

ter von Diana ist, aber nicht von Flor. Er hält seine Gedanken für verwerflich und absurd, weil sein Verdacht auf einer vagen Hindeutung seiner Frau beruht? Seine Töchter sehen ihm beide ähnlich. Flor hat eindeutig seinen Mund und auch dieselben großen Ohren. Diana hat seine glatten Haare und lacht wie er. Warum gibt er dann dem Zweifel eine Chance?

„Was ist nur mit dir?", bohrt Silke weiter.

Maarten nimmt einen kräftigen Schluck Wein. „Gib mir bitte einen Moment. Tut mir leid."

Silke stellt ihr Glas ab. „Nein! Kein *tut mir leid*. Weißt du denn nicht, dass du mit allem zu mir kommen kannst, dass ich verschwiegen bin? Was immer du mir anvertraust, es ist bei mir gut aufgehoben. Selbst wenn es zwischen uns kein Treffen mehr geben sollte."

„Ich werde dich nie gehen lassen", erwidert Maarten.

Die Wettervorhersage verspricht den ersten sonnigen Sonntag im Mai. Es ist windstill und es sollen neunzehn Grad werden.

„Lass uns an die Maarland-See fahren", schlägt er den Mädchen vor.

„Dort bekommen wir einen Sonnenbrand. Einfach so!", behauptet Flor.

Maarten schaut seine Tochter an. *Da spricht Laura.* Er versucht, seiner Irritation keinen Raum zu geben. „Wir ziehen doch sicher eine Jacke an?"

Flor reagiert verstimmt. Wie ihre Mutter, wenn sie ihren Willen nicht bekommt. Flor gibt nicht auf. „Warum gehen wir nicht in den Wald? Dann bekommen wir keinen Sand in unsere Schuhe. Das Laufen am Strand macht mich außerdem immer so müde", nörgelt sie weiter.

Maarten zögert.

„Ich möchte auch lieber in den Wald gehen, Papa", sagt Diana.

Flor triumphiert.

Wie ihre Mutter.

„Wir fahren ans Meer! Ende der Diskussion", entscheidet Maarten.

Die Mädchen suchen im Sand nach Muscheln.

„Was genau war das zwischen Flor und dir?", erkundigt sich Silke.

„Sie hat sich wie ihre Mutter verhalten."

Silke nimmt seine Hand. „Und das hat dir nicht gefallen?"

44

„Richtig. Verdammt. Ich bin unfair. Ich habe vor einigen Tagen einen Brief von Lauras Anwalt erhalten und lasse es an meiner kleinen Tochter aus. Sie verlangt achthundert Euro pro Monat an Unterhalt für die Kinder und fünfhundert für sich."

„Wie bitte? Warum für sich? Kommt sie nicht über die Runden mit dem, was sie mit ihrem Schönheitssalon verdient?"

„Würde sie vier Tage pro Woche arbeiten, wäre das kein Problem. Aber Madame reichen zwei Tage. Sie ist eine rachsüchtige Bitch, die mein letztes Hemd will."

Silke überlegt. „Vielleicht fällt sie eines Tages vom Rand der Erdkugel in das tiefe dunkle Universum." Sie grinst. „Okay, Spaß beiseite. Was wirst du dagegen unternehmen?"

„Ich treffe meinen Anwalt am Dienstag und werde ganz sicher dagegen vorgehen. Laura zieht den Prozess schon viel zu lange hinaus, diese ganze Scheidung zerrt an meinen Nerven. Ich bin froh, dass wir vor unserer Eheschließung einen Ehevertrag aufgesetzt haben. Sie bekommt keinen Cent von mir. Sie kann dort wohnen bleiben, solang die Mädchen bei ihr sind. Das Haus ist nur mit einer kleinen Hypothek belastet, die ich übernehmen werde. Später, wenn die Kinder aus dem Haus sind, verkaufe ich es. Der Anwalt hat schon einen soliden Mietvertrag aufgesetzt."

Silke kraust die Stirn. „Und du wirst weiterhin in dem Appartement über deiner Firma wohnen?"

„Vorerst. Vielleicht wird mich jemand, der in einem freistehenden Haus mit einem großen Garten wohnt, irgendwann bitten, bei ihr einzuziehen."

Silke sieht ihn zärtlich an und Maarten zieht sie fest an sich.

In Gedanken ist er woanders. Es ist die Art von Tag, an dem Kinder mit Sonnenstich ins Krankenhaus kommen und halb demente Ehefrauen an Dehydrierung sterben.

45

Kapitel 6

Maarten

Er kennt Hendrik und Annabelle Fischer seit der Schulzeit. Sie waren in derselben Schülergruppe aufeinandergetroffen und hatten sich sofort gefunden. Annabelle war diejenige, die vorschlug, Freunde zu werden. Sie hätte keine Brüder, sagte sie und war felsenfest davon überzeugt, dass Männer das in einer Freundesclique wunderbar kompensieren könnten. Sie amüsierte sich über ihre Entschlossenheit. Hendrik meinte, dass es kein Entkommen aus dieser neuen Art von Familienbeziehung gäbe. Von da an war ihre Freundschaft eine beschlossene Sache.

Sie sind immer noch gute Freunde, auch wenn einer von ihnen bereits tot ist. Nachdem sie ihre Schulzeit und ihre Ausbildung beendet hatten, beschlossen sie, dass sie sich alle zwei Monate im Freundeskreis treffen sollten und hatten das auch eingehalten. Die Lebenspartner waren allerdings von den Treffen ausgeschlossen. So war es immer gewesen und so sollte es auch bleiben.

Dieses Jahr kamen sie zum ersten Mal am Tag des tödlichen Unfalls ihres Freundes nicht zusammen. Sie hatten beschlossen, diesen Tag, den keiner von ihnen jemals vergessen wird, für immer ruhen zu lassen.

Sein Leben und das seiner Freunde hätte ganz normal verlaufen können. Hätten sie sich anders entschieden, wäre der Unfall nicht geschehen, ihre Biografie würde heute einer anderen gleichen, einer schöneren. Ab einem bestimmten Punkt hatte das Geschehen Macht über sie gewonnen, und sie waren nicht mehr fähig, ihr Leben selbst zu bestimmen.

Vielleicht. Vielleicht auch nicht. Was weiß ich. Wir können es nicht mehr ändern. Schuldgefühle helfen niemandem. Sie führen zum Stillstand. Schluss damit! Es ist nun mal geschehen. Die Vergangenheit ist eine Belastung für seinen Seelenfrieden.

Dennoch grübelt er besonders in diesem Jahr über den Unfall, obwohl er sich nicht mehr damit belasten will. Er erwischt sich bei einem Wunsch. Oder ist es nur eine Idee? Eine Fantasie? Jeder hätte vor sieben Jahren das Opfer oder zur falschen Zeit am falschen Ort sein können. Auch Laura.

Was hat Silke gesagt? *Laura soll vom Rand der Erde ins Universum fallen ...* Es ist ein Wunschgedanke, und im Nachhinein schämt er sich deswegen. Er muss aufhören, Laura mit dem Tod zu assoziieren. Die Kinder brauchen ihre Mutter. Was würden sie sagen, wenn sie wüssten, was er da denkt? Aber sind Flor und Diana tatsächlich seine Kinder? Er wird es erst dann wissen, wenn die Ergebnisse der DNA-Tests auf seinem Schreibtisch liegen.

Laura, die Schlampe hätte besser ihr Maul halten sollen.

Seine Freunde wollen heute kommen. Er holt ein kleines Fass Bier, stellt eine Flasche Weißwein kalt, schneidet ein Pfund Käse in Würfel, garniert Leberwurstscheiben mit Gurken und Zwiebeln und schüttet Chips in großen Schalen. Eine Tradition braucht keine Absprache, sie hat Bestand, man hält sie ein. Man respektiert sie, schätzt sie, man ist ihr treu.

Hendrik trifft zuerst ein. Er ist schlecht gelaunt.

Herrje! Maarten hat keine Lust auf einen mürrischen Hendrik. Ihm reichen Laura und ihr Pitbull-Terrier.

„Hey Kumpel", begrüßt er seinen Freund. „Annabelle hat mir gerade eine WhatsApp geschickt. Sie wird sich um eine Stunde verspäten." Dann liest er die Nachricht von Annabelle vor. „Du sollst nicht den ganzen Käse allein essen, Hendrik!"

„Ich war am Grab", sagt Hendrik. „Ich habe Blumen niedergelegt."

Maartens gute Laune verblasst schlagartig. „Herrgott noch mal, Hendrik! Wir wollten nicht mehr darüber sprechen!"

„Sie"

Tagebucheintrag, 14. Mai 1967

Puppenmütter

Sie fühlen sich sicher, wenn sie in der Nacht über die Gleise in den Wald gehen. Nachts wird nicht einmal ein Förster seine Runden drehen. Es ist still, um diese Zeit, an den Gleisen. Sie hören nur das Knacken von Zweigen unter ihren Schritten und das Rufen einer Eule. Der Boden ist aufgeweicht vom Regen und den viel zu warmen Temperaturen, der Himmel bedeckt, sodass nicht mal ein fahles Mondlicht den schlammigen Weg zwischen den Tannen erhellt. Sie sind mit den Unebenheiten des Weges seit ihrer Kindheit vertraut. Als sie an eine kleine Lichtung kommen, die von umsäumendem Dickicht geschützt ist, halten sie inne, blicken prüfend ins Dunkel und legen den geschulterten Jutesack und die bauchige Tasche ab. Aus dem Sack nehmen sie gut abgelagertes Kaminholz, da das Reisig im Wald viel zu nass ist, um ein Feuer anzuzünden. Mit kundigen Griffen schichten sie das Holz und entzünden es mit einem Brandbeschleuniger. Sie öffnen die Tasche, entnehmen Kinderkleidung und -schuhe, die sie nacheinander in die lodernden Flammen werfen. Nachdenklich sehen sie zu, wie alles verbrennt.

Es ist höchste Zeit, den Kram zu verbrennen. Seit sie das Grab des Jungen gefunden haben und die Zeitungen davon berichten, ist es zu gefährlich, die Gegenstände im Keller aufzubewahren. Zu Hause haben die Sachen noch eine Weile ihre sexuelle Lust befriedigt.

„Das Zeug muss weg!"

„Nur die beiden winzigen Unterhemdchen …?"

Sie nehmen sie in die Hand, schnuppern ein letztes Mal daran und befühlen den Stoff …

„Nein, die Hemdchen werden wir nicht verbrennen, die behalten

48

wir. Als Zeichen unseres Sieges. Und einige Haarlocken, sie sind so schön." Sie sehen sich an und sind sich einig. *"Wir müssen sie aber gut verstecken. Wir dürfen nicht erwischt werden!"*

Sie lieben junge zarte Körper, die sie verrückt machen mit ihrem süßen Geruch. Die sie glücklich machen, oder sie ins Unglück stürzen wollen. Sie lieben diese schönen Kinder, die Körper und Seelen erhitzen können mit einem unschuldigen Lachen auf ihren süßen jungen Lippen.

Sie sind gute Puppenmütter.

Sie lieben es, immer wieder nach neuen, unverbrauchten jungen Geschöpfen Ausschau zu halten.

Kapitel 7

Maarten

„Es läuft nicht gut zwischen Corinna und mir. Sie spricht immer häufiger von ihrem Kinderwunsch."

Maarten weiß, dass Hendriks Zweifel nicht mehr sind als eine Form der Angst vor dem Sprung ins kalte Wasser. „Sag das noch mal", fordert er Hendrik auf. „Das ist wirklich ein Knaller." Er versucht, seine Stirn in Falten zu halten.

„Da gibt es nichts zu lachen", knurrt Hendrik.

„Möchtest du uns den ganzen Abend mit deinem mürrischen Gesichtsausdruck beglücken?"

Sie setzen sich an den Küchentisch. Gemeinsam in der Küche zu sitzen, ist Teil ihrer Tradition. Dieser Küchentisch kennt alle Geheimnisse der Freunde.

Hendrik trinkt sein erstes Bier in einem Zug und knallt das Glas auf den Tisch.

„Stimmt es denn, was Corinna behauptet? Bist du noch nicht bereit für ein Kind?", fragt Maarten.

„Ich habe festgestellt, dass ich kein Kind möchte. Eine Vaterschaft kommt für mich nicht infrage. Und deswegen hätte ich Corinna wohl besser nicht geheiratet", antwortet Hendrik.

„Oh, das ist heftig!"

„Ich muss es ihr sagen", fährt Hendrik fort. „Ich muss ihr die Chance geben, sich nach einem Mann umzusehen, der in ihre Erwartungen passt. Ich bin es nicht, ich will es auch nicht sein. Ich bin verrückt nach dieser Frau, aber ich sehne mich nach Freiheit, nach Glück, und vor allem nach einer Beziehung ohne Kinder. Corinna hat ein Recht auf die Wahrheit."

„Ist etwas geschehen, dass du plötzlich deine Meinung geändert hast?"

Hendrik zeichnet mit seinem Zeigefinger Kreise auf den Tisch. „Die Freiheit hat sich offensichtlich auf leisen Sohlen eingeschlichen, sie ist selbstverständlich geworden."

Einen Moment herrscht tiefe Stille.

Maarten überlegt, wie er das Schweigen aufbrechen kann. „Laura

50

verlangt dreizehnhundert Euro Unterhalt pro Monat. Achthundert für die Kinder und fünfhundert für sich", ist das Erste, was ihm einfällt, wenn es auch unpassend ist.

„Verrückt", murmelt Hendrik. „Aber wenigstens kannst du etwas tun, das nicht funktionieren würde, wenn du tot wärst."

„Sag mal, was ist denn in dich gefahren?", knurrt Maarten. „Du benimmst dich ziemlich schräg."

Hendrik fährt sich durchs Haar. „Verdammt! Ich werde diese Schuld nicht los."

„Dann würde ich mir professionelle Hilfe von jemandem suchen, der sein Berufsgeheimnis ernst nimmt. Wir haben eine Vereinbarung zum Thema Unfall, erinnerst du dich?"

Hendrik grinst wider Erwarten. „Was ist das bloß für eine idiotische Unterhaltung, Maarten?"

Es ist nicht wie sonst. Eine unangenehme Spannung hängt in der Luft. Maarten hat das Gefühl, dass sich jederzeit eine Explosion entladen könnte. *Immer wieder diese verdammte Unfallgeschichte, über die wir nicht mehr sprechen wollen.*

Hendrik hätte nicht noch einmal davon anfangen sollen. Maarten hofft, dass Annabelle bald kommen wird. Sie schafft es immer, mit ihrem Humor die Kälte im Raum zu vertreiben. Sie kennt die richtigen Antworten oder hält immer Lösungen bereit. Annabelle hatte sie gerettet, indem sie ruhig geblieben war und nachgedacht hatte. Annabelle hatte die Geschichte erfunden, die aus den Schuldigen Unschuldige gemacht hatte.

Hendrik schubst ihn kurz an und lächelt. „Hey Alter, hörst du die Klingel nicht? Das wird Annabelle sein."

Es ist nicht Annabelle.

„Oje", stöhnt Hendrik.

Laura stürmt völlig aufgelöst in die Küche. Sie wirft ihr Handy auf den Tisch. „Was hat das zu bedeuten?", tobt sie. „Glaubst du, dass du dir alles erlauben kannst? Antworte mir, du Scheißkerl!"

Maarten starrt auf das Display, auf die Wörter einer WhatsApp. Er wird blass. *Das wirst du büßen!*

„Das erspart dir mindestens fünfhundert Euro pro Monat", kommentiert Hendrik die Nachricht.

Lynn, 14. Mai 2017

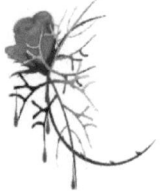

Heute ist Muttertag. Wer sich dieses Spektakel ausgedacht hat, gehört ein Leben lang eingesperrt. Diejenigen, die eine gute Mutter haben oder hatten, werden mir widersprechen. Aber es gibt auch andere Menschen, die mir zustimmen werden, weil sie unter einer Mutter gelitten haben. Sie würden alles für eine Mutter geben, die es wert gewesen wäre, sie jeden zweiten Sonntag im Mai zu überraschen, zu verwöhnen und zu ehren. Zu dieser Gruppe gehöre ich.

Meine Mutter ist nun fast fünfundsechzig Jahre alt und nichts deutet darauf hin, dass sie das Zeitliche in naher Zukunft segnen wird. Sie ist mobil, gesund, aktiv und auch geistig fit. Soweit man eine Frau wie meine Mutter als geistig intakt bezeichnen kann. Oder besser: Das ist sie für die Außenwelt, für alle, die nicht von ihr erzogen wurden. Ihre Nachkommen werden anderer Meinung sein, obwohl keines ihrer Kinder es jemals gewagt hat, sich zur Kindheit zu äußern. Abgesehen von mir. Und weil meine Mutter nichts so sehr hasst wie die Wahrheit, sehe ich sie auch kaum.

Ich gehe also heute nicht zu meiner Mutter, sondern besuche meinen Vater Adrian. Auch wenn er mich nicht wiedererkennen wird und die Chance besteht, dass er gleich nach der Begrüßung einschläft und erst nach meiner Abreise wieder aufwacht, möchte ich ihn sehen und mich davon überzeugen, dass er wohlauf und gut versorgt ist.

Ich gehe regelmäßig ins Pflegeheim, um nach meinem Vater zu sehen, weil ich sein Vormund bin. Es handelt sich um eine kleine, ovale Wohneinheit für demenzkranke Menschen. In jeder Hauseinheit leben sieben Patienten. Als meine Mutter Adrian aus dem Haus haben wollte, suchte ich nach einem geeigneten Ort und fand im Internet die Stiftung, die gerade einen zweiten Standort eröffnet hatte.

„Regel das schnell!", fauchte meine Mutter mich an. „Und kümmere dich um seine Angelegenheiten. Ich möchte keinerlei Verantwortung mehr für diesen Mann übernehmen."

Mein Vater war ebenfalls anwesend und behielt mich die ganze Zeit im Auge. Er sprach schon damals kaum noch ein Wort, aber ich wurde dennoch das Gefühl nicht los, dass er mehr von dem erfasste, als er bereit war, uns zu zeigen.

Ich habe alles organisiert. Vier Wochen später erhielt ich die Nachricht, dass er kommen könnte. Ich holte meinen Vater ab, stellte seine Koffer auf den Rücksitz meines Autos, half ihm beim Einsteigen und fuhr davon.

Wir haben beide nicht einmal zurückgeschaut.

Als ich auf den Parkplatz fahre, überkommt mich ein seltsames Gefühl. Ich bremse abrupt und blicke rasch in den Rückspiegel. Ich habe das Gefühl, beobachtet zu werden. Doch da ist nichts.

Ich überlege, ob ich Laura eine weitere Nachricht schicken soll, damit ihre Wut voll entfacht. Aber dann muss ich mir ein neues Handy kaufen. Ursprünglich wollte ich das Smartphone, mit dem ich Laura einen Schrecken eingejagt habe, in meinem Wäscheschrank verstecken. Es ist der einzige Schrank, den ich samt Bettwäsche aus dem Haus, in dem Benedikt und ich nach der Hochzeit einziehen wollten, behalten habe. In den vergangenen sieben Jahren habe ich zwischen den Laken geschlafen, unter denen Benedikt und ich hätten liegen sollen. Auch wenn das nie der Fall sein wird, schätze ich meine Bettwäsche. Wir haben sie gemeinsam ausgesucht und gekauft ...

„Von Bettwäsche verstehe ich doch nichts", protestierte Benedikt. „Ich möchte sie nicht auswählen. Dann kommst du garantiert mit einem Haufen Müll nach Hause."

Ich bestand darauf, dass er mich begleitete.

„Ich habe nie realisiert, Lynn, dass der Kauf von Bettwäsche, unter der man gemeinsam liegt, ein intimes Ereignis ist", sagte er und zwinkerte mir zu. „Bis ich dir begegnet bin. Ich werde das für mich behalten, Lynn, weil ich fürchte, alle werden mich für verrückt halten. Aber wenn du das sagst, ist es so wahrhaft."

Der Wäscheschrank ist demzufolge der einzige Ort, an dem ich etwas verstecken würde. Dieser Schrank verbindet mich mit meiner großen Liebe. Das fühlt sich sicher an. Immer noch.

Immer.

Aber im Fall des Smartphones verhält es sich anders. Ein Handy, mit dem ich einen anderen Menschen anonym bedroht habe, dort aufzubewahren, könnte mich kompromittieren. Ich darf das Handy nie wieder benutzen. Deshalb habe ich es nicht in meine Wohnung gebracht und in dem Wäscheschrank versteckt, sondern nach dem Versenden der Nachricht in die Maas geworfen. Mit Smartphone Nummer zwei werde ich genauso verfahren. Sicher ist sicher.

Ich sehe aus meinem Fenster. Plötzlich sind da keine Zweifel mehr. Ich bin mir absolut sicher. Jemand hat mich von der gegenüberliegenden Straßenseite beobachtet.

Papa ist wach. Er lächelt mich an und lässt sich umarmen. Ich setze mich neben ihn und zupfe seine Krawatte zurecht. „Deine Krawatte ist sehr schön, Papa", sage ich zärtlich und drücke ihm einen Kuss auf die Stirn. „Adrian ist ein gut aussehender Mann", füge ich schmunzelnd hinzu.

Er lacht breit.

Ich bin glücklich, weil mein Vater es ist. Die Ärzte nennen diese Station „Gemüsegarten". Ich schmunzle wider Willen.

Es war eine gute Entscheidung, meinen Vater hierher zu bringen. Das Pflegepersonal versorgt liebevoll leere Augen, schlaffe Münder und vollgesabberte Kinne. Fröhlich, immer fröhlich. Die Schwestern nennen meinen Vater *Schatz* und *Süßer* oder *mein Hübscher*. Das oberste Gebot lautet: Redet mit denen, die nie antworten. Meinem Vater scheint es in seinem Gemüsegarten zu gefallen.

Ich schaue auf seine Hände. Sie sind zu alten Hasen geworden, sagt Papa, aber sie haben immer noch etwas Kraftvolles. Er hat sich immer sehr gut um sie gekümmert.

„Meine Hände sind meine Werkzeuge", hat er mir erklärt, als ich ungefähr neun Jahre alt war. „Sie müssen in einwandfreiem Zustand sein, Lynn, sonst kann ich keine feinen, schönen Schnitte machen."

Früher habe ich ihn oft tagelang nicht gesehen, und genoss die seltenen Momente, die er mit mir verbrachte. Er stand viele Stunden im Operationssaal und schlief im Krankenhaus. Ich erkundigte mich jeden Tag, wann er nach Hause kommen würde. Meine Mutter antwortete immer mürrisch, dass man das nie genau wusste, sofern man mit einem Chirurgen verheiratet war. Ohne die Anwesenheit meines Vaters war die Atmosphäre im Haus oft geladen.

Als Kind habe ich das Gift gespürt, das diese Familie untereinander versprühte. Ich kannte den Grund nicht, fand ihn auch nicht heraus. Bis mein Bruder Yuri ertrank.

Lynn, 15. Mai 2017

Auf dem Grab liegt ein großer Blumenstrauß. Er ist noch ziemlich frisch, aber ich entferne ihn trotzdem. Ich bin sicher, dass Benedikt nur meine Blumen auf seinem Grab haben möchte. Der Blumenstrauß wird wohl von seiner Mutter sein. Vermutlich hat sie ein paar Tage nach dem Todestag gewartet, um mir die Gelegenheit zu geben, als Erste Blumen auf das Grab zu legen. An Benedikts Mutter ist nichts falsch, außer dass sie immer seine Mutter sein wird und ich nie seine Frau sein werde. Bernadette hat mich vor sieben Jahren zum Haus meiner Schwiegereltern gebracht, die nie offiziell meine Schwiegereltern werden sollten ...

15. Mai 2010

Ich wollte nicht dort sein, aber mir fehlte die Kraft, mich zu widersetzen.

„Ich bleibe bei dir, Lynn, und werde dir zur Seite stehen", versprach Bernadette.

Ich war zu betrübt, um mir über das, für sie ungewöhnliche Verhalten, Gedanken zu machen.

Im Haus seiner Eltern hatten sich viele Menschen eingefunden. Benedikt hatte vier Brüder und zwei Schwestern, die alle verheiratet waren und bereits Kinder hatten. Er war *der Benjamin* der Familie und das einzige Kind, das Interesse für das Geschäft des Vaters zeigte und es übernehmen wollte, weshalb seine Familie ihn *Thronfolger* nannte.

Ich konnte ihre Zugehörigkeit und Vertrautheit spüren, ihre starke Bindung. Eine solche Verbundenheit war meiner Familie fremd, weshalb Benedikts Tod noch mehr schmerzte, denn ohne ihn würde ich nie einen Platz im Schoß ihrer Geborgenheit finden. Ich würde immer eine Fremde bleiben. Das stimmte mich noch trauriger.

Meine Schwiegermutter kam auf mich zu und legte erstaunt ihre Hand vor den Mund. „Kind, warum? Dein langes Haar stand dir so gut. Benedikt hat es so gemocht." Dann drehte sie sich um, ich sollte ihre Tränen nicht sehen. Sie waren alle dort, standen in der Diele, in der Küche, im Wohnzimmer, im Garten. Es wimmelte auch von Kindern. Mir wurde schwindlig, aber Bernadette hielt mich. „Langsam ein- und ausatmen. Du schaffst das, Lynn", flüsterte sie.

Sie umarmten mich. Ich wollte ihre feuchten Küsse von meinen Wangen wischen, aber es gelang mir nicht. Ein Meer an Tränen überflutete in Gedanken mein Gesicht. Meine Augen blieben trocken.

„Sie kann es noch nicht fassen.", hörte ich Onkel Vincent sagen. Er kam auf mich zu und drückte mir ein Sandwich in die Hand. „Iss etwas, Lynn, dann geht es dir sofort besser!"

In diesem Moment wusste ich, dass ich ihre Umarmungen und ihre Küsse nicht mehr wollte, dass ich nichts essen konnte, dass ich nicht essen wollte. Dass ich nicht essen durfte, weil Benedikt nie wieder mit mir essen würde.

Ich durfte Benedikt nicht mehr sehen. Jemand glaubte, mir sagen zu müssen, dass der Unfall Benedikts Gesicht zerfetzt hatte. So saß ich mit seiner Familie während der Beileidsbezeugung neben einem geschlossenen Sarg. Mein Blumenarrangement aus roten Rosen lag auf dem Kopfteil. Mich beherrschte nur ein einziger Gedanke. *Darunter ist sein Kopf – ohne Gesicht.*

Ich hielt meine Augen nahezu geschlossen und achtete nicht darauf, was die Leute flüsterten. Jeder weinte, nur ich nicht.

Wir hatten vor der Eheschließung einen Ehevertrag geschlossen. Das Haus gehörte Benedikt und fiel an seine Familie. Die von mir bezahlten Möbel wurden verkauft, der Erlös ordentlich auf mein Konto überwiesen. Und ich blieb in meiner eigenen Wohnung, wo nur der neue Wäscheschrank zwischen dem alten Mobiliar ein neues Zuhause fand.

*

Ich sehe auf das Grab hinab. Da liegt er unter der Erde, ohne Gesicht. Ob noch etwas von ihm übrig ist? Ich gehe in die Hocke und zupfe ein wenig Unkraut.

„Es ist so weit, Benedikt", flüstere ich. „Ich steige in unseren Zug und fahre mit dir über das Gleis der Vergeltung. Sie werden für das, was sie uns angetan haben, büßen. Ich werde deinen Tod rächen. Maarten, Hendrik und Annabelle sollen erfahren, wie es sich anfühlt, den Sinn des Lebens zu verlieren."

Ich schließe meine Augen und berühre die Erde wie ein kostbares Gut. Es ist sehr intim. Und dann, für einen Moment, vielleicht der Hauch einer Sekunde, taucht Benedikts Gesicht vor meinem inneren Auge auf: ein schönes Gesicht mit markanten Wangenknochen. So wie es mal war.

Kapitel 8

Maarten

Er hat es seiner Freundin versprochen, obwohl ihm nicht nach einem gemeinsamen Essen mit Silke zumute ist. Maarten versucht, nicht an Laura zu denken. Doch ihr Gesicht taucht immer wieder vor seinem inneren Auge auf, selbst dann, wenn es ihm gelingt, sich abzulenken. Während er einer seiner ältesten Kundinnen ein neues Hundespielzeug zeigt und sie ihm begeistert die Geschichte über die bevorstehende Geburt ihres ersten Enkelkindes erzählt, sieht er das wütende Gesicht seiner Ex vor sich, er hört sie toben. „Du bist ein verdammter Bastard!"

Laura glaubt, dass die bedrohliche Nachricht auf dem Display von ihm stammt.

Maarten hört ihre Drohungen immer wieder. „Ich werde Anzeige gegen dich erstatten!" Auch kann er die vier Worte auf ihrem Display nicht vergessen: *Das wirst du büßen.*

Wer hat ihr diese WhatsApp-Nachricht geschickt?

Er denkt auch an den DNA-Test, dessen Ergebnis wohl bald eintreffen wird. *Denk nicht darüber nach!*

„Haben Sie die Scheidung schon hinter sich gebracht?", wollte eine Kundin heute von ihm wissen. „Hat das finanzielle Konsequenzen für das Geschäft? Ich hoffe nicht, oder? Es kommt mir vor, als wäre es hier ruhiger geworden im Vergleich zu früher. Kann das sein?"

Maarten, du bist ein Idiot. Solche Fragen kommen unweigerlich, wenn man einen vertraulichen Umgang mit einer Kundin pflegt.

„Wir haben viel zu tun", sagt er. Diese Frau wird nicht von ihm hören, dass viele Stammkunden monatelang nicht mehr in die Tierhandlung gekommen sind. Und er wird ihr gewiss nicht erzählen, dass einer seiner treuesten Kunden behauptet, dass er Laura misshandelt hätte und dass besagter Kunde sein gewalttätiges Verhalten jedem erzählte, der es hören wollte. Seitdem waren die Kunden der Tierhandlung fern geblieben. „Gott sei Dank hat niemand Anspruch auf meinen Laden", antwortet er schnell.

„Sie haben die beste Zoohandlung weit und breit. Das sollte auch so bleiben!" Die Frau ist sichtlich erleichtert.

Das Mädchen, das ein zweiwöchiges Praktikum bei Maarten absolviert, kommt auf sie zu. „Kann ich anfangen, den Kaninchenstall zu reinigen?"

Maarten nickt.

„Es ist so schön hier", sagt die Kundin. „Ich mag es, dass hier alles so sauber ist und die Hygienebestimmungen eingehalten werden."

Maarten dankt ihr mit einem aufgesetzten Lächeln.

Der Wind fegt über die Straßen. Es ist zu kalt für die Jahreszeit. Die Natur geht mitten im Frühling ihre eigenen Wege. *Ich hätte meine Winterjacke anziehen sollen.*

Die Kinder wollen in den Zoo, aber Laura geht nur mit den Kids dorthin, wenn das Wetter gut ist. *Wir werden uns einen Teufel um das Wetter scheren*, denkt Maarten. *Selbst wenn es schneit, gehen wir in den Zoo!* Es fühlt sich gut an, etwas zu planen, das gegen die Prinzipien seiner Ex verstößt. Laura ist und bleibt eine Schlange, die ihm gewiss den Bankrott wünscht. Maarten ist davon überzeugt, dass er die Flaute in seinem Zoohandel ihr zu verdanken hat. Viele seiner Kundinnen gehen auch in ihren Schönheitssalon. Laura wird dort bestimmt die wildesten Geschichten über ihn erzählen. Aber heute waren viele neue Gesichter im Laden.

Was die Hexe wohl noch alles plant, um ihm das Leben zu erschweren? Von wem war diese Nachricht? War sie vielleicht fingiert? Laura hatte immerhin auch behauptet, dass er sich ihre Untreue nur eingebildet hätte. Sie fand ihn krankhaft misstrauisch und fühlte sich durch seine Fragen und Behauptungen gekränkt. Er war infolgedessen immer wieder in sein schwarzes Loch gekrochen.

Maarten versucht, sich daran zu erinnern, was er gefühlt hat, als sie sich gerade kannten. Er weiß, dass er in sie verliebt war, aber viel mehr ist da nicht.

Er sieht zu spät, dass er bei Rot über die Ampel fährt und nur knapp einem anderen Fahrzeug ausweichen kann. Der Fahrer tobt hinter seinem Lenkrad. Maarten versteht seine Reaktion.

Pass besser auf dich auf, Maarten!

60

Kapitel 9

Maarten

Sie haben gerade gegessen, als es klingelt.

„Erwartest du jemanden?", fragt Silke.

Maarten steht auf. „Nein. Vielleicht ist es mal wieder einer dieser Spendensammler. Das nimmt allmählich überhand." Es küsst ihre Hand. „Danke. Das Essen war fantastisch. Wollen wir die Flasche Wein leeren?"

Silke lächelt. „Es gibt noch ein Dessert."

Es läutet noch einmal. Maarten seufzt und nimmt sein Portemonnaie aus seiner Hosentasche. Geht zur Tür. Öffnet sie.

„Wir müssen uns unterhalten", sagt sie und geht an ihm vorbei ins Wohnzimmer.

Maarten schließt die Tür und eilt hinter ihr her.

Silke starrt sie an.

„Das ist Barbara, Lauras Mutter", erklärt Maarten.

„Unter vier Augen!", verlangt Barbara.

„Ich habe keine Geheimnisse vor meiner Freundin. Silke darf ruhig den ganzen Mist hören, den du mir gleich erzählen wirst, es sei denn, sie zieht es vor, sich zurückzuziehen."

„Was möchtest du, Maarten?", fragt Silke.

Maarten sieht, dass ihr die Situation unangenehm ist. „Ich möchte nicht, dass du dich unwohl fühlst, Liebling."

Silke stellt die leeren Teller wieder auf den Tisch. „Ich bleibe."

Barbara zeigt mit dem Finger auf Maarten. „Es ist entsetzlich zu beobachten, wie schnell sich die Menschen heutzutage scheiden lassen und sich in die nächste Beziehung stürzen. Als sei eine Ehe irgendeine Zwischenstation, aus der man sich einfach verabschiedet, wenn die Dinge einmal nicht so toll laufen. Du warst schon während der Ehe mit ihr zusammen", sie zeigt auf Silke, „ich kenne dich. Lügen und betrügen, fremdgehen und niemals zugeben, dass du derjenige bist, der Fehler macht." Sie atmet tief ein und aus. „Laura kann froh sein, dass sie dich verlassen hat, und soll ich dir mal was verraten? Mein Mädchen ist es auch. Warum suchst du dir eigentlich wieder eine Frau? Ist es nicht an der Zeit zuzugeben, wie du gepolt bist?"

Maarten sieht, dass Silke zusammenzuckt. „Barbara glaubt, dass ich schwul bin. Vermutlich ist das auf das Geschwätz ihrer Tochter zurückzuführen. Laura hat überall erzählt, dass ich ihren sexuellen Ansprüchen nicht gerecht wurde und deshalb schwul sein muss."

Silke versucht, nicht laut zu lachen.

„Okay. Das war das Vorwort. Warum bist du hier, Barbara? Und mach es kurz!"

Barbara baut sich vor ihm auf. „Ich möchte dich warnen. Du wirst meiner Tochter keine Drohungen mehr schicken, andernfalls bekommst du es mit mir zu tun. Und das wird unangenehm. Laura hat sich nach der ersten WhatsApp kaum noch auf die Straße gewagt, aber nach der zweiten Nachricht hat sie sogar Angst, ins Bett zu gehen. Sie kann nicht mehr einschlafen. Die Polizei unternimmt nichts. Vermutlich muss erst einmal jemand tot sein, bis die ihre Hintern aus dem Polizeirevier bewegen. Aber jeder, der mein Kind belästigt oder bedroht, bekommt es mit mir zu tun. Also hör auf damit! Verstanden?"

Maarten sieht Silke an. Sie zuckt mit den Schultern. „Wenn ich dich richtig verstanden habe, hat Laura eine zweite Nachricht erhalten? Wie lautete sie denn?"

Barbara sieht ihn hasserfüllt an. „Als würdest du das nicht wissen, Maarten!"

Er holt tief Luft. „Nein, ich weiß es nicht!"

„Dann werde ich deine Erinnerung auffrischen: *Du hast nur noch zwei Wochen.* Dämmert es?"

Maarten riecht Barbaras schlechten Atem und die Knoblauchausdünstungen, und macht einen Schritt zurück. „Ich rate Laura, eine neue Handynummer zu beantragen. Das mag für das Kosmetikstudio etwas knifflig sein, aber ich denke, dass sie das mit einer E-Mail an ihre Stammkunden lösen kann. Es sei denn, die Nachrichten stammen von einer Kundin. Wie auch immer, belästige mich nie wieder damit. Ich möchte von euch beiden weder etwas hören noch euch hier jemals wiedersehen. Denn sonst werde ich Anzeige wegen Stalkings erstatten. Und jetzt verschwinde! Kapiert? Belästige andere Leute mit deinem Wahn!" Er stößt Barbara grob in Richtung Tür. „Nimm deine dreckigen Schwulenpfoten von mir", schnaubt sie.

„Hat sie das gerade tatsächlich gesagt?", möchte Silke wissen, als er das Wohnzimmer wieder betritt.

„Vergiss es. Seit ich Laura kenne, glaubt Barbara, dass ich latent homosexuell bin. Anfangs war ich wütend, später habe ich es ignoriert. Aber was hältst du von den WhatsApp-Nachrichten, die Laura

62

erhält?"

„Gruslig. Oder denkt sie sich das aus?"

„Ich habe die erste Nachricht gesehen, also wird es wohl stimmen. Es ist seltsam. Stell dir vor, jemand plant tatsächlich etwas, dann sind die Mädchen vielleicht auch in Gefahr."

Silke nimmt seine Hände. „Du solltest nicht darüber nachdenken. Nach allem, was du mir von Laura erzählt hast, wäre ich nicht überrascht, wenn sie sich diese Nachrichten selbst geschickt hat."

„Hm ... Gut möglich. Aber warum sollte sie das tun?"

„Um deinen Ruf zu schädigen. Sie will doch das alleinige Sorgerecht. Vielleicht möchte sie die Entscheidung des Richters beeinflussen. Ein Familienvater, der die Mutter seiner Kinder bedroht. Ist dir das nicht schon mal in den Sinn gekommen?"

Maarten schlingt seine Arme um seine Freundin. „Ehrlich gesagt, nein. Aber du könntest richtig liegen. Zuzutrauen wäre es Laura."

Silke küsst ihn.

„Wir haben noch Nachtisch", murmelt er selig.

Lynn, 17. Mai 2017

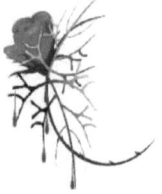

Heute wäre mein Bruder Yuri fünfunddreißig Jahre alt geworden, wenn er nicht ertrunken wäre. Am liebsten möchte ich diesen Jahrestag jedes Mal überspringen. Yuri feierte seinen Geburtstag zum letzten Mal, als er elf wurde. Es war ein Mittwoch und am Nachmittag hatten wir eine Kinderparty geplant. Mein Vater hatte Urlaub und wollte mit Yuri in den Tierpark. Mein Bruder war ganz verrückt nach den Affen dort.

An Yuris Geburtstag traf auch ein Paket von Bernadette für ihn ein. Darin war ein großes Badetuch mit einem riesigen Orang-Utan darauf. Yuri war selig.

Ich war damals fünf und ich erinnere mich an jeden Moment dieses Tages. Ich war ein sorgloses Kind und hatte das Gefühl, dass mein Zuhause ein sicherer Hafen war. Vielleicht ist mir deshalb nichts Ungewöhnliches aufgefallen. Damals gab es bereits Spannungen zwischen meinen Eltern, aber ich wusste nicht, was wirklich um mich herum geschah. Ich lebte dort, aber sie bezogen mich nicht in ihr Leben ein. Ich war ein Kind, das zwar beobachtete, dem aber nichts auffiel. Später habe ich mir deswegen große Vorwürfe gemacht und mich verantwortlich gefühlt. Ich hatte nicht begriffen, dass Yuri etwas bedrückte, dass ich die Zeichen übersehen und sie falsch gedeutet hatte, weil ich glaubte, dass ich ihm nichts bedeute. Ich war zu jung, sodass das Schicksal seinen Lauf nehmen konnte.

Ich erinnere mich heute wieder an die Zeichen.

Einige Wochen vor Yuris Geburtstag fragte mein Vater ihn beim Abendessen, was mit ihm los sei.

Mein Bruder fing an zu stottern. „D ... d... da ist nichts."

Papa legte seine Hand auf Yuris Arm. „Es ist nur eine Frage. Du bist anders als sonst. Du isst kaum etwas, deine Hände zittern und deine Körpersprache spricht Bände. Hat sich in der Schule etwas zutragen?"

Yuri presste seine Lippen zusammen und schüttelte den Kopf. Mein Vater ließ nicht locker. „Wollen wir später in meinem Büro reden? So von Mann zu Mann?"

Yuri kicherte leise.

„Lass den Jungen in Ruhe", fuhr meine Mutter meinen Vater an. „Da bist du einmal zum Abendessen zu Hause ... Yuri kann seine Probleme sehr gut selbst lösen. Du bist ja sonst auch kaum da."

Mein Vater ignorierte die Worte meiner Mutter und berührte Yuris Hand. „Wenn du mit mir über etwas reden möchtest, kannst du immer zu mir kommen. Vergiss das bitte nicht, mein Junge!"

Yuri senkte den Kopf noch tiefer. Stille. Niemand sagte mehr etwas. Nur das Schaben von Besteck über die Teller war zu hören, und ich sah die feindseligen Blicke meiner Mutter, die sie meinem Vater zuwarf. Ich war froh, dass wir nach dem Nachtisch den Tisch verlassen durften. An all das erinnere ich mich heute wieder.

In der darauf folgenden Nacht wachte ich auf, weil jemand an meinem Arm zog. Es war Yuri. „Du musst mir helfen", flüsterte er.

Ich folgte ihm in sein Zimmer und wusste sofort, was geschehen war. Ich konnte es riechen.

Er deutete auf das Spannbetttuch, das in einer Ecke auf dem Boden lag. „Das muss gewaschen werden, aber Mama und Papa dürfen es nicht wissen." Er reichte mir ein sauberes Spannbetttuch. „Kannst du mein Bett beziehen? Dann lege ich das schmutzige Laken in die Waschmaschine." Yuri sah mich unsicher an. „Es ist im Schlaf passiert. Es war ein Unfall", flüsterte er. „Ich konnte wirklich nichts dafür."

„Das ist nicht schlimm", antwortete ich und fühlte mich plötzlich wie eine große Schwester, obwohl ich sechs Jahre jünger war.

Zwei Nächte später kam Yuri wieder in mein Zimmer. „Schon wieder? Wieso, Yuri?"

Yuri fing an zu weinen.

Ich umarmte ihn. „Schon gut. Schsch ...", tröstete ich ihn und strich ihm über seine Locken.

Yuri hatte zwar ein Problem, aber an seinem elften Geburtstag war er wie ausgewechselt. Er tummelte sich begeistert mit seinen Freunden und mit unserem Vater. Er zwinkerte mir ständig zu; wir waren Verbündete. Meine Mutter beschwerte sich und fragte, warum sie nie ein Augenzwinkern bekam.

Ostern erlaubte Vater uns, an einem Gläschen Eierlikör zu nippen,

65

den er mit Milch verdünnt hatte. Es gefiel mir, ich fühlte mich erwachsen und gehörte dazu, aber Yuri weigerte sich. Er ging auch früh ins Bett, obwohl Mutter ihn bat, sich mit uns das Osterfeuer anzusehen. Vergeblich.

„Was ist mit dem Jungen los, Elisabeth?", fragte Papa.

„Es ist das Wachstum, Adrian. Das gibt sich wieder", antwortete meine Mutter.

Papa war anderer Meinung. „Ich habe den Eindruck, dass er unglücklich ist."

„Wie seine Mutter!"

Bis Mitternacht herrschte eisige Stille.

Sechs Wochen später sprang Yuri ins Schwimmbecken, wo er seine beiden Schwimmdiplome erhalten hatte, und tauchte nicht mehr auf.

*

Was mache ich an einem Tag, an dem mein Bruder fünfunddreißig geworden wäre?

Die Antwort ist einfach.

Ich denke an Yuri. Ständig.

„Sie"

Tagebucheintrag, 17. Mai 1968

Unter den Gleisen

Der Junge wacht auf. Er kämpft gegen die Woge der Übelkeit an, unter der sich sein elfjähriger Körper zusammenkrümmt, schüttelt den Kopf, um wieder klar denken zu können, was ihm allerdings nur kurz gelingt. Er unterdrückt ein Stöhnen.

Er hebt die Hände, um sich die Augen zu reiben, aber sie sind gefesselt. Die Erkenntnis stürmt mit Wucht auf ihn ein. In Panik versucht er, die Arme zu bewegen, doch er hält inne, als ein scharfer Schmerz in seine schmalen Handgelenke schießt.

Es ist auch nicht dunkel. Seine Augen sind verbunden. Er wirft sich zur Seite und hört das Rasseln einer Kette, bevor seine Bewegung abrupt gestoppt wird.

Entsetzen packt ihn. Ein Schrei steigt in seiner Kehle auf, doch aus seinem Mund dringt nicht mehr als ein eingerostetes Krächzen. Sein Hals ist staubtrocken, die Lippen aufgesprungen. Sie müssen ihm etwas gegeben haben. Er ist so müde.

Aber wie? Und wann? Und warum? Er hat nur draußen an den Gleisen gespielt. Aber wo hat er gespielt? Er weiß es nicht mehr. Er atmet tief ein, versucht, sich zu beruhigen. Irgendetwas stimmt nicht mit ihm.

Der Schimmelgeruch im Raum brennt ihm in der Nase und löst ein heftiges Niesen aus. Er beißt die Zähne zusammen. Bezwingt die nächste Welle der Übelkeit.

Der Junge lauscht, aber da ist nichts. Kein Geräusch. Kein Wind. Keine Musik. Keine Stimmen. Nur Dunkelheit.

Er zwingt sich, die Arme locker zu lassen, damit die Spannung der Kette nachlässt. Vorsichtig bewegt er seine Finger, seine Zehen, er streckt den Rücken, immer darauf bedacht, keine schnellen Bewegungen zu machen.

Er liegt auf einer Matratze. Mit einem Laken über seinem Körper. Einem Kissen. Er reibt die Wange über den Stoff. Rau. Der Raum riecht nach Erbrochenem, aber das Kissen ist sauber.

Ein plötzliches Quietschen lässt ihn erstarren. Eine Tür öffnet sich und lässt einen kalten Luftzug herein. Er nimmt den Duft von Zitronen wahr.

„Du bist ja wach." Die Stimme eines Mädchens. Der Schock reißt den Jungen aus seiner Panik. Das Mädchen klingt jung. Ein Kind wie er. Und es spricht zögernd. „Ich hab mir Sorgen um dich gemacht".

Er hört schlurfende Schritte. Zählt sie. Eins, zwei ... vier, fünf ... acht, neun, zehn. Zehn Schritte bis zur Tür.

„Wer bist du?", flüstert er. Jedes Wort brennt in seiner ausgetrockneten Kehle. „Warum bin ich hier?"

Die Matratze neigt sich. Nur ein wenig. Das Mädchen ist klein. Leicht. Kühle Hände legen sich um seinen Kopf, heben ihn hoch. „Du hattest Fieber", antwortet es. „Aber es geht dir besser. Hast du Durst?"

Der Junge nickt. „Hast du Wasser?"

„Bekommst du", sagt das Mädchen freundlich. Sie hält ihm eine Tasse an seine Lippen. Aus Metall. Kein Glas oder Porzellan. Das Wasser rinnt durch seine Kehle, er schluckt gierig. „Mehr, mehr."

„Später", flüstert das Mädchen und legt seinen Kopf wieder sanft aufs Kissen. „Du warst sehr krank."

„Wer bist du? Nimm mir die Augenbinde ab."

„Das darf ich nicht."

„Warum nicht?" Seine Stimme hört sich komisch an, denkt er.

„Ich darf mich um dich kümmern, aber ich darf dir nicht die Augenbinde abnehmen."

Die Panik siegt und er wirft sich nach vorne, die Kette rasselt. „Wer bist du?"

„Niemand", antwortet das Mädchen. „Ich bin niemand."

Die schlurfenden Schritte entfernen sich. „Ich weiß nicht, wer ich bin. Ich weiß nicht, wohin ich gehöre. Die anderen wissen es auch nicht."

„Welche anderen."

„Die anderen Kinder. Wir wissen nicht, wer wir sind."

„Wie viele seid ihr denn?"

„Drei."

68

„Warum bin ich dann hier? Ich weiß doch, wer ich bin."

Das Mädchen zögert „Dann sag es mir!"

„Ich bin ..." Er überlegt und gerät in Panik. „Ich ... Ich ..." Das Mädchen hat recht. Er erinnert sich nicht an seinen Namen. Er weiß gar nichts, nur, dass er gerade aufgewacht ist.

Das Mädchen kichert. „Siehst du. Ich komme nachher wieder. Dann bringe ich dir Suppe."

„Warte. Bitte! Bitte geh nicht weg. Wo sind wir?"

Ein leichtes Zögern, dann die resignierte Antwort. „Das weiß ich auch nicht genau. Ich glaube, unter den Gleisen."

„Kannst du mir helfen, von hier wegzukommen?", wimmert der Junge.

„Nein. Nein." Das Mädchen klingt plötzlich völlig verängstigt. „Das geht nicht." Ein Flüstern. „Ich muss jetzt gehen."

Die Tür öffnet sich. Schreie dringen in den Raum. Der Junge erstarrt. „Was passiert da?"

„Sie hat Geburtstag. Sie rasieren ihren Schädel kahl und dann bringen sie ihr bei, was sie wissen muss", antwortet das Mädchen mit eiskalter Endgültigkeit.

Die Tür wird geschlossen. Stille.

Der Junge wartet einige Sekunden. „Hallo? Bist du noch da?"

Niemand antwortet.

Aus der Ferne nimmt er das schwache Signal eines Zuges wahr.

Kapitel 10

Maarten

„Was quält dich denn so sehr, Liebling?" Silke tätschelt seinen Arm. „Sind es die seltsamen Nachrichten, die Laura erhalten hat? Oder ihre Unterhaltsforderungen? Ich sehe doch, dass du grübelst. Sprich bitte mit mir!" Er hat während des Essens kaum ein Wort gesprochen und weiß, dass sein Verhalten Fragen aufwirft. Er drückt den Startknopf der Geschirrspülmaschine. *Noch einmal durchatmen.* Dann bereitet er zwei Espressi zu – eine kleine Verschnaufpause fern der Probleme.

Ein anstrengender Tag liegt hinter ihm, aber der Stress hat ihm gutgetan, weil er nicht ständig über Laura, die Kinder und die DNA-Tests gegrübelt hat. Verdammt, wie er das hasst!

Silke schiebt ihre Tasse beiseite, die er vor sie auf den Tisch gestellt hat. „Ist wieder etwas vorgefallen?"

„Heute hat eine Kundin im Laden behauptet, dass ein Streit um das Sorgerecht nichts anderes als eine Art Kindesvernachlässigung sei." Er fährt sich durch das Haar. „Sie meinte, es sei völlig normal, während einer Scheidung zu unorthodoxen Mitteln zu greifen. Es sei sogar eine notwendige Aktion, um den Partner loszulassen. Es hält zudem die Trauer über das Scheitern einer Partnerschaft von dir fern. Ich habe ihr zugehört, bis sie über die Konsequenzen für Kinder anfing." Er schluckt heftig. „Elternschaft ist ein wichtiger Teil deiner Identität. Du wirst in deinen Kindern weiterleben. Das fühlt sich doch gut an. Elternschaft bringt auch eine große Verantwortung mit sich. Es hat eine Beispielfunktion, es muss Stabilität bedeuten. So macht es Sinn, dass du alles in deiner Macht stehende tust, um den Kontakt zu deinen Kindern aufrecht zu erhalten. Sie hörte überhaupt nicht auf, Silke." Er seufzt. „Aber was bedeutet das für die Mädchen?", fährt er fort. „Hat diese Kundin recht, wenn sie behauptet, eine beschissene Scheidung sei eine andere Art der Kindesvernachlässigung?"

Stille.

„Ich bin geschieden und weiß, dass sich da die schlimmsten Abgründe auftun können", bricht Silke schließlich das Schweigen.

70

„Aber ich habe keine Kinder. Eure Scheidung wird nicht spurlos an Flor und Diana vorübergehen. Aber euer Kampf ums Sorgerecht und dergleichen ist gewiss keine Art Kindesvernachlässigung, sofern er zwischen euch stattfindet."

„Das funktioniert nicht mit Laura als Gegenpart", wirft er ein.

Er kann alles, was sein Verhalten und seine Haltung gegenüber Laura betrifft, aus dem Bedürfnis nach Selbstschutz erklären. Aber wie selbsterhaltend ist der Wunsch, das Objekt, das ihm im Weg steht, zu eliminieren?

Er googelt: *Wie begehe ich den perfekten Mord?*, kommt aber zu dem Ergebnis, dass seine Qualifikation nur zum perfekten Hauptverdächtigen reicht, und dass er das Sorgerecht und die Elternschaft definitiv und vollständig sicher verliert, wenn er Laura aus dem Weg räumt.

Maarten will nicht wirklich über dieses Thema nachdenken. Doch der Gedanke hat sich Zugang zu seinem Gehirn verschafft und liegt dort auf der Lauer, um zu einem perfekten Plan zu reifen. Aber das kann er weder Silke noch seinen Freunden anvertrauen. *Überhaupt niemandem.*

Er seufzt. Es ist der falsche Weg und entspricht einem asozialen und unzivilisierten Verhalten.

„Vielleicht solltest du doch mal in Anwesenheit eines Schlichters mit Laura sprechen", schlägt Silke vor. „Es nimmt den Druck vom Kessel, und wer weiß, vielleicht trägt es dazu bei, dass Laura vernünftig wird."

„Das bezweifle ich!"

„Dann wirst du sie um…" Silke erschaudert über ihre Worte und sieht ihn entsetzt an. „Ich sollte mich wohl besser zurückhalten."

71

Kapitel 11

Maarten

Der Umschlag liegt auf dem Tisch. Maarten hat beschlossen, ihn vorerst dort liegen zu lassen. Er möchte noch nicht wissen, wie das Ergebnis der DNA-Forschung ausgefallen ist. Dieser Schlag kann noch früh genug kommen. Oder wird gerade das Ergebnis ihm den Seelenfrieden bringen, auch wenn Flor nicht seine Tochter ist? Er hat in den vergangenen Tagen nichts mehr von Laura oder ihrer Mutter gehört. Vermutlich hat Laura keine bedrohlichen Nachrichten erhalten. Oder sie hat aufgehört, sich selbst welche zu senden. Je mehr er über diese Möglichkeit nachdenkt, umso öfter neigt er dazu, Silkes Verdacht Glauben zu schenken.

Von den Kindern hat er fast eine Woche nichts gehört. Ob Laura ihnen verboten hat, sich bei ihm zu melden? Gut möglich. Einen anderen Grund kann er sich nicht vorstellen.

Er hat einem Treffen im Beisein eines Schlichters zugestimmt. Wenn er sich in diesem Punkt widersetzt, muss er befürchten, dass Laura die ordnungsgemäße Einhaltung des Umgangsrechts erschüttern wird. Sie hat da so ihre Methode.

In einigen Jahren können die Mädchen selbst entscheiden, bei wem sie leben wollen. Bis dahin wird er ihnen die Wochenenden mit ihm versüßen. Er wird Flor und Diana die Liebe geben, die sie brauchen, sie werden sich auf ihn verlassen können und ihm ihr Vertrauen schenken, wie in der Vergangenheit. Sie werden sich bei ihm wohlfühlen. Denn er gönnt Laura das Gefühl der Niederlage, das sie dann empfinden wird. *Laura auf dem Siegespodest - immer. Für einen Trostpreis bist du Luder nicht zu haben.*

Laura hatte schon immer Haare auf den Zähnen und war eine Gefahr für jeden Gegner. Er erinnert sich an ein Streitgespräch, das sie deswegen einmal geführt haben.

„Du kannst nicht verlieren, Laura, oder? Du musst es mit jedem aufnehmen, der dir nicht wohlgesonnen ist. Zum Totlachen."

„Was ist denn daran so lustig?"

„Sieh dich doch an. Eine Erbse auf zwei Pfoten, die sich selbst als Gefahr für jeden Gegner bezeichnet. Wie groß bist du? Noch nicht

72

mal ein Meter sechzig, vermute ich. Und wie schwer bist du? Fünfzig Kilo? Dein Gegner muss ein Zwerg sein, um sich vor dir zu fürchten."

„Ich spreche von Dingen, die mehr Schaden anrichten können, als körperliche Gewalt", antwortete sie und tippte sich mit ihrem Zeigefinger auf die Nasenspitze. „Unterschätze mich nicht, Maarten." Dann küsste sie ihn – die ganze Nacht … Wieder eines ihrer kleinen, miesen Machtspiele. Zucker und Peitsche …

Die Erinnerung schmerzt heute noch. *Warum erlaube ich mir solche Rückblicke? Lass die Vergangenheit ruhen, Maarten!* Diese Narzisstin hatte ihn gedemütigt und verletzt, aber sie war auch die Frau, die ihn die ganze Welt um sich herum hat vergessen lassen.

Maarten dreht den Umschlag einige Male in seinen Händen. Seine Finger gleiten über die Ränder. *Ich muss es nicht wissen. Ich muss es nicht öffnen.*

Flor wurde neun Monate nach ihrem ersten Geschlechtsverkehr geboren. *Ist sie meine Tochter?*

Die Rückseite des Umschlags ist mit breitem Klebeband verstärkt. Er nimmt den Brieföffner, öffnet den Umschlag, legt ihn wieder auf den Tisch. *Nicht jetzt. Noch nicht. Später.*

Erst ein Glas Wein oder ein kühles Bier.

Später, was für ein verlockendes Wort..

Eine Viertelstunde später. Viel zu schnell trinkt er zwei Gläser Wein und schenkt sich ein drittes Glas ein. *Ist das klug? Vermutlich nicht.*

Plötzlich glaubt er, dass das Ergebnis zu seinen Gunsten ausfällt. Er weiß nicht wieso und es macht auch keinen Sinn, darüber noch länger zu grübeln. Euphorie überkommt ihn.

Er zieht ein A4-Blatt aus dem Umschlag und beginnt zu lesen. Lächelt. *Siehst du!* Flor Senger ist mit an 99,99 Prozent grenzender Sicherheit seine biologische Tochter.

Er nimmt einen kräftigen Schluck Wein. Dann liest er weiter. Er starrt auf die Zeilen, liest sie noch einmal. *Das kann nicht sein.* Er nimmt den Befund in die Hand, legt ihn wieder hin. *Das kann nicht sein.*

Er muss an die frische Luft und steht auf. Er zieht seinen Mantel an und verlässt das Haus. Betritt die Kälte der Nacht. Es wird etwas passieren. Er fühlt es, er hat es schon einmal gespürt, als sich vor einigen Tagen bei stürmischem Wetter die Zweige erhoben hatten – wie eine Warnung.

Lynn, 19. Mai 2017

Der Mai ist nicht nur ein Seelenmonat voll qualvoller Tage. Es ist auch ein Monat, der glückliche Erinnerungen in sich birgt. Am heutigen Tag haftet nur der Glücksklee, denn am neunzehnten Mai 2009 – ein Jahr vor unserer geplanten Hochzeit - habe ich Benedikt kennengelernt und wurde an einem bewölkten Tag von der Liebe berührt. Er lieferte kleine Buchsbäume aus seiner Gärtnerei an, die ich in Empfang nahm. Ich habe mich sofort in ihn verliebt.

„Sind die Bäumchen in Ordnung? Taugt die Gärtnerei was?", wollte meine Mutter wissen, die an meine Seite getreten war, noch während Benedikt das Grundstück verließ.

„Er war sehr höflich, Mutter."

„Ich habe mich nach der Gärtnerei erkundigt, nicht nach dem Gärtner. Wie sieht er denn aus?"

Ich spürte, wie mir die Röte in die Wangen stieg. „Wie soll er schon aussehen? Normal würde ich sagen."

„Warum schaust du ihn dann immer an?"

In diesem Moment drehte Benedikt sich noch einmal nach mir um. Wir sahen uns an. Ich ließ meine Mutter an der Eingangstür stehen und verließ das Haus.

Ich ging auf ihn zu, konnte an nichts anderes als an ihn denken. „Du bist es", flüsterte ich, als ich vor ihm stand. „Ich *fühle* es, ich fühle endlich."

Er lächelte und nahm meine Hand. „Du bist es."

Zärtlichkeit und Liebe lag in seinem Blick.

Mein Vater wollte schon immer wissen, was ich fühlte, obwohl ich mit *immer* ein wenig übertreibe. Es muss heißen: wenn er mal zu Hause war. Aber seine Frage traf mich jedes Mal, weil ich sie fürchtete und ich ging ihr lieber aus dem Weg. Ich habe nie gewusst, was oder ob ich etwas fühlte, ich zweifelte sogar daran, dass ich überhaupt zu irgendeiner Empfindung fähig war. Mir fehlte etwas, aber ich wusste nicht, was das sein könnte. Ich fand mich selbst verwirrend, ein Wesen, das keine Kontrolle über seine eigenen Gedanken und Gefühlswelt hatte. Wie konnte ich etwas vermissen, das ich nicht kannte?

Als Yuri noch lebte, bereitete mir das große Probleme. Wenn wir zusammen waren, lebte ich *seinen* Enthusiasmus und genoss *seine* Fürsorge, er riss mich einfach mit. In Yuris Nähe wurde ich ein wenig zu Yuri, er füllte die Leere aus, die in mir war.

Seitdem ich lesen konnte, verschlang ich Märchenbücher. Obwohl ich nicht immer verstand, was die Geschichten mir sagen sollten, las ich sie immer wieder. Und nach Yuris Tod nahm ich die Stille in unserem Haus zum Anlass, ungestört in jene Märchen einzutauchen, die immer mit den Worten *Sie lebten glücklich bis ans Ende* endeten. Ich wünschte mir sehnlichst, dass irgendwann etwas geschehen würde, das mich glücklich machen würde. Ich lebte in und mit den Märchengeschichten, las sie manchmal bis zu zehnmal.

„Lies etwas Vernünftiges!", sagte meine Mutter kurz vor meinem zehnten Geburtstag. „Märchen haben nichts mit dem wahren Leben zu tun." Ein paar Tage später lagen meine Bücher nicht mehr an ihrem Platz.

„Wo sind die Märchenbücher, Mutter?"

Sie sah mich fest an. „In der Mülltonne, und die wurde soeben geleert."

„Aber …"

„Du bist inzwischen zu alt dafür."

Ich schnappte nach Luft, unzählige Steine lagen schwer in meiner Brust. Meine Hände wurden kalt, ich zitterte am ganzen Körper. Meine Mutter sprach weiter, aber ich hörte ihr nicht mehr zu. Ich stand da und starrte sie an. Verkrampft, fassungslos, weit von ihr entfernt.

Am nächsten Morgen wachte ich sehr früh auf. Sofort dachte ich an meine Märchenbücher. *Warum hat meine Mutter sie mir weggenommen,* fragte ich mich, obwohl ich die Antwort doch längst kannte. In diesem Haus gab es keine Liebe und seine Bewohner durften nichts und niemanden lieben, weil meine Mutter zu keinem Gefühl fähig war.

An diesem Tag ging ich in ihr Schlafzimmer, nahm ihr Lieblingskleid aus dem Ankleidezimmer und die schwarzen Louboutin-Pumps aus ihrem Schuhschrank. Ich zerfetzte das Kleid mit der Küchenschere und stach mehrmals mit einem Küchenmesser auf Mister Louboutin ein.

Meine Mutter entdeckte die Verwüstung auf dem Ehebett, als sie vom Supermarkt nach Hause kam, und ich genoss ihren Aufschrei.

„Lynn! Warst du das?"

Ich nickte.

„Warum?"

„Darum."

„Das ist keine Antwort, Lynn."

Plötzlich war die Verärgerung auf ihrem Gesicht beißendem Spott gewichen, fast im Einklang mit der flachen Hand meiner Mutter, die mit Wucht in mein Gesicht schlug. Ich taumelte aus dem Schlafzimmer, während die Stimme meiner Mutter in meinen Ohren nachhallte.

Das ist keine Antwort, Lynn. Das ist keine ...

Am Abend stellte mein Vater mir auch die Warum-Frage. „Gab es einen Grund, warum du das getan hast, Lynn?"

„Ich habe dir immer gesagt, dass dein kleiner Liebling ein Monster ist", keifte Mutter hinter ihm. Ein bösartiges Lächeln umspielte dabei ihre Lippen.

„Es war nicht fair, Papa."

„Das Leben ist nicht fair, Lynn."

Und plötzlich war da endlich ein Gefühl in mir. Ich empfand Schadenfreude. Ich freute mich so sehr, dass ich laut auflachte. Und wieder erntete ich von meiner Mutter eine schallende Ohrfeige.

Erneut fühlte ich etwas: unbändigen Hass.

Ich sitze meinem Vater gegenüber. Obwohl er mich nicht erkennt, wollte ich ihn heute unbedingt sehen. Er lächelt immerzu und sieht mich an, als sei ich eine Fremde, über deren Besuch er sich freut. So sitzen wir still nebeneinander.

Ich dränge meine Erinnerungen zurück und nehme seine Hand. „Du warst zu selten zu Hause, Papa, um mich zu beschützen, aber das spielt heute keine Rolle mehr." Ich seufze. „Du wusstest nicht, dass ich deinen Schutz so dringend brauchte, nicht wahr?"

Vermutlich nicht. Er wusste nicht, was damals wirklich in der Villa vor sich ging.

„Ich mache dir keine Vorwürfe, Papa."

Mein Vater nickt, lächelt. Er lächelt alle an, spricht kaum noch und zeigt keine Initiative. Er wundert sich nicht über meine Worte, weil sein Gehirn von einer Proteinakkumulation mit totaler Zerstörung seiner Gehirnzellen betroffen ist. Dieser kluge, gelehrte Mann, der mein Vater einst war, von diesem Mann ist nichts mehr übrig.

Ich reiche ihm einen Teller. Mein Vater bewundert die Farbe der Marmelade auf seinem Brot und spielt mit den Schokoladenstreuseln.

„Das kann man essen, Papa. Schmeckt super." Ich zeige es ihm und stecke mir einige Streuselkörnchen in den Mund ... und ernte sein breites Grinsen.

Später gehen wir Arm in Arm in den Garten. Wenn die Schwestern ihn nicht in den Aufenthaltsraum bringen oder in den Park fahren, sitzt er den ganzen Tag auf seinem Stuhl und rührt sich nicht vom Fleck. Er ist vollkommen pflegebedürftig und auf Windeln angewiesen. Aber er bleibt mein Vater.

Wieder denke ich an Benedikt, und an meinen Plan. „Du hattest recht mit deiner Behauptung, Papa, dass das Leben nicht fair sei. Wenn es fair gewesen wäre, hätte es mir nicht diese Liebe genommen."

Dann würden die Erinnerungen an Benedikt, an Verwirrung, Anspannung, vorsichtiges Herantasten, Staunen und Liebe nicht so schmerzhaft sein.

Meine Narben sind abermals aufgerissen, meine Wunden sind frisch, sie bluten. Aber das sage ich nicht, sondern sehe meinen Vater zärtlich an. „Dann wäre mein Leben mit Benedikt ein atemberaubendes Abenteuer geblieben", fahre ich fort. „Dann hätte es mich nicht um meine Zukunft gebracht." *Dann wäre es mir gelungen, weiter zu fühlen, Papa, weiter zu empfinden. Das funktioniert jetzt nicht mehr.* „Papa?"

Kein Lächeln. Dafür sucht mein Vater meine Hand. Ich sehe die Tränen in seinen Augen und schweige. Es gibt Momente zwischen uns, die mir sagen, dass er mich erkennt und sich an mich erinnert.

Momente, wie diese.

Momente, wofür es sich lohnt, ihn immer wieder zu besuchen.

Kapitel 12

Maarten

Er jagt sein Auto über den Asphalt. Er ist so wütend, dass ihm das Hirn wehtut. Ein unbekanntes Auto steht in Lauras Einfahrt. Maarten parkt seinen Wagen auf der Straße, steigt aus und schlägt die Fahrertür zu. Wer auch immer Laura gerade besucht, es wird ihn nicht davon abhalten, ihr an den Kopf zu werfen, wie er über sie denkt. „Du bist eine Schlampe, eine Frau wie ein schmieriger Aufnehmer. Ein unberechenbares Sekret, das den Tritt in die Hölle verdient", zischt er. Er würde sie liebend gern eigenhändig erwürgen. Sie töten. Sie verdient den Tod. Laura ist das personifizierte Unheil. In ihm tobt ein Orkan, er ist zu keinem klaren Gedanken mehr fähig.

Er bemerkt den Nachbarn, der auf der gegenüberliegenden Straßenseite am Fenster die Gardine beiseiteschiebt. „Mieser Spanner!", ruft er und zeigt ihm den Mittelfinger. *Schluss mit höflich!* Er wird deshalb auch nicht klingeln. Er ist der Besitzer dieses Hauses, er kann es betreten, und kommen und gehen, wann immer er will. Seine bisherigen Entscheidungen sind ab heute null und nichtig.

Als er die Haustür aufschließt, kommt Laura hastig in die Halle. Ihr Blick ist ohne Wärme, leer.

Ein ihm fremder Mann folgt ihr.

Maarten schiebt sie wütend beiseite. Er hat alles vergessen, was jemals zwischen ihnen war: die Freude, die Schamlosigkeit, die Unbekümmertheit, die Liebe am Nachmittag, das Lachen, die Stille und die berauschenden Augenblicke am Anfang ihrer Beziehung. Das Glück hatte sich für immer verabschiedet. Wut, Misstrauen und Verachtung entstiegen stattdessen der Kälte.

Laura verliert fast das Gleichgewicht.

Der Mann hinter ihr greift gerade noch rechtzeitig ihren Arm. „Hey, was soll das? Reiß dich gefälligst zusammen!"

Maarten bebt vor Zorn, geht ins Wohnzimmer, dreht sich in der Mitte des Raumes um und zeigt auf den Fremden. „Wer ist das?"

Laura reißt sich aus den Armen des Mannes. „Was fällt dir ein, hier

78

einfach aufzukreuzen, du lebst hier nicht mehr."

Er starrt sie an und denkt dabei an Lauras Mutter, die er bisher für skrupellos gehalten hatte. Laura ist tausendmal schlimmer. Sie ist mehr als eine schwarze Woge, sie ist ein ganzer Ozean aus Schwärze. Ein riesiges, leeres Nichts in Menschengestalt.

DNA ... Ein Schmerz wohnt in diesem Wort, stark genug, um seine Seele für immer zu vernichten. *Du musst unerbittlich sein und siegen. In jeder Hinsicht. Sie soll nicht ungeschoren davonkommen.* Er ist Energie, Elektrizität, Macht und stark genug, um dieses Monster zu zerstören. „Das ist immer noch mein Haus", schreit er. „Hörst du? Mein Haus! Ich komme und gehe, wann es mir passt! Verstanden?!"

„Das geht nicht", protestiert der Mann.

In Maarten brodelt es. „Halt die Klappe!" Er ist fast einen Kopf größer als der Mann. „Wer auch immer du bist, das geht dich einen Dreck an!"

„Ich bin Ronald, Lauras Freund."

„Herzlichen Glückwunsch. Behalte sie im Auge, damit sie dir kein Kuckuckskind ins Nest legt!"

Es herrscht Totenstille.

Ronald wendet sich Laura zu. „Weißt du, wovon er redet?"

Laura sieht Maarten an. Ihre Augen sind kalt und doch ist ein Hauch Triumph in ihrem Blick zu erkennen. „Nicht wirklich", sagt sie.

Auf dem Weg hierher, hat er beschlossen, sie nicht anzufassen und endlos geprobt, was er sagen wird. Er will ihr nur begreiflich machen, dass, sollte sie ihre Unterhaltsforderungen nicht überdenken und sich zukünftig nicht strikt an sein Besuchsrecht halten, er seine Töchter über ihre biologische Herkunft aufklären wird. Aber ihr *nicht wirklich* lässt etwas in ihm explodieren.

Eine flache Hand trifft ihre linke Wange. Sie wankt, ihr Freund fängt sie auch dieses Mal auf. Sie drückt ihre Hand gegen die gerötete Wange. „Raus aus meinem Haus!" Ihre Stimme ist pures Eis. „Du verschwindest sofort, ansonsten ruf ich die Polizei."

„Ich rufe sie sofort an", mischt Ronald sich ein.

Im nächsten Moment trifft Maarten Ronalds Nase. Er schreit und gibt Laura frei.

Maarten überragt sie. „Von mir aus kannst du den Justizminister persönlich anrufen. Wenn du ...", er zeigt auf Laura, „...hör mir jetzt gut zu. Ich akzeptiere keine faulen Tricks mehr. Ich werde auch keine Kompromisse mehr eingehen. Darauf kannst du Gift nehmen."

„Hau ab!" Laura geht einen Schritt auf Maarten zu. „Du machst mir keine Angst, dafür braucht es Leute mit Mumm. Keine Weicheier und schon gar keine Nieten. Soll ich dir etwas sagen? Du wirst die Kinder überhaupt nicht mehr sehen, höchstens über meine Leiche." Maarten dreht sich um und geht zur Tür. „Ich nehme dich beim Wort. Regel das. Notfalls kann ich auch Hand anlegen." Er weiß, dass er jetzt besser gehen sollte. „Lass mich nicht feststellen, dass du mir noch einmal in die Quere kommst. Du wirst es bereuen, das verspreche ich dir!"

Maarten sieht ihr an, wie wütend sie ist: die verräterische Rötung im Nacken, die hochgezogenen Schultern, ein kaum sichtbares Dreieck konzentrierter Zungenspitze zwischen den Lippen.

Im nächsten Moment ist er draußen und blickt direkt in das Gesicht seines Nachbarn. Sie müssen wohl sehr laut gewesen sein.

„Gibt's Probleme?", erkundigt der Mann sich.

„Alles geregelt."

Kapitel 13

Maarten

Er hat den ganzen Sonntag auf die Polizei gewartet, die Laura gewiss nach seinem Auftritt angerufen hat. Als Silke kommt, trägt er noch immer seinen Bademantel. Er hat nur im Wohnzimmer gesessen und sich wartend auf das Läuten an der Haustür konzentriert, und dabei die Zeit vergessen. Ihm gingen die schlimmsten Szenarien durch den Kopf: Verhaftung, Gefängnis, Todesstrafe.

Silke zeigt auf seinen Bademantel. „Du bist noch nicht angezogen?"

Maarten will etwas sagen, stattdessen kommen die Tränen. *Das muss aufhören.* Er kommt sich tatsächlich vor wie ein Weichei. Er weint ganz selten, er kann sich nicht erinnern, wann es das letzte Mal geschehen ist. *Hör auf damit!*

Es gelingt ihm nicht.

Tränen, Speichel, durchnässte Papiertaschentücher. Stockende Atmung, Schwindel.

Verdammt!

Silke stellt ihm ein Glas Wasser hin. Sie berührt ihn nicht, und das ist gut. Er würde es nicht ertragen. Dieser Ausbruch geht nur ihn etwas an. Der Rest der Welt gehört nicht dazu.

Maarten trinkt das Glas leer, putzt sich zum wiederholten Male die Nase und wischt sich die letzten Tränen von den Wangen. Er atmet ein paar Mal tief durch. „Ich glaube, es ist vorbei."

Silke nimmt das Glas. „Ich hol dir noch ein Wasser."

Er ist müde. Todmüde. Völlig erschöpft. Aber auch erleichtert.

Silke hört ihm zu, sagt kein Wort.

Maarten wird wieder wütend. Er weiß, dass seine Gesten seine Hilflosigkeit verraten. „Ich habe mich noch immer nicht unter Kontrolle. Irgendetwas in mir führt ein eigenständiges Dasein. Ich benutze nie meine Fäuste, ich streite mit Worten. Ich ... Ich hätte sie töten können, Silke, und ich meine es ernst."

„Gott sei Dank hast du das nicht getan", sagt Silke kühl.

Er fühlt sich miserabel.

„Ist dir klar, dass du damit dein Umgangsrecht gefährdest?"

81

„Wenn sie es wagt, sich mir in den Weg zu stellen …"

„Um Gottes willen, Maarten, hör auf damit. Was ist nur in dich gefahren?"

Maarten ballt die Fäuste. „Ich könnte sie töten, dieses Miststück!"

Lynn, 21. Mai 2017

Heute wird es geschehen.

Laura hat nach mir nur noch *eine* Kundin, hat sie gesagt. Zwei Kunden morgens, zwei am Nachmittag, die letzte Kundin spätestens um Viertel vor drei, so hat sie Zeit, sich um die Kinder zu kümmern, wenn sie aus der Schule kommen.

Sie hat keine Einzelheiten über ihre Familie erzählt. Aber ich weiß auch so, dass sie zwei Töchter hat, Flor und Diana. Die Familie wohnt in einer Doppelhaushälfte und sie haben die Garage zu einem Schönheitssalon umgestaltet. Lauras Ehemann besitzt eine Zoohandlung. Er hat offensichtlich ein gutes Einkommen, da seine Frau nur an zwei Tagen in der Woche arbeitet. Man findet sie überall, diese sorglosen Familien in ihren *Pleasant-Ville-Vororten*. Väter, Mütter und ihre Kids. Sie strahlen das *Uns-geht-es-gut-Gefühl* aus. Dieses Gefühl endet heute für Lauras Familie. Und ich weiß wodurch und warum.

Ich habe diesen Tag nicht bestimmt, das war Tilda Stolte. Sie bestimmt alles, so haben wir es besprochen. Es hat eine Weile gedauert, bis ich bereit war, diese *Sache* mit ihr durchzuziehen, aber nachdem ich mich entschieden habe, tu ich es aus Überzeugung.

Tilda Stolte kam aus dem Nichts. Sie stand eines Tages einfach vor meiner Tür und reichte mir die Hand. „Ich bin Tilda Stolte. Wir sollten uns mal unterhalten."

Ich hatte nicht die Absicht, sie hereinzubitten. Alles in mir sträubt sich gegen eine fremde Stimme. „Kennen wir uns?"

„In gewisser Weise schon. Wir teilen eine ähnlich traumatische Erfahrung", antwortete sie.

Ich stand da und starrte sie an. „Sie sprechen in Rätseln."

„Meine Schwester wurde vor ein paar Jahren beim Überqueren der Straße getötet. Der Täter hat Fahrerflucht begangen. Hätte er damals den Notruf gewählt, würde sie heute noch leben."

83

Ich ertrug ihre Worte kaum. Mir stockte der Atem. *Weg, nur weg!* Am liebsten hätte ich meinen Gedanken in die Tat umgesetzt.

„Ich weiß, dass auch Sie einen geliebten Menschen am Tag ihrer Hochzeit durch einen Unfall verloren haben", fuhr sie fort.

Ich rang nach Luft. „Er ist gegen einen Baum geprallt. Dafür war niemand verantwortlich", brachte ich mühsam heraus. Meine Knie zitterten, meine Hände waren klamm.

Die fremde Frau lachte. Vollkommen humorlos. „Ich habe mit eigenen Augen gesehen, wie Benedikt Hallbach verunglückt ist, Frau von Raaben, und dass gewisse Leute dafür verantwortlich waren."

Ich bat Tilda Stolte herein.

Tilda war eine Augenzeugin. An diesem Tag erfuhr ich, dass Maarten Senger sich vor sieben Jahren völlig daneben benommen hatte, als er Benedikt als Erster auf dem Motorrad bemerkt hatte. So gesehen, war er der Auslöser des Übels gewesen. Wenn er es sich nicht in seinen Kopf gesetzt hätte, den Clown zu mimen, wäre vermutlich nichts geschehen. Dann hätte Benedikt nicht ausweichen müssen und er wäre nicht gegen einen Baum gefahren. Dann wäre er mit seinem schönen und unverletzten Gesicht in unseren Garten gekommen und hätte meine Eltern auf der Stelle in einen Schockzustand versetzt. Dann hätte ich hinter dem Fenster meines Zimmers laut gelacht und wäre mit ihm auf seinem Motorrad davongebraust. In meinem weißen Kleid, mit meinem Brautstrauß. Dann hätte dieser Blumenstrauß sechs Tage später niemals auf dem Grab meiner Liebe gelegen.

Maarten hatte seine Freunde nach dem vermeintlichen Unfall schnell in sein Haus gelotst. Sie hatten sich ihrer Schuld nicht gestellt, stattdessen hatten die drei geschwiegen, ihr Leben mit ihren Partnern und ihren Familien einfach weitergelebt, waren ihrer Arbeit weiter nachgegangen, als wäre nichts geschehen. Sie sind einfach nur glücklich geblieben, als hätten sie einen Anspruch auf das Glück. Und ich lebe in meiner stillen Wohnung, gemeinsam mit meinen Erinnerungen, meiner Trauer und meiner Wut. Mit den Erinnerungen und dem Schmerz kannst du leben, aber die Wut entwickelt sich zu einer eitrigen Wunde.

Es war Tildas Idee, die Partner der drei Freunde zu wählen, die Benedikts Tod verschuldet hatten. „Wenn du ihnen ihre Partner nimmst", sagte Tilda, „müssen sie, wie du, mit ihrem Schmerz weiterleben. Nur das wäre eine gerechte Strafe."

84

Jetzt stehe ich vor Maartens Laden und will mir den Mann ansehen, der mir das angetan hat. *Tierhandlung Senger, ihr Spezialist.* Ein sympathisches Schild. Gefällt mir. Der Tierhandlung scheint es gut zu gehen, denn es ist ein ständiges Kommen und Gehen. Mein Herz flattert, aber ich gehe hinein.

Der Laden ist größer, als ich vermutet habe. Ein typischer Geruch hängt in der Luft, den ich nicht zuordnen kann. Es muss an dem Tierfutter liegen, und an den Ausdunstungen der vielen Tiere in den Käfigen. Ich sehe Glasbehälter mit Kaninchen, Hamstern und Meerschweinchen. Im hinteren Teil des Ladens steht ein großes Aquarium. Ein Kind fragt seine Mutter, ob sie hier einen Hund kaufen könnten.

Benedikt wollte mir nach unserer Hochzeit auch einen Hund schenken.

Hinter mir ist plötzlich ein ohrenbetäubendes Geräusch. Ich erschrecke und drehe mich um. In einem Käfig geht ein Papagei hektisch hin und her. Er steckt seinen Schnabel durch die Gitterstäbe und schreit erneut.

„Rocco, sei still!", ruft jemand.

Da sehe ich ihn. Seinen Hinterkopf, seinen weißen Kittel, nur ein paar Meter vor mir. Ich brülle innerlich. Aus tiefster Kehle. Er geht auf den Papagei zu. Das muss Maarten Senger sein. Er weiß nicht, wer ich bin. Komisch, er macht einen sympathischen Eindruck. *Habe ich die falsche Entscheidung getroffen?*

Ich sehe mich kurz um und verlasse die Tierhandlung wieder. Es wird Zeit, mich auf Laura vorzubereiten.

Wenig später parke ich meinen Wagen einige Straßen von Lauras Haus entfernt und steige aus. Ich bin eine völlig veränderte Frau: Hut, Sonnenbrille, Langhaarperücke. Heute ist ein bewölkter Tag, die Sonne kommt nur hin und wieder hinter den Wolken hervor. Gegen Abend werde ich mich von dem alten grünen Regenmantel verabschieden und ihn in die Mülltonne legen. Morgen werden die schwarzen Tonnen geleert.

In der Agenda von Laura ist um halb zwei ein Termin für *Ines Küpper* vorgemerkt. Die werde ich heute zum zweiten und zum letzten Mal sein.

„Wie schön, dass Sie wieder zu mir kommen", sagt Laura. Eine große

85

Prellung ist auf ihrer Wange zu sehen. „Für mich ein schönes Kompliment."

Ich zeige auf ihre Wange. „Haben Sie sich gestoßen?"

„Das war mein Ehemann. Aber das wird er nie wieder tun, glauben Sie mir!"

Ich ziehe meine Jacke aus. „Das glaube ich Ihnen."

Gegen Abend verabschiede ich mich von dem alten grünen Regenmantel und werfe ihn in die schwarze Tonne.

Adieu Regenmantel. Adieu Perücke, Hut und Sonnenbrille.

Leb wohl, Laura. Schade für dich, aber das Leben ist nicht fair. Du hast dich für den falschen Mann entschieden.

Kann passieren.

In meinem Kopf ist ein Gewitter, ich kann nicht klar denken.

Kapitel 14

Maarten

Seine Füße schmerzen. Er hat den ganzen Tag allein in der Tierhandlung verbracht und seine letzte Kundin hat den Laden erst um sieben verlassen. Er will gerade das Türschild *Geschlossen* anbringen, als er sie kommen sieht. Zwei Polizisten, einen Mann und eine Frau. Sie schauen sich zuerst das Schaufenster an, dann ihn. Der Mann macht ihm mit einer Geste unmissverständlich klar, dass sie hereinkommen und ihn sprechen wollen.

Maarten stockt der Atem, sein Puls schnellt in die Höhe. Die Kinder! *O mein Gott.*

Der Polizist betritt zuerst den Laden. „Herr Senger? Maarten Senger?"

Maarten nickt.

„Was für ein Glück, dass wir Sie noch angetroffen haben. Können wir uns irgendwo hinsetzen?"

Maarten zittert innerlich. „Kommen Sie, gehen wir in mein Büro!" Er versucht, ruhig zu bleiben, und zeigt mit einer einladenden Geste auf die Stühle.

„Setzen Sie sich bitte, Herr Senger!", bittet ihn die Polizistin freundlich.

Sie erzählen ihm eine Geschichte, die er unmöglich glauben kann. Diese Polizisten irren sich, sie haben einen falschen Namen von der Zentrale erhalten, ihnen wurde eine falsche Adresse genannt. Es muss etwas Derartiges sein. Er möchte die beiden loswerden.

„Haben Sie verstanden, was ich Ihnen gesagt habe?", hakt der Polizist nach.

Maarten sieht ihn an. Sein Herz rast. „Sie müssen sich irren. Das kann nicht sein. Vermutlich liegt eine Verwechslung vor."

Der Polizist rutscht ein wenig auf seinem Stuhl hin und her und steht dann auf. „Es ist keine Verwechslung, Herr Senger. Es tut mir sehr leid. Ihre Frau wurde vor einigen Stunden auf bestialische Weise getötet. Eine Kundin hat sie gefunden, mit der sie um Viertel vor drei einen Termin hatte. Meine Kollegen und der Krankenwagen waren schnell zur Stelle, aber der Notarzt konnte nichts mehr für sie

87

tun. Ihre Schwiegermutter wurde von Nachbarn informiert. Sie hat die Kinder von der Schule geholt und sie zu sich genommen. Ihr Haus wird versiegelt bis die Beamten der Spurensicherung ihre Arbeit abgeschlossen haben. Der Leichnam Ihrer Frau ist noch am Tatort."

„Wie ist sie denn ...?"

Der Polizist setzt sich wieder. „Leider darf ich darüber keine Auskunft geben. Sie werden später mehr hören, wenn Hauptkommissar Belling mit Ihnen spricht."

„Ich lebe seit einiger Zeit nicht mehr mit meiner Frau zusammen, wir befinden uns mitten in einem üblen Scheidungsverfahren." Maarten schluckt ein paar Mal. „Mein Gott, das ist so furchtbar." Er weiß, dass er in letzter Zeit anders darüber gedacht hat, aber in diesem Augenblick meint er, was er sagt. „So schlimm. Es ist so schlimm."

Sie sind still. Unangenehm still. Erdrückend still.

„Ich muss zu meinen Kindern", sagt Maarten. „Sie haben nur noch mich. Ich werde sie holen."

Die Polizisten sehen sich an.

Maarten blickt von einem zum anderen. „Was? Was ist los?"

Der männliche Polizist räuspert sich. „Wir haben erfahren, dass Ihre Schwiegermutter ... Ihre Schwiegermutter hat sich sehr übel über Sie geäußert. Vielleicht ist es besser, sie zuerst anzurufen und einen Termin zu vereinbaren. Im Interesse der Kinder."

Maarten steht auf und schiebt seinen Stuhl ruckartig zur Seite. „Glauben Sie mir, die Interessen meiner Kinder haben und hatten für mich immer erste Priorität. Ich bin mir sicher, dass meine Mädchen bei mir besser aufgehoben sind. Wie lange dauert es, bis ich ihre Sachen aus dem Haus holen kann?" Ihm fällt auf, dass er nicht *mein Haus* sagt. Er wird das Haus so schnell wie möglich verkaufen und mit den Kindern ein neues Leben beginnen.

„Das hängt davon ab, wie lange die Spurensicherung braucht", antwortet die Polizistin. „Möchten Sie, dass wir Sie begleiten? Oder möchten Sie lieber jemanden anrufen?"

Mit Silke zu seiner Schwiegermutter zu gehen, ist keine Option. Trotzdem möchte er nicht allein mit Barbara sprechen. Aber die Polizei als Rückendeckung zu benutzen? *Wie feige ist das denn?* Ob er Hendrik und Corinna mal anrufen sollte? Sie könnten auch die Beerdigung arrangieren. Schon praktisch, dass seine Freunde ein Beerdigungsunternehmen haben.

Was für ein zynischer Gedanke ist das denn, Maarten?!, meldet sich seine innere Stimme.

Halt die Klappe.

In mir ist kein anderes Gefühl.

Laura zu ermorden, war das denn notwendig?

Maarten kann den Gedanken nicht verwerfen, dass es sich richtig anfühlt, sie endlich los zu sein. „Ich rufe meine Freunde an", sagt er.

Lynn, 22. Mai 2017

Vor vierundzwanzig Stunden habe ich im Kosmetikinstitut Laura Senger auf dem Behandlungsstuhl Platz genommen. Hut und Regenmantel hingen dort an der Garderobe neben der Eingangstür.

Das Prozedere war dasselbe wie bei meinem ersten Termin: Reinigung, Peeling, warme Kompressen auf meinem Gesicht, Lauras Hände, die mir eine sanfte Gesichts- und Nackenmassage schenkten, und danach eine Maske auftrugen. Als ich das letzte Mal bei ihr war, bin ich dabei fast eingeschlafen. Jetzt musste ich wach bleiben.

„Musik oder Ruhe?", fragte Laura nach der Behandlung. Ich entschied mich, die Stille zu ertragen. „Ich lasse Sie jetzt zehn Minuten allein."

Sobald Laura die Tür des Behandlungszimmers hinter sich geschlossen hatte, stand ich auf. Ich wischte mein Gesicht mit dem feuchten Tuch ab, schlüpfte in meine Schuhe und zog mich wieder an. Nur noch acht Minuten, bis sie zurückkommen würde ...

Meine Kopfschmerzen sind so intensiv, dass ich fast nichts mehr sehen kann. Was gestern passiert ist, quält mich nun seit vierundzwanzig Stunden. Die Bilder haben sich in meinen Kopf gefräst. Es gibt keine Jalousie vor meinem inneren Auge, die ich herunterziehen kann, um sie auszublenden. Ich hasse diesen Gemützustand und möchte mich davon befreien. Ich brauche einen klaren Kopf, schließlich stehe ich erst am Anfang. Der Zug hat seine Fahrt auf dem Gleis der Vergeltung gerade erst aufgenommen.

Ich habe mit Tilda vereinbart, dass wir mindestens zwei Wochen keinen Kontakt miteinander haben werden. Dann fangen wir mit dem Nächsten an.

Konzentriere dich auf das nächste Opfer. Hörst du mich, Lynn?, flüstert Benedikts Stimme mir in Gedanken zu.

Nein! Es kann nicht Benedikt sein. Es ist irgendeine andere Stimme aus der Unterwelt, die mein Handeln gutheißt.

Neue Taktik. Ich gehe durch die Wohnung. Treppauf, ins Schlafzimmer. Auf dem Boden liegt ein Märchenbuch. Ich lasse mich auf mein Bett nieder.

Ich blättere den Band durch. Lese, lächle. Vergesse alles um mich herum.

Später ist die Welt nicht mehr ganz so schwarz.

Gestern war gestern. Dieser Tag ist vorbei.

Konzentriere dich auf das nächste Opfer!

Kapitel 15

Maarten

Es ist das dritte Mal in vier Tagen, dass ihm Kommissar Belling Fragen stellt. Er ist auch heute in seine Wohnung gekommen, statt ihn vorzuladen. Lukas Belling ist immer höflich, aber Maarten fragt sich stets, welche Gedanken der Mann hinter dem ausdruckslosen Gesicht mit der randlosen Brille verbirgt.

„Ich habe Laura geschlagen und danach ihrem Freund einen Faustschlag auf die Nase verpasst, Herr Belling. Das sollten Sie wissen", hat er ihm neulich gestanden. „Ich war wegen des Verhaltens meiner Ex-Frau wütend, weil sie mir den Umgang mit meinen Kindern ständig erschwerte." Der Polizist zeigte auch da keinerlei Reaktion. Er akzeptierte seine Erklärung. Aber Maarten weiß es besser. Belling macht keine Konversation mit ihm oder seinen Freunden, er verhört sie.

Er hat beschlossen, dem Ermittler die Wahrheit zu sagen und nichts zurückzuhalten. Lauras Behandlungszimmer hat er seit Monaten nicht mehr betreten. Deshalb kann dort nichts mit ihm in Verbindung gebracht werden. Abgesehen davon, hatten Zeugen und die Inhaber der benachbarten Läden ausgesagt, dass er tagsüber die Tierhandlung nicht verlassen hatte. An dem Tag strömten die Kunden förmlich in seinen Laden. Er konnte sich nicht eine Minute entfernen, da Theo krank gewesen war.

Er versteht, dass Belling alles über seine Beziehung zu ihrer Ehe in Erfahrung bringen will.

„Alles Routinefragen. Der Ehemann ist immer unser Favorit unter den üblichen Verdächtigen, Herr Senger", erklärt er ihm. „Die meisten Morde sind Beziehungstaten. Die Aufklärungsrate liegt hier bei neunzig Prozent."

Es wäre vernünftiger, mit offenen Karten zu spielen und Belling nicht anzulügen. Den DNA-Test hat er allerdings nicht erwähnt. Diana und Flor durften nichts davon erfahren. Schlimm genug, dass sie ihre Mutter verloren haben. Als Ehefrau war Laura die Pest, aber sie war eine sehr gute Mutter. Das kann er nicht leugnen.

Die Mädchen stehen immer noch unter Schock. Sie erkundigen

92

sich nicht mehr nach ihrer Großmutter, nachdem er sie dort unter Protest abgeholt hat. Sie ziehen es vor, bei ihm zu sein, und suchen auch Silkes Nähe. Das tut ihm gut.

Die Beamten der Kripo konfiszierten seinen Computer und sein Handy und haben auch Lauras PC und Smartphone überprüft. Sie durchleuchten sein gesamtes soziales Netzwerk. Silke, Hendrik und Corinna, Annabelle und seine Schwiegermutter wurden verhört.

„Warum schenken Sie meinen Freunden diese Aufmerksamkeit, Herr Belling?"

„Reine Routine, Herr Senger. Bei einem Tötungsdelikt wie diesem kann man das Umfeld nicht ignorieren. Alle Personen, die unmittelbar mit dem Opfer zu tun haben, werden überprüft, um ein umfassendes Bild zu bekommen", antwortete Lukas Belling.

Maarten ist es einerlei. Sie können seinetwegen das ganze Haus durchsuchen, seine Tierhandlung. Hauptsache, sie lassen ihn danach in Ruhe und suchen dann nach dem wahren Schuldigen. Der Täter muss gefunden werden, und sei es nur wegen des Seelenfriedens seiner Mädchen. Aber auch Lauras Mutter, Barbara, hat gleichermaßen Anspruch auf Klarheit.

Maarten vermutet, dass es um einen außer Kontrolle geratenen Raubmord geht. Laura hatte immer Bargeld in der Kasse. Nicht viel und sicher nicht genug, um einen Mord zu begehen. Heute werden Menschen wegen fünf Euro getötet. Die Trinkgeldbox in Lauras Salon ist auch verschwunden, also wird es wohl ein Raubmord sein.

Später wird er mit den Kindern über den Verkauf des Hauses sprechen. Er möchte dort nicht mehr mit seinen Mädchen leben. Sie werden in einem anderen Vorort ein neues Leben beginnen. Fürs Erste reicht die Wohnung über der Tierhandlung.

Belling will wissen, ob er Lauras Kunden kennt. „Haben Sie jemals eine Frau mit einem großen Hut und grünen Regenmantel gesehen, als Sie noch mit Laura in einem Haus lebten?"

„Nein."

„Kannten Sie denn die Kundinnen Ihrer Ex-Frau?"

Maarten zuckt mit den Schultern. „Ich kannte Lauras Kundinnen nicht, weil ich nie zu Hause war, wenn meine Frau arbeitete."

Grüner Regenmantel, großer Hut? Das sagt ihm nichts. Es interessiert ihn auch nicht wirklich, aber das behält er wohl besser für sich.

„Wie fühlt es sich an, dass Ihre Frau nicht mehr lebt, Herr Senger?", fragt Belling plötzlich.

Er sieht dem Polizisten direkt in die Augen. „Für meine Kinder und

Lauras Mutter ist es sehr schlimm."

Belling versteht. „Wir werden Sie strafrechtlich nicht belangen, Herr Senger. Es gibt keine Beweise, die Sie mit dem Tod Ihrer Ex-Frau in Verbindung bringen, und nicht der kleinste Anhaltspunkt, dass Sie darin verwickelt sein könnten. Ihr Handy und Ihren Computer bekommen Sie in den nächsten Tagen zurück."

Maarten atmet erleichtert auf. „Es gibt auch nichts, was Sie mir hätten vorwerfen können, Kommissar Belling!" *Nur meine Mordgedanken.*

„Über die Ermittlungen werden wir Sie auf dem Laufenden halten, es sei denn, wir finden eine Spur oder einen Beweis, worüber wir aus ermittlungstaktischen Gründen nicht sprechen können", sagt Belling.

Maarten hat den Eindruck, dass der Polizist in seinen Ermittlungen kaum vorangekommen ist.

„Wissen Sie, Herr Senger, ich kämpfe mit einer Frage: Warum würde der Täter jemanden mit einem schweren Gegenstand bewusstlos schlagen und dann erwürgen, wenn er es nur auf eine Geldkassette abgesehen hat? Die erste Kundin kam um halb zwei, die zweite um Viertel vor drei. Eine Behandlung dauert mindestens eine Stunde, es bleiben also höchstens fünfzehn Minuten zwischen dem Ende der ersten Behandlung und dem Eintreffen der zweiten Kundin." Er zuckt die Schultern. „Wie ist es überhaupt möglich, dass jemand in dieser Gegend unbemerkt innerhalb von fünfzehn Minuten ihr Haus betritt, einen Mord begeht und wieder verschwindet, obwohl hinter jeder Gardine die Neugierde auf der Lauer liegt? Wenn ich diese Frage beantworten kann, habe ich meinen Täter!" Belling tippt sich an die Stirn und verabschiedet sich.

Maarten zermartert sich darüber ebenfalls das Gehirn, obwohl er sich das alles nicht fragen will. Laura ist tot, er kann daran nichts mehr ändern. Seine Mädchen sind schockiert und erschüttert, und tief traurig. Darauf muss er sich konzentrieren. Er ist aus der Sache raus. Ein erlösendes Gefühl. Ein Aufatmen. Ein noch größeres Gefühl der Erleichterung bringt die Erkenntnis, dass diese Bitch, die er niemals hätte heiraten sollen, ihm auf keinen Fall mehr in die Quere kommen kann. Dass dieses Luder weg ist. Für immer. Er ist froh, dass er sie los ist.

Kapitel 16

Maarten

Das Ergebnis des DNA-Tests hat er vernichtet. Außer ihm weiß niemand von dem Test, niemand kennt das Ergebnis, nicht mal Silke. Er möchte den letzten Satz des Befundes schnell vergessen: *dass Maarten Senger mit 99,9%iger Wahrscheinlichkeit nicht der biologische Vater von Diana Senger ist.* Flor und Diana werden immer seine Töchter sein, ungeachtet eines solchen Testergebnisses. Seine Unschuld wird nur Bestand haben, wenn er der Einzige ist, der davon weiß. Wenn ihm niemand dazu Fragen stellt. Wenn ihn niemand an den Betrug seiner Frau erinnert. Wenn niemand sich dazu äußern kann.

Er wird sich den Rest seines Lebens davor hüten, sich zu fragen, wer Dianas Erzeuger sein könnte. Er wird sich einprägen, dass sie sein glattes Haar und sein Lächeln hat, obwohl er weiß, dass viele Mädchen Ähnliches vorzuweisen haben und dass ihr Lachen viel mehr mit einem imitierten Verhalten zu tun hat als mit einem vererbten. Es ist nicht wichtig, woher das Äußere seiner Töchter stammt. Wichtig ist nur, dass sie sich nah sind und zusammengehören. Er möchte, dass seine Mädchen bedürfnisorientiert aufwachsen. Sie brauchen ihn und er möchte für sie da sein. Jetzt mehr denn je.

Seine Entscheidung, Lauras Beerdigung mit Hendriks Bestattungsunternehmen zu planen, hat zu einem neuen Streit mit Barbara geführt. Aber nichts kann ihn davon abbringen. Hendrik und Corinna sind seine besten Freunde, denen auch die Kinder vertrauen.

Lauras Mutter bekommt keinen Zentimeter Raum für ihre bösen Spielchen. Sie nutzt jede Gelegenheit, ihn vor den Kindern zu demütigen und ihm zu zeigen, dass er mehr über den Mord an Laura wissen muss, als er bereit ist, zuzugeben. Sie spricht mit jedem, bei dem ihr Geschwätz Gehör findet.

Gestern hat ihn ein Journalist der Bild-Zeitung angesprochen. Von einer zuverlässigen Quelle hätte der Mann erfahren, dass Laura und er einen üblen Scheidungskrieg geführt hätten, der durch ihre Ermordung sein Ende fand. Über die Identität dieser zuverlässigen

Quelle muss Maarten sich nicht den Kopf zerbrechen. Er hat Barbara noch nicht darauf angesprochen, um ihr das Maul zu stopfen. Er ist sich auch nicht sicher, ob er das später nachholen wird.

Seine Mädchen sollen das Begräbnis ihrer Mutter als ein respektvolles Ereignis in Erinnerung behalten. Es ist klüger, sich zunächst um Lauras Beerdigung zu kümmern. Er wird niemandem erlauben, seine Töchter zu verletzen, auch keinem schmierigen Reporter. Niemand soll ihre Trauer stören, niemand wird in der Kirche gehört werden, nur seine beiden Mädchen. Er hat ihnen geholfen, einen passenden Text für die Beerdigung zu entwerfen. Flor und Diana haben ihn gebeten, am Pult neben ihnen zu stehen, wenn sie ihren Text sprechen und sich von ihrer Mutter verabschieden.

Der Vorschlag kam von Flor, aber Diana ist auch davon überzeugt, dass sie beide ein paar Worte sagen müssen. Er weiß nicht, ob das richtig ist, denn sie sind erst zehn und elf Jahre. Vielleicht mutet er ihnen aufgrund ihres Alters zu viel zu. Aber er kann es den Mädchen nicht ausreden.

Maarten wird keine Grabrede halten und auch Barbara davon abhalten. Bei allem Respekt für ihre Trauer, aber sie benimmt sich wie ein hysterisches und unzurechnungsfähiges Monster. Hendrik und Corinna werden eingreifen, wenn sie etwas sagen möchte.

Morgen ist Lauras Beerdigung. Dann ist sie endlich fort.

Das letzte Kapitel zu Ende, das Buch geschlossen.

Schluss mit Buße!

„Sie"

Tagebucheintrag, 29. Mai 1969

Neues Glück

Sie falten ein zur Hälfte schwarz bemaltes Papier zu einem Körper, den man über zwei Achsen öffnen und schließen kann. Sie wissen: Es ist ein seltsames Fingerspiel, das weder Raffinesse besitzt, noch Abwechslung bietet.

Auf dem Vrijthof sieht ihnen dann das Mädchen in den frühen Morgenstunden zu, wie Sie den Papierkörper auf- und zuklappen und ihn damit locken.

Zuerst zögert das Mädchen, dann kommt es näher. Es lächelt.

Sie halten den Papierkörper geschlossen und drehen es mehrfach, geben an, in welche Richtung es geöffnet werden soll. Sieht das Mädchen die Farbe Schwarz, kommt es in die Hölle, erklären sie ihm. Weiß bedeutet ein Eis im Paradies.

Das Mädchen will wissen, wie seine Zukunft aussieht.

Sie erklären dem Mädchen, dass der Zufall hierbei keine Rolle spielt. Die Bestimmung unterwirft sich keinen Gesetzen. Sie sind Kismet.

Das Mädchen strahlt. Niemals wird es in der Hölle landen, denkt es, es ist ein artiges Mädchen.

Dann öffnen sie den Papierkörper und das Mädchen sieht schwarz. Zweiter Versuch. „Weiß!", jubelt das Mädchen. Schnell zerknüllt es das Papier.

Sie sind bereit für ein neues Glück. Hand in Hand führen sie das Mädchen in seine Hölle, und in ihr Paradies.

97

Lynn, 29. Mai 2017

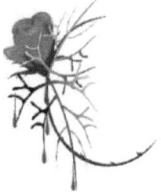

Die Berichterstattung über Lauras Ermordung war einen Tag lang auf den Titelseiten sämtlicher Zeitungen, aber auch danach wird dem brutalen Verbrechen, das anscheinend viele Menschen schockierte, Aufmerksamkeit geschenkt.

Ich habe es geschafft, die Nachrichten mit einer gewissen Distanz zu lesen und danach meine Gedanken daran verdrängt. Das hat außerordentlich gut funktioniert, weil ich in diesen Tagen an zwei Manuskripten gleichzeitig arbeite. Ich habe es kaum für möglich gehalten, dem Geschehen deshalb so gelassen zu folgen. Für mich ist das kein Problem, sofern ich mich einfach an meinen Zeitplan halte. Es ist notwendig, meine Konzentration auf zwei Geschichten zu lenken, weil ich sonst zu sehr mit der Vergeltung beschäftigt bin, und dem Plan, den Tilda und ich geschmiedet haben. Die Arbeit an zwei Manuskripten erfordert hohe Konzentration und Disziplin. Nur so ist es mir möglich, mich von der Realität zu distanzieren.

Und von der Vergangenheit.

Ich habe es noch nie so angenehm empfunden, Geschichten zu schreiben, die immer mit einem guten Ende aufwarten.

Ich lese meinem Vater die erste Geschichte vor, die ich vor vielen Jahren geschrieben habe. Sie entspricht mehr dem Stil eines Artikels, aber mein Vater sagt, dass der Text ausgewogen sei.

„Guter Plot mit einem Kopf, einer Mitte und einem Schwanz. Du wirst mal eine berühmte Schriftstellerin", hat er mir einmal prophezeit.

Inzwischen sind seit seiner Prophezeiung einundzwanzig Jahre vergangen, eine berühmte Schriftstellerin bin ich nicht geworden. Die Menschen mögen meine Bücher, die ich unter einem Pseudonym veröffentliche. Das Genre Wohlfühlroman wird gern gelesen. Menschen mögen das Happy End. Aber irgendwann werde ich mich einem anderen Genre widmen. Von mir wird nicht erwartet, Sätze zu schreiben, die eine halbe Seite umfassen, tiefgründige Charaktere zu schaffen oder den Leser durch atemberaubende Metaphern in schiere Aufregung zu versetzen. Von mir wird erwartet, dass ich mir romantische Geschichten ausdenke, die jeder erleben möchte, die ein festes Muster haben und immer gut enden. Ich entspreche stets den Wünschen meines Verlages.

Als mein Vater noch geistig rege war, hat er manchmal versucht, mit mir über mein selbst gewähltes Genre zu diskutieren.

„Ich möchte keineswegs ein Werturteil abgeben, Lynn, aber ich würde dir gerne dabei behilflich sein, deine Motive herauszufinden."

Ich will nicht, dass auch nur irgendjemand mir hilft, meine Motivation, für das, was ich tue, zu ergründen. In diesem Punkt will ich nur meine Ruhe haben. Mein Vater hat noch einige Male einen Versuch unternommen, aber irgendwann lief ich nur noch davon, und er hörte auf, mir immer wieder dieselben Fragen zu stellen. Stattdessen sagte er: „Wenn es dich glücklich macht, ist es in Ordnung, Lynn."

Seit meiner ersten Begegnung mit Benedikt - erst von diesem Moment an, fühlte ich mich glücklich. Dieses wunderbare Gefühl hat angehalten, bis meine Mutter mir sagte, dass er verunglückt sei. Ich habe diese Zeit des vollkommenen Glücks verdrängt, damit niemand sie mehr berühren kann. Auch ich nicht. Vielleicht gebe ich diesem Glück und den Gefühlen wieder Raum, wenn ich einen Schlussstrich unter die Vergangenheit gezogen habe. Wenn Laura, Corinna und Annabelles Ehemann, Carsten, nicht mehr existieren. Vielleicht gelingt es mir dann, etwas zu spüren, das sich wie Glück anfühlt, auch wenn es nicht mehr als eine Erinnerung ist.

Vielleicht kann der Tod dieser Menschen gleichermaßen dazu führen, die quälenden Erinnerungen davonzujagen.

Corinna, die Ehefrau von Hendrik, ist das zweite Opfer auf meiner Liste.

Hendrik hat im volltrunkenen Zustand vor Freude gejauchzt, als Benedikt gegen den Baum raste. Als Tilda mir das erzählte, machte es Klick in meinem Kopf. Ich wollte meinen Rachefeldzug mit Corinna beginnen, aber Tilda war der Meinung, dass es einfacher sei, zuerst Laura aus dem Weg zu räumen.

„Ein leichter Anfang ...", sagte sie, „...gibt dir Selbstvertrauen für den nächsten Schritt."

99

Es ist mir nicht wirklich schwergefallen, mir Laura vorzuknöpfen. Corinna ist der härtere Brocken.

Aber das wird schon. Da bin ich mir sicher.

Lynn, 30. Mai 2017

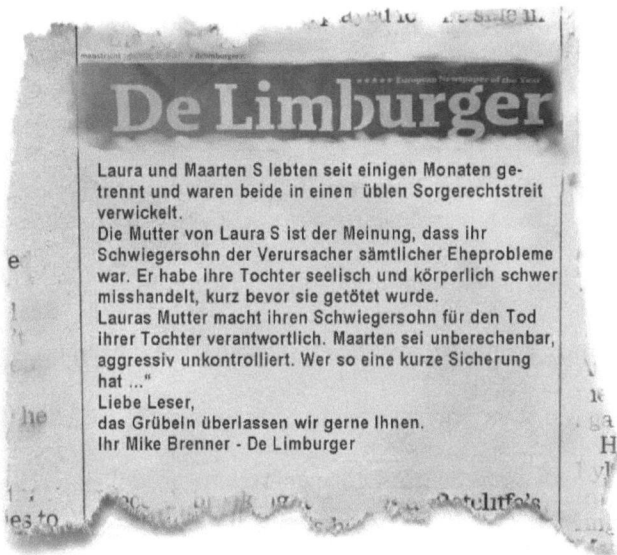

De Limburger

Laura und Maarten S lebten seit einigen Monaten getrennt und waren beide in einen üblen Sorgerechtsstreit verwickelt.
Die Mutter von Laura S ist der Meinung, dass ihr Schwiegersohn der Verursacher sämtlicher Eheprobleme war. Er habe ihre Tochter seelisch und körperlich schwer misshandelt, kurz bevor sie getötet wurde.
Lauras Mutter macht ihren Schwiegersohn für den Tod ihrer Tochter verantwortlich. Maarten sei unberechenbar, aggressiv unkontrolliert. Wer so eine kurze Sicherung hat ..."
Liebe Leser,
das Grübeln überlassen wir gerne Ihnen.
Ihr Mike Brenner - De Limburger

Das darf nicht wahr sein!
In meinem Kopf ist ein Gewitter, ich kann nicht klar denken. Ich habe den Zeitungsartikel bereits dreimal gelesen und kann es immer noch nicht glauben, was sie über Maarten und Laura Senger geschrieben haben. Ich keuche. Habe immer noch brennende Lungen vom Hyperventilieren. Erst als ich den Artikel zum vierten Mal lese, dringt der Inhalt des Interviews, das Lauras Mutter der Presse gegeben hat, in seiner ganzen Klarheit zu mir durch.

„Laura und Maarten S lebten seit einigen Monaten getrennt und waren beide in einen üblen Sorgerechtsstreit verwickelt«, lese ich laut. Die Mutter von Laura S ist der Meinung, dass ihr Schwiegersohn der Verursacher sämtlicher Eheprobleme war. Er habe ihre Tochter seelisch und körperlich schwer misshandelt, kurz bevor sie getötet wurde. Lauras Mutter macht ihren Schwiegersohn für den Tod ihrer Tochter verantwortlich. Maarten sei unberechenbar, aggressiv unkontrolliert. Wer so eine kurze Sicherung hat ..."

101

Liebe Leser, das Grübeln überlassen wir gerne Ihnen.
Ihr Mike Brenner - De Limburger

Ich versuche zu begreifen, was ich da lese. Ein grauenvoller Gedanke durchzuckt mich: Tilda und ich haben Maarten Senger mit dem Tod seiner Frau nicht wirklich getroffen. Für Maarten muss es ein Befreiungsschlag gewesen sein. Anstatt seine Verzweiflung zu kosten, kann ich mir nun sein Glück ansehen, das er der Außenwelt gewiss nicht zeigen wird. Wie konnte das passieren? Wie ist es möglich, dass dieser Aspekt Tildas Aufmerksamkeit entgangen ist? Sie hatte Stufe eins unseres Planes vorbereitet. Hätte sie bei ihren Nachforschungen nicht feststellen müssen, dass das Ehepaar Senger getrennt lebt?

Wieso hat sie das übersehen!?

„Ich kann jetzt nicht sprechen", schnauzt Tilda mich an. „Ich habe Besuch."

Plötzlich bin ich neugierig, wer Tilda da besucht. „Ein Bekannter?"

Keine Antwort.

„Wir müssen reden!", sage ich barsch. „Ruf mich sofort an, wenn dein Besuch sich verabschiedet hat! Verstanden?"

„Das kann ich dir nicht versprechen", protestiert sie.

Ich versuche, meine Gedanken zu ordnen, bevor ich mich verheddere. „Ruf mich an!" Ich kappe die Verbindung, knalle den Hörer auf und gehe langsam in die Küche. Setze einen Fuß vor den anderen. Greife zur Weinflasche.

Plötzlich durchzuckt es mich. Da war was. Eine verborgene Botschaft. Das unangenehme Gefühl, etwas übersehen zu haben. Ich straffe mich, atme tief durch. Dann ist es da. Ich weiß, dass ich es mir nicht nur eingebildet habe. *Nein!* Plötzlich bin ich mir sicher. Tildas Stimme hatte völlig verängstigt geklungen ...

Eine Stunde später ist die Weinflasche leer, die Zeitung in der schwarzen Tonne.

Weg mit dieser Zeitung!

Teil II – Hendrik

Kapitel 1

Hendrik

Sie hatten sich für die große Aula entschieden, obwohl Maarten davon überzeugt war, dass sie sich kaum füllen würde. Im Nachhinein war es aber die richtige Entscheidung. Hendrik schaut sich um. Menschen strömen zu den Sitzreihen, es ist gut möglich, dass nicht genügend Stühle vorhanden sind. Er sucht Corinnas Blick, aber seine Frau kümmert sich um die geladenen Gäste. Sie schüttelt ihnen die Hände, spricht ihr Beileid aus und zeigt auf die reservierten Plätze. Plötzlich wankt er und muss sich am Türrahmen festhalten. Er hätte damit rechnen müssen und doch ist er immer wieder schockiert. Unter den Trauergästen sind einige Leute, die er von anderen Beerdigungen kennt, und er fühlt unbändige Wut aufkommen. Sie sind aus reiner Effekthascherei gekommen, und haben Spaß daran, eine Familie verzweifeln zu sehen, sich an ihrem Verlustschmerz zu ergötzen.

Hendrik weiß nicht, warum es ihn besonders heute so schockiert. Maarten ist sein bester Freund. Schnell wendet er sich ab und flüchtet in den Nebenraum, wo Maarten und die Mädchen, die Schwiegermutter und ein paar Onkel und Tanten von Laura warten. Flor und Diana sitzen dicht neben ihrem Vater, sie pressen sich fast an ihn und sehen niemanden an. Ihr Blick ist starr auf den Boden gerichtet.

Er strafft seine Schultern, als er Maarten entdeckt, der seinen Arm hebt, aber Diana zieht ihn schnell wieder herunter. Sie blickt kurz in seine Richtung. Ein zögerndes Lächeln huscht über ihr Gesicht.

Maartens Kinder kennt er seit ihrer Geburt, aber durch den gehäuften Kontakt in den vergangenen Tagen ist die Bindung zu den Kids stärker geworden. Sie suchen auch bei den Freunden ihres Vaters Halt. Hendrik fühlt mit den Mädchen, sie sind zu jung, um einen so großen Verlust zu erleiden. Flor und Diana wissen nichts über die hässliche Scheidung ihrer Eltern und ihren Kampf um das Sorgerecht. Was sich zwischen den Eltern sonst noch zugetragen hat, wis-

104

sen sie auch nicht. Laura hat ihre Kinder nicht in ihre Schlacht einbezogen, was er ihr hoch anrechnet.

„Setzt du dich neben mich, Hendrik?", bittet ihn Flor leise.

„Aber nur für einen Moment, mein Schatz. Rück mal ein bisschen zur Seite!"

„Sind viele Menschen gekommen?", will Maarten wissen.

„Die Halle ist fast voll, Maarten."

Maarten blinzelt irritiert.

„Großmutter sagt, dass Mama uns immer noch sehen kann", flüstert Diana. Sie schaut auf die Decke. „Ist sie da irgendwo, Papa? Ich finde das gruslig."

Seltsam, denkt Hendrik, während er seinen Freund ansieht, der da in der Bank sitzt, und nicht auf die Worte seiner kleinen Tochter reagiert. Als wäre er ein Eisberg, unter der ein Kegel von bedrohlicher Größe im Dunkeln liegt.

So zieht er Diana für einen Moment an sich. „Ich glaube, dass deine Großmutter damit sagen möchte, dass deine Mama dich sehr liebt und dass sie immer auf dich aufpassen wird. Niemand weiß, ob sie dich sehen kann, denn wer lebt, weiß nicht, was der Tod bedeutet."

Er fragt sich, ob das Kind mit dieser Antwort etwas anfangen kann, ob sie für das Mädchen einen Sinn ergibt, aber ihm ist nichts Besseres eingefallen. Er würde Diana gerne sagen, dass ihre Großmutter zu oft wirres, dummes Zeug redet, er erinnert sich gut an die üblen Szenen, die er an manchen Abenden mitbekommen hat, als die Kinder schon im Bett lagen. Lauras Mutter schien ein unerschöpfliches Bedürfnis nach Streit, unbegründeten Anschuldigungen und Drohungen zu haben. An Maartens Stelle hätte er dieser Tratschbase schon an dem Abend, als sie unangemeldet aufgetaucht war, gesagt, dass sie nicht willkommen sei. Er hätte diese Kanaille nicht dreimal ins Haus gelassen. Corinna war der Meinung, dass Maarten dieser Schlange reichlich Raum bot, ihr Gift zu versprühen. Vermutlich, um sie daran zu hindern, anderweitig Feuer zu spucken. Aber als sie heute Morgen in der Zeitung lasen, wussten sie, dass alle Vorsichtsmaßnahmen ohnehin fehlgeschlagen wären. Maarten konnte sich vor seiner Schwiegermutter nicht schützen.

Er gibt Diana wieder frei. „Ich muss in der Halle nach dem Rechten sehen, Diana. In ungefähr zehn Minuten hole ich euch dann."

„Mein Bruder möchte auch ein paar Worte sagen", meldet sich Barbara, die neben Flor sitzt.

Maarten hebt abwehrend seine Hand.

„Nur die Mädchen. Wir haben das besprochen", antwortet Hendrik. „Respektieren Sie das bitte."

Corinna schubst ihn an. „Alle Plätze sind besetzt. Wie ist die Stimmung in der Familie?"

„Ich hoffe, wir müssen nicht eingreifen. Schwiegermuttermonster hat ihren Bruder in den Boxring geschickt. Selbst hier gibt sie keine Ruhe. Was für Satansbraten." Er geht so unauffällig wie möglich einen Schritt zurück.

Corinna verzieht das Gesicht. „Darf ich dich jetzt auch nicht mehr anfassen?"

„Nicht hier. Ich bitte dich!"

Seine Antwort verletzt sie.

Jeder hat so seine Empfindlichkeiten, denkt er.

Kapitel 2

Hendrik

„Was für ein Tag", seufzt Corinna. „Ich nehme zwei Paracetamol. Mit *diesen* Kopfschmerzen werde ich nicht einschlafen können." Ihren tiefen Ton nimmt er mehr mit dem Bauch wahr, als mit den Ohren. Alle Körperhärchen stellen sich ihm auf. „Ich hol sie dir", schlägt er vor. „Und ein Glas Wasser." Er muss den Vorfall geraderücken und hofft, dass Corinna seine Friedenspfeife akzeptiert. Eine Schweißperle läuft über seine Stirn. Sie steht auf. „Dazu bin ich durchaus selbst in der Lage."

Er fühlt sich erschöpft, möchte nur noch ins Bett und glaubt, er wird einschlafen, sobald sein Ohr das Kissen berührt. Aber trotz seiner Müdigkeit lässt er den heutigen Tag noch einmal Revue passieren. Er ist zufrieden. Es gab keinen einzigen Zwischenfall, die Kondolenzbekundungen verliefen ruhig und Maarten konnte das Krematorium verlassen, ohne von irgendjemandem aus Lauras Familie beschuldigt zu werden, sich ihres Todes schuldig gemacht zu haben. Er hat befürchtet, dass die Situation eskalieren könnte, aber alles blieb ruhig. Und eine Last fiel von seinen Schultern. Er hasste solche Szenen.

Sie gingen im Anschluss an die Beerdigung mit Maarten und den Kindern in das Pfannkuchenrestaurant am Ortsende. Die Stimmung war betrübt und voller Trauer. Niemand sprach. Niemand zeigte eine Regung, auch die Kinder nicht. Sie standen alle unter Schock.

Danach begleiteten sie Maarten nach Hause, Corinna brachte die Mädchen ins Bett. Wieder im Wohnzimmer sagte sie: „Diana starrt an die Decke und hält nach ihrer Mom Ausschau. Sie hat mich gefragt, ob sie Mutter zuwinken soll."

Maarten zerrte an seiner schwarzen Krawatte. „Ich hasse diese Frau. Eines Tages bringe ich sie noch um!", schnaubte er wütend und verfluchte seine Schwiegermutter.

Ich bringe sie noch um! Hendrik will nicht mehr an seinen besten Freund und die Kinder denken. Er muss in seinem Kopf Platz für Gedanken schaffen, wie es nach dem gestrigen Gespräch nun in seiner Ehe weitergehen soll ...

107

Es geschah nach einem Konzert von David Garrett. Corinna war der Meinung, dass sie zu wenig gemeinsam unternahmen und ein Konzertbesuch die geeignete Gelegenheit sei, dem entgegenzutreten. Er hatte nichts übrig für moderne leichte Klassik und begleitete sie dennoch, um keine weiteren Spannungen zwischen ihnen aufkommen zu lassen. In der Pause tranken sie Wein und knabberten an salzigen Erdnüssen. Folglich hatte er im zweiten Teil der Vorstellung eine trockene Kehle. Er verabscheute solche Veranstaltungen.

Nach dem Konzert gingen sie zur Eisdiele in der Nähe des Theaters, stellten aber fest, dass sie geschlossen war. Er schlug vor, nach Hause zu gehen. Und ohne darauf vorbereitet zu sein, stellte sie die Frage, die schon lange in ihrem Kopf herumschwirrte. „Willst du *jetzt* noch keine Kinder oder willst du *überhaupt* keine Kinder?"

Er hielt den Atem an.

Sie sah ihn an. Fragend. Drängend. Ängstlich.

„Ich will *keine* Kinder", antwortete er.

„Endlich ist sie ausgesprochen, *deine* Wahrheit", stellte Corinna fest. „Es wurde auch Zeit, dass du damit aufhörst, mir etwas vorzumachen."

Hendrik protestierte. „Ich mache dir n ..."

„Wag es nicht, mir zu widersprechen." Blanker Hohn lag in ihrer Stimme.

Corinna hat ihm seitdem jeden Tag vorgehalten, von ihm betrogen worden zu sein. Er hätte ihr vor der Hochzeit sagen müssen, dass er keinen Kinderwunsch hegte. Jedes Mal, wenn er vorbringt, dass er damals nicht wusste, was er wollte, wird sie wütend. Sie nennt ihn einen Hurensohn und einen Lügner. Der Streit entartet immer mehr. Sie benehmen sich wie ein altes, degeneriertes Ehepaar und schreien sich in unterschiedlichen Tonlagen an. Sie greift nach Gegenständen und pfeffert sie an die Wand, und auch er trägt seinen Teil dazu bei. Ihre Wut bringt etwas in ihm hervor, von dem er bislang nichts gewusst hat. Er hätte sie fast ein paar Mal geschlagen und schämte sich deswegen. Nichtsdestotrotz endete bis heute jeder Streit in atemberaubenden Sex, der sie beide danach erschöpft einschlafen ließ. Aber jedes Mal, wenn sie am Morgen danach wieder aufwachten, spürte er die Kälte. Die Enttäuschung.

Er kann es kaum noch ertragen.

Ihm ist nicht aufgefallen, dass Corinna den Raum verlassen hat und er sieht überrascht hoch. Sie hat sich umgezogen und sieht wunderschön aus. Den kurzen Rock, den sie trägt, hat er noch nie an ihr gesehen.

Er deutet auf den Rock. „Neu?"

Sie sieht auf ihre Uhr. „Ja, neu. Ich gehe."

„Wohin?"

„In die Stadt."

„Allein? Jetzt? Es ist neun Uhr."

„Ich weiß, wie spät es ist, Hendrik. Und ja, ich gehe allein. Aber ich kann dir nicht garantieren, dass ich den ganzen Abend allein bleibe!" Sie dreht sich um und geht zur Tür.

Er steht auf. „Hey, was soll das? Willst du mir damit sagen, dass du ...?" Er schluckt. „Was ist los?"

„Mein Mann möchte mich nicht zur Mutter machen, also orientiere ich mich am Samenspendermarkt."

Hendrik packt sie an den Schultern. „Moment mal, Corinna. Komm schon, du benimmst dich wie ein pubertierender Teenager, der seinen Willen nicht bekommt." Er brüllt so laut, dass sich seine Stimme überschlägt.

Ihre flache Hand trifft mit Wucht sein Gesicht. Er taumelt. Im nächsten Moment schaut er auf die geschlossene Wohnzimmertür.

Er reibt die Stelle, wo sie ihn getroffen hat. „Bist du jetzt völlig durchgeknallt?", ruft er ihr hinterher. „Ich lasse mich doch nicht von meiner eigenen Frau schlagen!"

Als er die Diele betritt, knallt die Haustür mit einem ohrenbetäubenden Geräusch zu. Das ganze Haus vibriert.

„Das wirst du noch bereuen!", schreit er die geschlossene Tür an.

Kapitel 3

Hendrik

„Wie schön, dass Sie so schnell kommen konnten", begrüßt ihn die Tochter des Verstorbenen. Ihre Augen sind gerötet, wie auch ihre Nase. „Wir sind alle sehr betroffen, weil niemand das erwartet hat." Hendrik geht ihr nach und betritt das Wohnzimmer. Er sucht den Raum mit Blicken ab.

„Die Familie ist im Wintergarten", erklärt sie. „Sie wollen vermutlich alles notieren?" Sie sieht auf seine Umhängetasche. „Oh, Sie haben einen Laptop dabei. Logisch, klar."

Hendrik betritt den Wintergarten. An dem großen Tisch sitzen zwei Frauen und drei Männer. Er stellt sich allen vor, spricht sein Beileid aus und nimmt auf dem Stuhl Platz, der ihm angeboten wird. Es ist der Stuhl am Kopfende des Tisches.

„Das war der Platz meines Vaters", schluchzt die Tochter, die ihn hereingelassen hat.

Hendrik will wieder aufstehen, aber er wird von dem Mann zu seiner Rechten sanft zurückgehalten. „Das ist in Ordnung. Das ist der Platz der Autorität, und wir können ein wenig Autorität gebrauchen."

„Du vielleicht", keift die Frau neben dem Mann.

Durchhalten, denkt Hendrik.

Es gibt Tage, an denen er sich in solche Situationen verstrickt. Es passiert nicht oft, aber wenn es dazu kommt, denkt er über eine neue Firma nach. Ein hübsches kleines Bed-and-Breakfast-Hotel kommt ihm dann immer in den Sinn. Sympathische Gäste beherbergen, sie mit einem großartigen Frühstück verwöhnen, in schönen, gemütlichen Zimmer unterbringen und sich nach einigen Tagen wieder von ihnen verabschieden, um die neuen Gäste willkommen zu heißen.

Gewiss werden unter ihnen auch einige Typen sein, die sich einen Spaß daraus machen, an allem herumzunörgeln, aber das gehört zum Hotelbetrieb dazu. Es kann nie so schlimm sein, wie Familien aufzusuchen, bei denen er mit heuchlerischer Maske Rede und Antwort stehen muss. Er verabscheut, dass Menschen am Sterbebett eines Toten alte Fehden aufleben lassen, sich verbal auf übelste Art und Weise bekämpfen oder handgreiflich werden.

Heute ist es ziemlich übel. Der Vater, dessen Beerdigung er organisieren soll, wurde offensichtlich von zwei seiner Töchter und einem seiner Söhne auf Händen getragen, aber die andere Hälfte seiner Nachkommen werfen zornige, verletzende und zynische Bemerkungen in den Raum, darüber wer ihr Vater war, was er war und wie er war. Das feindliche Lager lässt keinen Zweifel daran, dass es wenig Gutes über den Verstorbenen zu berichten gibt. Sie wollen die Kosten der Beerdigung so niedrig wie möglich halten. Der einfache Sarg reicht vollkommen aus.

Hendrik weiß, was in ihren Köpfen vorgeht: Unter der Erde verrotten das Holz *und* der Inhalt. Warum sich also Gedanken über eine teure Kiste machen, an der die Würmer ein paar Tage länger zu knabbern haben?

„Was bedeutet schon Nachhaltigkeit in Bezug auf den ewigen Tod?", fragt sich einer der Antivatersöhne. Die Schwester neben ihm glaubt, dass ein Philosoph an ihm verloren gegangen sei.

Hendrik möchte der Familie empfehlen, sich nach einem anderen Bestattungsunternehmen umzusehen, aber er weiß, dass das nicht klug wäre. Es besteht immer eine große Chance, dass die Familie beleidigt ist. Man weiß nie, mit wem sie spricht oder was sie über ihn in den sozialen Medien verbreitet wird. Heutzutage kann die ganze Welt innerhalb von fünfzehn Minuten erfahren, dass man ein nutzloser, schlecht gelaunter Beerdigungsunternehmer ist, der seinen Kunden nur kostspielige Beerdigungen aufschwatzen will. Der Ruf ist im Nu ruiniert. Also beißt er die Zähne zusammen und hält sich zurück, um der Autorität, auf dessen Platz er sitzt, gerecht zu werden.

Einer der Söhne kommt ihm einigermaßen neutral vor. Hendrik erklärt, dass es ihm sinnvoll erscheine, die Besprechung mit nur einem Familienmitglied zu führen, damit die Gesprächspunkte klar festgelegt werden. Diese Person kann dann im Namen aller sprechen und sich gegebenenfalls mit den anderen beraten. Er schlägt vor, Mathias, den neutralen Sohn, dafür zu ernennen.

Jeder ist still. Sie beäugen ihn misstrauisch.

„Gute Idee", sagt Mathias.

Hendrik nickt. „Dann machen wir das so."

Hendrik überlegt, berät, lenkt geschickt seine Interessen auf das Wesentliche, wartet ab, fasst zusammen und macht sich Notizen. Er ignoriert Kommentare über die schmierigen Hände des Verstorbenen, seine verschwenderischen Hobbys, während seine Frau in ihrem zwanzig Jahre alten Parka zum Einkaufen ging, seine Macht-Spiele, denen er seine Kinder unterwarf.

Wie lange weilt er schon hier? Er kommt nicht wirklich voran. Gleich wird er verrückt. Er fühlt sich wie in einem Albtraum gefangen. Auch gelingt es ihm kaum noch, Corinnas Worte aus seinem Kopf zu verdrängen.

... Ich werde mich auf dem Samenspendermarkt umsehen.

Seine Frau ist seit zwei Nächten nicht nach Hause gekommen. *Wo kann sie nur sein?* Er wird in seinen Überlegungen unterbrochen.

„Hören Sie mir überhaupt zu?", fragt jemand.

Sechs Gesichter starren ihn an. „Entschuldigung, ich habe mich zwei Nächte um meine kranke Frau gekümmert. Ich war einen Moment abgelenkt. Es kommt nicht wieder vor."

„Schon gut", sagt Mathias, der neutrale Sohn. „Ich denke, wir haben jetzt alles besprochen. Wann sind die Trauerkarten fertig?"

Ihm ist kalt. Eiskalt.

„Als wir meine Schwiegermutter beerdigt haben, wurden die Karten nach der Besprechung noch am selben Abend zugestellt", berichtet ein anderer Sohn.

Mathias winkt ab. „Morgen früh reicht vollkommen."

Hendrik möchte mit seiner Faust bei irgendjemandem einen Treffer landen.

Lynn, 1. Juni 2017

„Ihre Mutter hat angerufen, um zu sagen, dass sie heute leider nicht kommen kann", sagt Schwester Marta. „Herzlichen Glückwunsch zum Geburtstag Ihres Vaters."

Ich bin froh, dass in der Einrichtung jeder ein Namensschild trägt, damit ich das Personal mit dem Vornamen ansprechen kann. „Danke, Marta. Papa sieht heute fantastisch aus. Sie kümmern sich sehr gut um ihn."

Marta ist eine spindeldürre kleine Frau, mit freundlichen, hellblauen Augen und kurzem, hennaroten Haar. „Wir machen das gerne. Jeder liebt Ihren Vater. Es ist so ein Süßer."

Ich möchte, dass sie geht. Sie ist jetzt viel zu nah, ich will nicht, dass sie meinen Vater *so ein Süßer* nennt. *Ein netter Mann* ist in Ordnung. *Süß* ist zu intim.

„Seine Mitbewohner haben ihm eine Flasche Aftershave geschenkt", fährt Marta unbekümmert fort. „Aus dem Liebes-und-Kummer-Töpfchen. Jeder zahlt da ein."

Nun könnte ich sagen, dass ich das weiß, weil ich die Finanzen meines Vaters verwalte. Aber ich schweige.

Plötzlich geht Marta schnell zur anderen Seite des Raumes. Eine Frau spuckt das ganze Tischtuch voll. Gegenüber ist ein Mann, der unbekümmert Winde fahren lässt. Ich habe keine Zeit, mich deswegen unbehaglich zu fühlen und nehme den Rollstuhl meines Vaters, löse die Bremse und drehe ihn in Richtung Tür.

„Wir setzen uns draußen auf die Terrasse, Papa. Ich habe einen Kokosnusskuchen mit Schokolade mitgebracht, den du so gern magst. Vielleicht können wir uns danach ein Gläschen Bessenjenever genehmigen."

„Ihr Vater darf keinen Genever mehr trinken", ruft Marta mir vom anderen Ende des Raumes zu.

Ich nicke, schaffe es kaum, meinen Unmut im Zaum zu halten, und schiebe den Rollstuhl den Flur entlang.

Mein Vater genießt den Kokoskuchen mit Schokolade. Immer, wenn ich ein Stückchen abbreche, öffnet er sofort den Mund. Während er kaut, kneift er fest die Augen zu, wie ein kleines Kind.

Ich weiß nicht, warum ich mit einem Mal an den Geburtstag meines Vaters denken muss, kurz nachdem Yuri ertrunken war.

Meine Mutter war der Meinung, dass wir Papas Geburtstag ohne Feier ehren mussten, weshalb wir seinen Stuhl schmückten. Wir standen deswegen sehr früh an diesem Tag auf. Nach dem Schmücken bereiteten wir das Frühstück vor. Als mein Vater herunterkam und die Girlanden sah, rückten alle Emotionen nah zusammen: Schrecken, Wut, Angst.

„Welch geistiges Kind bist du eigentlich, um dich so banal zu benehmen?", brüllte er meine Mutter an.

„Was ist banal, Papa?", fragte ich.

„Das kann deine Mutter dir am besten selbst erklären, Lynn. Entferne diese idiotischen Girlanden, Elisabeth, und wag es ja nicht, mich heute Abend mit Gästen zu überraschen!"

Als ich später gewaschen und angezogen hinunterging, sah der Stuhl aus wie immer. Der Gesichtsausdruck meiner Mutter machte mir klar, dass ich ihr keine Fragen stellen durfte. Ich bin nicht auf den Begriff „banal" zurückgekommen und habe es dann einfach vergessen. Ein Fehler, wie sich später herausstellte.

Mein Mund wird ganz trocken, und mir schwindelt, wenn ich an den Vorfall denke.

Von einer Freundin hatte ich erfahren, dass mein Vater ein Gespräch mit dem Schulleiter geführt hatte. Des Weiteren sprach er auch mit einigen Eltern von Yuris Klassenkameraden.

„Yuri wurde in der Schule extrem gemobbt. Wusstest du das nicht, Lynn?", fragte sie mich.

Spontan schnürte sich meine Kehle zu.

Als ich meiner Mutter nach der Schule davon erzählte, wurde sie wütend und verbot mir, mich jemals wieder mit dem Mädchen zu treffen, das solche Lügen verbreitete. Ich sah ihr dabei ins Gesicht und hatte das Gefühl, dass sie etwas vor mir verbarg.

Weil ich nicht begriff und verunsichert war, stellte ich meinem Vater dieselbe Frage. „Wurde Yuri in der Schule gemobbt, Papa?"

Mein Vater wurde kreidebleich und sagte kein Wort. Dann nahm

114

er mich in den Arm. „Wir können die Zeit nicht zurückdrehen und nichts ungeschehen machen, Lynn. Yuri wird nie mehr lebendig, egal was wir herausfinden. Grüble nicht zu sehr über das, was deinem Bruder zugestoßen ist."

Stille breitete sich im Raum aus. Ich starrte auf seine Knie. *Das ist falsch*, dachte ich. *Das ist falsch.* Dann sah ich ihm ins Gesicht und erkannte die Erschöpfung darin, und die Tränen in seinen Augen.

„Du kannst mir alles erzählen, was dich bedrückt, Lynn.", flüsterte er.

In den darauffolgenden Jahren war der erste Juni nur der Tag, an dem mein Vater Geburtstag hatte, der aber nie wieder gefeiert wurde. Auch wurde Yuri in meinem Elternhaus kaum erwähnt. Aber je älter ich wurde, desto häufiger war ich in Gedanken bei ihm. Aber Fragen über seine Todesursache duldete niemand, auch mein Vater nicht. Und ich habe meinen Vater nie wieder nach Yuri gefragt. Ein weiterer Fehler!

Mein Vater hat jetzt zwei große Stück Kuchen verschlungen. Ich reiche ihm ein Glas Limonade, aber nach ein paar Schlückchen schiebt er das Glas weg.

„Du siehst wirklich geburtstagsmäßig glücklich aus", sage ich.

Wie bescheuert ist das denn, Lynn. Weiß Papa überhaupt, was *Geburtstag* bedeutet? Weiß er noch, wie alt er jetzt ist?

Wenn er mich ansieht, schockiert mich die Leere in seinen Augen. Ich stecke den restlichen Kuchen wieder in meine Tasche. „Lass uns zurück in dein Zimmer gehen. Du bist müde, glaube ich!"

Sein Kinn sinkt auf seine Brust.

Ich hätte ihn, als sein Geist noch klar war, fragen müssen, was er dachte. Ich hätte auf eine Unterhaltung über den Tod meines Bruders bestehen sollen. Wir hätten viel mehr über Yuri sprechen sollen. Erinnerungen teilen müssen. Die Trauer und den Kummer benennen.

Und ich hätte ihm erzählen sollen, was mit mir geschehen war.

Aber dann hätte ich meiner Abscheu Worte geben müssen. Auch wie sehr ich verletzt wurde, hätte ich sagen müssen. Um dem Ekel zu trotzen.

Aber ich konnte nicht darüber sprechen, auch später nicht mit Benedikt. Bis zu jenem Tag, an dem meine Mutter vierundsechzig wurde, ich zu viel trank und alle Hemmungen verlor.

Mir kommt es vor, als hätten wir Herbst. Der Wind weht stärker und auch der Regen hat zugenommen. Ich hätte Stiefel anstelle von offenen Pumps anziehen sollen. Als ich an der Pforte vorbeikomme, erzählt mir einer der Wärter, dass mein Vater eine schöne Ansichtskarte von meiner Schwester Bernadette aus den USA bekommen hat. Mein Bruder Harry hat einen Obstkorb geschickt. In dem Korb liegt eine Notiz, dass die Früchte verteilt werden können. Harry weiß, dass Papa kein Obst mag und dass er verrückt nach Schokolade ist. *Bereitet es dir so viel Mühe, deinen Vater mit einer Pralinenschachtel zu überraschen?*

Ich ziehe den Kragen meines Mantels hoch und reiße mich zusammen. Ich habe keine Lust, mich mit meinem Bruder zu beschäftigen. Wir hatten nie viel Kontakt miteinander und seit unserer letzten Begegnung herrscht absolute Funkstille zwischen uns. Genau wie zwischen mir und meiner Schwester. Ich habe sie alle zu sehr schockiert, zu sehr mit der Wahrheit konfrontiert.

Schade drum.

Ich glaube, ich werde heute jede Menge Geld für neue Kleidung ausgeben. Und für neue Schuhe. Und für eine neue Tasche. Blau soll alles sein.

Benedikt mochte es, wenn ich Blau trug.

Lynn, 3. Juni 2017

Ich habe gestern Abend wieder eine Flasche Wein getrunken. Eine halbe hätte es nicht getan. Ich muss mich zusammenreißen. Ich kann es mir nicht erlauben, müde zu sein, ich kann es mir nicht erlauben, an meine seelische Qual zu denken. Das hier ist noch nicht vorbei, ganz im Gegenteil.

Tilda und ich haben vereinbart, dass ich um zehn Uhr anrufen würde. Nun läutet es bereits zum sechsten Mal, und ich frage mich gerade, ob Tilda nicht abheben will, als sie sich dann doch meldet.

Sie entschuldigt sich sofort. „Es war mir wirklich nicht bekannt, dass dieser Maarten und seine Laura geschieden waren." Sie klingt gehetzt. „Wenn ich das gewusst hätte, hätte ich bestimmt mit dir darüber gesprochen, was in diesem Fall zu tun wäre. Mein Informant hat mich eine Weile nicht angerufen und mich auch nicht besucht. Es tut mir leid!"

„So ein mangelnder Informationsfluss darf nicht noch mal entstehen, Tilda."

„Ich erwarte jeden Augenblick, Neues von ihm zu erfahren. Überlass das nur mir, Lynn."

„Ich möchte keine Verzögerungen. Je früher wir unseren Plan umgesetzt haben, desto besser. Ich denke, es wäre eine gute Idee, so bald wie möglich mit den Vorbereitungen für die zweite Phase zu beginnen."

Tilda stimmt mir zu. „Stehst du noch immer voll und ganz dahinter, Lynn?"

Was für eine merkwürdige Frage.

„Du etwa nicht?", hake ich nach.

„Aber sicher! Wann suchst du Nummer Zwei auf?"

Wir haben uns darauf verständigt, niemals ihre Namen zu nennen, wenn wir telefonieren, auch keine Daten und keine Zeiten. Tilda hat vorhin ihre Namen genannt. Weshalb? Ich beantworte daher ihre

117

Frage nicht. „Du hörst von mir", verspreche ich und lege auf. Das hier ist wie ein Schachspiel, aber eines, in dem ich nie mehr als ein paar Sekunden Zeit habe, um mir meinen nächsten Zug zu überlegen. Tilda scheint mir eine komplett unberechenbare Mitspielerin zu sein. Ich ärgere mich über ihre Frage. Irgendetwas stimmt nicht. Da bin ich mir sicher.

Ich kann auf alle möglichen Arten versuchen, meine Gedanken in eine andere Richtung zu lenken, aber Benedikt beherrscht mich weiterhin, besonders nach einem Gespräch mit Tilda.

Ich erinnere mich, dass ich mein Bestes tat, Benedikt nicht zu mögen. Er war der Landschaftsarchitekt meiner Mutter, mehr nicht. Was sollte ich mit einem Mann, der für meine Eltern arbeitete? Er war nur freundlich zu mir, weil er für seine Tätigkeit von meiner Mutter fürstlich entlohnt wurde.

Mein Blick fällt durchs Fenster auf den Garten. Von irgendwo her dringt leises Stimmengewirr durch das gekippte Fenster.

Wären wir uns woanders begegnet, hätte ich ihn übersehen.

Aber ich wusste, dass das anders war. Von Anfang an war da dieses Achterbahngefühl in meinem Magen. Ich erkannte, dass er in mir etwas erweckte, das sehr lange tief im Verborgenen geschlummert hatte. Etwas, das ich nicht aufwecken wollte, weil es zu verletzlich war, um evident zu werden. Etwas, das mich wehrlos machen konnte.

Ich hatte mich dagegen gesträubt, meine Haltung mit Absurditäten untermalt, gesagt, dass ich alleine bleiben wollte, weil ich für eine Beziehung gänzlich ungeeignet wäre. Obwohl Benedikt mich vom ersten Moment an fasziniert hatte, lehnte ich alles ab, was nur der Hauch einer Annäherung andeutete. Ich benahm mich völlig daneben, war sogar unverblümt grob zu ihm. Überheblich. Unnahbar.

Benedikt zeigte sich völlig unbeeindruckt von meinem Verhalten und war weiterhin freundlich, zeigte Interesse an dem, was ich tat. Er wollte alles über die Romane wissen, die ich schrieb, darüber, wie Inspiration funktionierte und warum ich das Wohlfühl-Genre gewählt hatte. Er fand die Schriftstellerei sehr interessant, verkörperte eine fleischgewordene Charmeoffensive mit langem Atem. Und er hatte mich erobert.

Ich wollte jahrelang nicht berührt werden, bis Benedikt kam. Er weckte das Gefühl, das unter meinen Ängsten verborgen lag. Er sah mich, wusste sofort, wer ich wirklich war.

Niemand hätte ihn mir wegnehmen dürfen.

„Sie"

Tagebucheintrag, Juni 1970

Das Wegwerfkind

Sie sitzen auf einer Bank, in der Nähe der Mauer zwischen Looiersgracht und Verwerhoek im Herzen von Maastricht, unweit von der Stelle, wo einst die alte Villa gestanden hat und machen sich Notizen. Den Zeitungsartikel über den Fund der Kinderleiche haben sie sorgfältig ausgeschnitten und in ein Büchlein geklebt. Ihre Hände sind ein wenig verkrampft, man kann das leise Kratzen ihrer Füllfederhalter hören, als sie ihre Worte mit schwarzer Tinte in das Papier ritzen.

Sie sind 18 und 20 Jahre, und anständig, sagen ihre Eltern. Sie sind gut darin, anständig, folgsam und artig zu sein. Sich unauffällig zu verhalten. Ihre Eltern haben es schon immer von ihnen verlangt.

Das Mädchen war nicht artig, deshalb mussten sie es töten. Es wollte alles seiner Mutter sagen. Nun klebt das Blut des Kindes an ihren Händen, so sehr sie auch schrubben. Es riecht metallisch, der Geruch geht nicht weg! Hm ... Es passiert das erste Mal, dass sie den Geruch des Todes nicht abwaschen können.

Sind sie nun verdammt? Wegen ihrer Neigung, die sie beide bereits schon früh heimgesucht hat? Oder wegen ihrer zügellosen Leidenschaft? Wieso sucht diese Art Libido sie heim? Nacht für Nacht, Schlaf für Schlaf. Lachend und verspottend? Nein, gewiss nicht. Sie fühlen sich nicht betrogen um ihre mangelnde Empathie, sie mögen die verderbte Lust, die ihre Libido ihnen verschafft.

Sie legen die Füllfederhalter weg und sehen auf die Sätze, die sie ge-

120

schrieben haben. Auf ihren Oberlippen steht der Schweiß. Sie schlucken. Sie heben den Blick vom Tagebuch, sehen sich an, halten sich an ihren Händen, streicheln sie. Dann stieren sie auf die Baustelle, wo das exklusive Villenviertel Looiershof entstehen soll. Dort haben die Polizisten das Mädchen gefunden.

Sie haben sie gut gekannt, diese kleine Hexe. Auf dem Vrijthof waren sie dem Mädchen zum ersten Mal begegnet. Es hatte sie angerempelt, und anstatt sich zu entschuldigen, hatte es ihnen die Zunge ausgestreckt, sie ausgelacht und sie verächtlich angesehen. Eine süße, kleine, spitze Zunge hatte die kleine Bitch, fanden sie.

Seit der ersten Begegnung folgten sie ihm mit gierigen Gedanken. Dass das Mädchen eines Nachts die Elternwohnung verlassen würde, damit hatten sie nicht gerechnet. Aber sie hatten die Chance wahrgenommen. Und dem Mädchen alle Chancen gegeben. Es war nett gewesen, wirklich nett, ein wahrer Rausch. Sie gaben ihm Alkohol zu trinken. Nur wegen des Sieges, sagten sie sich. Es war ein gutes Gefühl. Sie besiegten es mit dem angenehmen Duft seiner langen, seidigen Haare in der Nase.

In jener Nacht verfielen sie dem Mädchen, ihr Verstand setzte aus. Aber die Worte aus dem süßen kleinen Mund - „Ich sage es meiner Mutter" - waren eine Attacke auf ihre Seelen, wie auch die Tatsache, dass das Mädchen sie dabei angespuckt hatte.

Sie mussten sich lange waschen, als sie frühmorgens nach Hause kamen. Nichts durfte an ihnen haften bleiben. Kein Blut und kein anderer Beweis.

Doch der Geruch des Todes blieb.

Kapitel 4

Hendrik

Die Kinder haben Plätzchen gebacken und reichen sie zum Kaffee. Hendrik mag keine Kekse, isst aber den Kindern zuliebe zwei. „Mama wollte Diana und mir auch beibringen, wie man Kuchen backt, aber das geht jetzt nicht mehr", sagt Flor leise. Ihre Augen werden sofort feucht, sobald sie von ihrer Mutter spricht.

„Dann bringe ich es dir bei, Schätzchen", bietet Corinna an.

Sie weicht Hendrik aus, meidet seinen Blick.

„Gute Idee."

Maarten sieht mitgenommen aus. In der Küche vertraut er ihnen an, dass die Kripo ihn endlich in Ruhe lassen wird. „Sie werden mich nicht noch mal verhören. Sie haben mich aus dem Kreis der Verdächtigen eliminiert!"

„Haben sie einen anderen Verdacht?", will Hendrik wissen.

Maarten wirft Hamburger in die Bratpfanne und stellt die Dunstabzugshaube an. „Keine Ahnung. Ich glaube, sie halten an der Theorie eines Raubüberfalles fest. Sie haben alle Kundinnen aufgesucht und ihre Alibis überprüft. Nur Lauras letzte Kundin ist unauffindbar, Hendrik."

„Das ist verdächtig, oder?"

„Das denke ich auch, aber sie äußern sich nicht weiter dazu." Er zeigt auf die Hamburger. „Burger kommen nur bei Promi-Besuch auf den Tisch. Ich tauge nicht besonders zum Koch, gebe mir aber Mühe. Das braucht alles seine Zeit."

„Du musst dich nicht entschuldigen, Maarten. Ich bekomme keinen anständigen Burger auf den Tisch. Egal. Wie geht es eigentlich den Mädchen?"

„Einigermaßen gut. Flor schläft jede Nacht durch, aber Diana kommt regelmäßig zu mir. Immer dann, wenn sie von Laura geträumt hat. Ich glaube, dass diese Träume irgendwann nachlassen werden."

„Ich denke auch. Und wie geht es dir, Maarten?"

Maarten legt die Hamburger auf die Brötchen, schöpft gebratene Zwiebeln drüber und bedeckt alles mit Käse. „Ich werde es nur dir

122

sagen, Hendrik. Mir geht es gut. Sie hätte nicht sterben müssen, aber ich bin erleichtert. Übel, oder?"

Diana betritt die Küche. „Wir sind hungrig!"

Hendrik sieht Corinna an, die sich mit den Mädchen beschäftigt. *Sie ist süß*, denkt er. Sie drängt sich den Kindern nicht auf, aber sie ist für sie da. Sie kennt die Grenzen und überschreitet sie nicht. *Ob sie und Maarten ...?*

Was ihm da in diesem Moment durch den Kopf geht, ergibt keinen Sinn. Es ist lächerlich zu glauben, dass Corinna ernsthaft erwägen würde, ihn für Maarten und die Kinder zu verlassen. Wirklich lächerlich. Corinna ist nur eine Vertraute für Maarten und die Mädchen. Sie würden sich in Gegenwart einer fremden Frau niemals so entspannt verhalten. *Du bist bescheuert, Hendrik,* meldet sich sein schlechtes Gewissen. *Es macht keinen Sinn, hinter dem Ganzen hier mehr zu vermuten.*

„Wirst du unsere Mutter sein?", fragt Diana plötzlich. Sie ist über ihre eigene Frage verwirrt. „Oder Silke?"

Flor gibt ihrer Schwester einen Schubs. „Niemand kann unsere Mutter werden, denn das ist Mama schon."

„Aber Mama ist tot", protestiert Diana.

„Sie bleibt aber unsere Mutter!", schreit Flor jetzt.

Corinna greift ein. „Ich bin nur Corinna und du kannst immer auf mich zählen. Okay?" Sie versucht, Flor in den Arm zu nehmen, aber das Mädchen entzieht sich ihr.

Hendrik nimmt noch einen Bissen von seinem Hamburger Sandwich. Ihm fällt auf, dass Maarten Corinna ständig ansieht.

Corinna setzt den Blinker rechts, lässt einen Fahrradfahrer vorbei und biegt auf die Hauptstraße ein. Er wirft ihr einen vorsichtigen Blick zu. Sie fährt, weil er getrunken hat.

„Du warst so still, hast kaum ein Wort gesagt", sagt sie und lenkt den Wagen über die Schnellstraße, die ungewöhnlich leer ist. „Bist du nicht gerne mit Maarten und den Kindern zusammen?"

Die Frage irritiert ihn. „Natürlich bin ich das. Ich denke, wir können sie in dieser schweren Zeit nicht oft genug besuchen. Maarten braucht das wirklich."

„Die Kinder auch", sagt sie. Stimmt es, dass ihre Stimme jetzt vorwurfsvoll klingt?

Vorsichtig jetzt. Ganz vorsichtig!

123

„Die Kinder brauchen eine Mutter", antwortet er. „Aber sie ist tot. Maarten muss Vater und Mutter gleichzeitig sein." Er sieht zur Seite und sieht, dass Corinna ihr Gesicht verzieht. „Sie werden jede Menge Zeit brauchen, um zu trauern und sich an die neue Situation zu gewöhnen", fährt er fort. „Ich habe Maarten so verstanden, dass er sich diese Zeit nehmen will und dass er mit Silke nicht so schnell zusammenziehen wird."

„Wo war sie eigentlich heute?"

„Sie ist für ein paar Tage mit einer Freundin nach Paris gefahren."

„Nach Paris? Ihr Freund hat gerade mit seinen Kindern Schreckliches erlebt und sie fährt nach Paris. Ein sehr einfühlsames Geschöpf."

„Maarten hat Silke gedrängt, zu fahren. Die Reise wurde bereits vor Monaten gebucht."

„Ich hätte den Trip abgesagt. Ich verstehe das nicht, finde es auch ein wenig herzlos. Mir tun die Mädchen so leid. In ihrem Alter braucht man seine Mutter. Ich war kein großer Fan von Laura, aber ich hoffe, dass sie nicht allzu sehr Schmerzen erdulden musste. Allein schon der Gedanke ... Du realisierst, dass du sterben wirst und deine Kinder zurücklassen musst ..." Corinna zeigt auf das Handschuhfach. „Gib mir mal ein Tempo, bitte!"

Hendrik funktioniert. Er konzentriert sich, muss das Heft wieder in die Hand bekommen. Er reicht ihr ein Taschentuch.

„Ich weine nicht um Laura", sagt sie und wischt sich die Tränen von den Wangen.

Hendrik zögert. Doch er stellt die Frage. „Warum dann?"

„Weil ich, was auch immer geschehen wird, keine Kinder zurücklassen werde und weil das bedeutet, dass ich niemals Mutter sein werde. Das fühlt sich nicht richtig an, weißt du."

Hendrik erstarrt, schaut nach draußen. „Willst du dich scheiden lassen?"

„Nein, ich möchte mich nicht scheiden lassen. Ich möchte bei dir sein, bei dir bleiben. Aber ich will auch Kinder. *Ein* Kind."

Die letzten zwei Wörter haben einen flehenden Unterton.

„Lass uns eine Weile nicht mehr darüber reden", sagt er.

124

Kapitel 5

Hendrik

Er hat seit fast sechs Monaten nicht mehr mit *der Mutter* gesprochen. Er kam nicht dazu und hat sich auch nicht um ein Treffen bemüht.

An dem Tag, als der Unfall vor sieben Jahren geschehen ist, ist er den ganzen Tag herumgeirrt und hat sich gefragt, ob er die Mutter des Mannes anrufen sollte, aber am Ende hat er nur Blumen auf das Grab gelegt. Dann hat er entschieden, eine Weile nicht über den Unfall zu grübeln, und es ist ihm gelungen, bis er von dem Mord an Laura erfahren hat. Wenn sie einfach gestorben oder einer unheilbaren Krankheit erlegen wäre, wäre das anders gewesen. Dann hätte er es akzeptiert, aber dann hätte es für ihn keinen Zusammenhang gegeben. Nun schon, denn jetzt geht es um Mord.

Was auch immer die anderen behauptet haben, er kann den Gedanken, dass er, Maarten und Annabelle sich schuldig gemacht haben und dafür niemals zur Rechenschaft gezogen wurden, noch immer nicht einfach über Bord werfen. Seine Schuld treibt ihn immer noch zur Mutter, wie er sie in Gedanken nennt. Nur *die Mutter*, nicht *seine Mutter* oder *die Mutter von*. Das ist zu nah, zu intim, zu konfrontierend.

Sie hat nie den Kontakt zu *ihm* gesucht, aber sie ist stets offen für ein Gespräch mit ihm gewesen. Sie ist ein feiner Mensch und stets interessiert. Sie hört ihm zu, wenn er über sein Leben erzählt, über seine Pläne, darüber, wie er seine Zukunft sieht, ohne ihm das Gefühl zu geben, dass sie ihm etwas missgönnt oder wütend auf ihn ist. Deshalb bewundert er sie. Deshalb hält er den Kontakt aufrecht, trifft sich weiter mit ihr, spricht mit ihr, auch wenn er nach jedem Gespräch tagelang von der Rolle ist.

Seine Freunde verstehen das nicht und sie möchten lieber so wenig wie möglich darüber hören. Maarten und Annabelle folgen der Strategie, die Annabelle festgelegt hat: jener Feldherrenkunst, die überzeugt, dass keiner einen Fehler gemacht hat. Es ist ein dummer Unfall mit einer irreversiblen katastrophalen Konsequenz gewesen. Nicht mehr.

125

Aber Annabelle ist, als sie die Strategie in Worte gefasst und sie alle dazu aufgerufen hat, einen Schritt zu weit gegangen. Sicher will er seine Freunde in ihren Überzeugungen stärken, aber sein Gewissen durchkreuzt ihn wie ein mieser Verräter. Das Schuldgefühl hat sich vor sieben Jahren an ihn geheftet und sitzt ihm wie ein Krake im Nacken. Und er konnte sich bis heute nicht davon befreien

Die Mutter ist überrascht, ihn zu sehen, und sagt, dass sie ihn nicht erwartet hätte. Sie lädt ihn ein, auf der Terrasse Platz zu nehmen, weil es dort schön und kühl sei.

„Macht dir die Hitze auch zu schaffen, Hendrik?"

Es scheint ihr Probleme zu bereiten, bei diesem Wetter Gäste zu haben. Eigentlich ist alles, was er so treibt, schwierig für sie. Ein Bestattungsunternehmen wäre bestimmt nicht ihr Ding. Sie redet ununterbrochen, obwohl sie noch immer in der Diele stehen.

Wieso?, fragt sich Hendrik.

Er schaut ihr nach, als sie hineingeht, um Tee zu holen, und sieht sie an, als sie mit einem großen Tablett zurückkommt. Sie hat Zitronenkuchen gebacken.

„Den magst du doch, oder?"

Sie freut sich offenbar, dass er wieder bei ihr vorbeischaut.

Wie kann diese Frau glücklich sein, wenn sie ihn sieht? Wie kann sie vergessen, dass er am Tod ihres jüngsten Kindes beteiligt gewesen ist? Der Sohn, der ihr ein und alles war, wie sie in ihrer Grabrede auf der Beerdigung behauptet hat? Er versteht auch immer noch nicht, dass sie mit *ihm* auf dieser Beerdigung gesprochen hat.

Sie möchte wissen, wie es mit der Firma und mit Corinna läuft.

„Alles läuft bestens", antwortet Hendrik. Er hält es nicht für klug, ihr etwas über den Kinderwunsch seiner Frau zu erzählen. *So etwas sagst du keiner Mutter, die zum Teil wegen deiner Taten ihr liebstes Kind verloren hat*, denkt er. Das wäre unangebracht, unanständig.

Die Mutter fragt, ob er ihre Frage gehört habe.

Er zuckt erschrocken zusammen.

„Welche Frage? Entschuldigung, ich habe nicht zugehört, war mit meinen Gedanken woanders."

Sie berührt seine Hand. „Nicht so schlimm. Unwichtig. Du wirst eine Menge um die Ohren haben, Hendrik. Ich habe mich gefragt, wie es Maarten und seinen Kindern geht. Ich habe aus der Zeitung von dem grauenvollen Tod seiner Frau erfahren. Kann es kaum glauben! Hatte sie Feinde? Weißt du etwas über ein mögliches Motiv?

126

Schafft Maarten das alles einigermaßen? Babysitter, Schule, Tierhandlung? Er muss sich doch auch um den Laden kümmern?" Hendrik glaubt noch immer, dass sie zuviel redet. Ob das seine Anwesenheit bewirkt? *Irgendetwas ist hier doch oberfaul.* „Sag ihm, dass ich ihm viel Kraft wünsche", fährt sie hastig fort. „Er tut mir wirklich sehr leid. Es ist schade, dass er und die anderen Freunde den Kontakt mit mir meiden. Wissen sie denn nicht, dass ich ihnen keine Vorwürfe mache. Das hast du ihnen doch gesagt, oder?"

„Ich habe es ihnen gesagt", pflichtet er ihr bei. „Aber sie wollen die Vergangenheit ruhen lassen, sie halten meine Entscheidung, Sie zu besuchen, für falsch. Es tut mir leid."

Die Mutter berührt wieder seine Hand. „Macht nichts. Du musst dich deswegen nicht entschuldigen, Hendrik! Komme mich ruhig öfter besuchen, ich schätze das sehr!"

Er sollte sich jetzt besser fühlen, aber es kommt ihm vor, als hätte jemand eine Schlinge um seinen Hals gelegt.

Die Mutter bemerkt seinen inneren Kampf nicht. Oder sie lässt sich nichts anmerken. „Noch eine Tasse Tee? Und nimm noch eine Scheibe Zitronenkuchen! Isst du auch ordentlich, mein Junge. Du könntest ein bisschen mehr Fleisch auf den Knochen vertragen."

Er muss hier raus.

127

Kapitel 6

Hendrik

„Wir könnten mit einem Eheberater sprechen", schlägt Corinna eines Tages vor. „Vor ein paar Wochen habe ich bei einem Kunden eine Freundin des Verstorbenen getroffen und später ein sehr nettes Gespräch mit ihr geführt. Sie ist Psychologin und hat sich auf Paartherapie spezialisiert. Ich könnte mal einen Termin mit ihr vereinbaren."

Hendrik, gerade in seine Zeitung vertieft, blickt irritiert auf. „Eheberatung? Paartherapie? Stimmt etwas nicht mit uns?"

„Wir sind unterschiedlicher Auffassung über den Familienzuwachs, Hendrik." Corinna betont seinen Namen. „Ich glaube, dass es einen Grund geben muss, für diese ... eh ... Meinungsverschiedenheit."

„Ich glaube nicht, dass wir einen Psychologen oder eine Therapie benötigen, um festzustellen, dass du ein Kind willst und ich nicht."

„Du hörst mir nicht zu. Ich versuche, dir klarzumachen, dass ich es für sinnvoll halte, herauszufinden, warum du nicht Vater werden möchtest. Wovor du Angst haben könntest. Warum ich jedes Mal gegen eine Wand laufe, wenn ich mit dir darüber reden möchte."

„Ich möchte einfach keine Kinder. Reicht das nicht? Solltest du dich nicht besser fragen, warum du meinen Standpunkt nicht akzeptieren kannst?"

„Du musst nicht schreien", wirft Corinna ihm vor. „Du schreist immer, wenn du recht haben willst."

Hendrik legt die Zeitung beiseite. „Sorry. Um recht haben geht es nicht. Mach du eine Therapie, finde heraus, warum dieses Thema dich völlig vereinnahmt! Wir sind seit fast zehn Jahren verheiratet und Kinder waren nie ein Thema für dich. Wäre es nicht besser, wenn du dich mit der Frage beschäftigst, warum das plötzlich so wichtig ist?"

„Ich bin sechsunddreißig. Hast du jemals von abnehmender Fruchtbarkeit gehört?"

„Ja und glaub mir, ich verstehe dein Problem, aber ich kann nichts damit anfangen. Wir hätten viel früher darüber sprechen sollen. Du musst selbst entscheiden, was du möchtest. Unternimm etwas, um hier rauszukommen. Triff eine Wahl, die für dich akzeptabel ist. Hinter der du stehen kannst. Aber zwinge mich nicht zur Vaterschaft. Ich habe es x-mal gesagt: Ich will keine Kinder! Ich möchte mit dir alt werden, aber ich werde es verstehen und akzeptieren, wenn du mich verlässt, um nach einem Partner zu suchen, der dich zur Mutter macht. Aber weniger theatralisch, als neulich. Und jetzt entschuldige mich bitte, ich habe eine Verabredung mit einem Kunden."

„Ich möchte aber mit *dir* darüber reden", hört er Corinna sagen, bevor er die Tür hinter sich schließt.

Seine Gliedmaßen fühlen sich so schwer an, dass es im vorkommt, als schleppe er Bleigewichte an Armen und Beinen mit sich herum. Denn da ist etwas, das ihm zusetzt. Es war dieser Moment vorhin. Ihm war, als hätte er seinen Finger um den Abzug einer Pistole gelegt. Das Gefühl, den Abzug zu drücken, diesen Widerstand zu überwinden, beim ersten Mal noch widerwillig, beim zweiten Mal ganz normal.

Er überprüft seinen Anzug. Keine Flusen, keine Flecken? Krawatte gebunden? Ob er sich noch rasieren sollte? Der Blick in den Garderobenspiegel sagt ihm, was er bereits weiß: nicht notwendig.

Therapie, schnaubt er wütend in Gedanken. Gemeinsam an der Brust einer Psychologin kuscheln, sich aushorchen lassen, seine intimsten Gedanken preisgeben wollen und es dann doch nicht tun, Aufmerksamkeit bekommen, und hoffen, dass es ihm vielleicht danach besser geht? Diesen Schwachsinn wird er Corinna überlassen. Er passt.

Es ist ein Eckhaus mit einem großen Garten. Nirgends ist Unkraut zu sehen. Die Farbe der Haustür schimmert matt grün. Das Perfekte an Haus und Garten würde ihm gefallen, wenn er gut gelaunt gewesen wäre, aber seine schlechte Stimmung hindert ihn daran.

Er liest die Notizen, die Corinna gemacht hat. Die Verstorbene ist eine Frau von sechsunddreißig Jahren. Du meine Güte! Das ist heftig! Der Ärger, den er verspürt hat, ebbt ab.

Fast unmittelbar nach seinem Klingeln, wird die Tür geöffnet. „Kommen Sie von dem Beerdigungsunternehmen?", fragt der Mann, der in der Tür steht. „Ich dachte, eine Frau hätte sich angemeldet."

Hendrik drückt die Hand des Mannes und stellt sich vor. „Sie haben mit meiner Frau gesprochen", erklärt er. „Es war in der Tat geplant, dass sie mit Ihnen die Beerdigung besprechen wollte, aber sie wurde von einem anderen Kunden aufgehalten. Deshalb bin ich hier. Ich hoffe, Sie sind einverstanden."

Der Mann macht einen Schritt zur Seite, um Hendrik hineinzulassen. „Natürlich. Ich habe mich noch nicht vorgestellt. Thorsten Ruppenthal. Es geht um meine Frau Amelie. Kommen Sie doch bitte herein! Einige Familienmitglieder sind da, die mich unterstützen wollen. Amelies Mutter, ihre Schwester und meine Schwester."

Hendrik bekundet Ruppenthal sein Beileid.

Der Mann hält Hendriks Hand einige Sekunden lang. „Sie war erst sechsunddreißig", sagt er traurig. „Das ist nicht richtig." Dann versagt seine Stimme.

Hendrik nickt nur. Dann bleibt er plötzlich stehen, erschaudert.

Corinna ist sechsunddreißig. Laura war sechsunddreißig. Zufall?

Nicht daran denken! Nicht jetzt.

Nicht auseinanderfallen.

Das kann nur ein Zufall sein.

130

Kapitel 7

Hendrik

Noch nie hat die Stadt am Abend so feindselig auf ihn gewirkt. Das Dunkel ist dunkler, das Licht der Straßenlaternen fahler. Das Läuten der Kirchenglocken bedrohlicher.

„Wie ist es gelaufen?", fragt Corinna nach dem Abendessen. „Es war eine junge Frau, nicht wahr?"

Hendrik zieht seine Krawatte aus und öffnet die obersten Knöpfe seines Hemdes. „Ja, sechsunddreißig Jahre. Es war heftig."

„Hatten sie Kinder?"

„Sie ist bei der Geburt des Kindes gestorben", antwortet er.

„Oh mein Gott. Und das Baby?"

„Hat auch nicht überlebt."

Plötzlich spürt Hendrik, wie seine Augen feucht werden. Dann weint er hemmungslos.

Corinna ist eine authentische Frau, das macht einen Großteil ihrer Anziehungskraft aus. Er weiß nie, was sie als Nächstes tun oder sagen wird. Sie sagt genau das, was sie denkt und fühlt – ohne Filter. Sie nimmt ihn in den Arm, küsst seine Tränen weg, tröstet ihn.

Dann trinken sie zusammen ein Glas Wein.

Sie sagt, dass sie duschen und danach nur noch ins Bett wolle.

Hendrik stellt die Gläser in den Geschirrspüler, prüft, ob alle Türen verschlossen sind, schaltet das Licht aus und geht ins Badezimmer.

Corinna steigt aus der Duschkabine. Er beobachtet sie dabei. Gebannt betrachtet er ihr üppiges Haar, das über ihre Schultern fließt und sofort wird er hart. Ja, sein Körper reagiert mit einem Enthusiasmus, der ihn nach diesem Tag erstaunt.

Sein Blick richtet sich messerscharf auf ihre festen Brüste, ihren flachen Bauch, ihre schönen Schultern. Sofort werden ihre Brustspitzen hart. Sie sagt, er starre sie an. Als er sie sanft und sinnlich zugleich küsst, kann sie kaum atmen. Er hört ihr Herz wild schlagen. Sie verschränkt die Arme in seinem Nacken und presst sich verlangend an ihn. „Ich will dich", raunt er.

„Ich will dich auch", haucht sie.

Er küsst sie und ein paar Minuten später liegen sie auf ihrem Bett.

131

„Ich bin noch nicht trocken", kichert Corinna.

Sein Mund wandert ihren Bauch hinunter. Dass sie erregt ist, törnt ihn an. Ihr wilder, süßer Rhythmus entfesselt seine glühende Lust. Mehr und mehr steigern sie ihre Erregung.

Während er in sie eindringt und nicht aufhört, sich in ihr zu bewegen, und spürt, wie sich die Spannung in ihm aufbaut, denkt er einen Moment lang, dass Corinna die Pille vielleicht nicht eingeworfen hat. Dann lässt er sich vollkommen fallen, und stößt einen Schrei aus, als sie in einen alles verändernden Höhepunkt verschmelzen.

Er bricht über ihr zusammen, sie zieht ihn fest an sich. Bisher hat er beim Sex noch nie die Kontrolle verloren. Aber dies ist ein Kampf bis zum Ende gewesen. Und er fühlt sich besiegt.

Sie atmen immer noch heftig nebeneinander.

Corinna dreht sich zu ihm um und streichelt sein Gesicht. „Ich möchte alt werden mit dir, wenn nötig auch ohne Kinder", sagt sie.

Er atmet erleichtert auf.

Dieses Mal hat sie das Richtige gesagt und ihn nicht enttäuscht.

Er verlässt die Unterwelt.

Lynn, 15. Juni 2017

Ich habe gerade die erste Version meines Manuskripts an meine Lektorin gemailt, als mein Handy klingelt. Auf dem Display sehe ich die Nummer meiner Schwester.

Habe ich Lust um zwei Uhr nachmittags mit meiner Schwester zu telefonieren, wenn ich mir gerade einen wunderbaren, kalten Prosecco genehmige und später noch zwei Sahnetörtchen beim Bäcker kaufen werde? Worum wird es in dieser Unterhaltung schon gehen?

Seit dem Tag, an dem Bernadette und mein Bruder Harry mich aus dem Haus meiner Mutter geworfen haben, haben wir nicht mehr miteinander gesprochen. Was kann denn schon dringend sein, dass sie mich jetzt behelligt?

Ich lege das Handy auf den Esstisch und genieße den Prosecco. *Ade, Sister!* Wie war noch mal dein Name?

Nachdem ich einen zweiten Schluck der köstlichen, rosafarbenen Flüssigkeit genommen habe, höre ich das Signal. Eine Nachricht wurde aufgezeichnet.

Es muss etwas passiert sein. Warum hätte Bernadette sich sonst bemüht, mir auf die Mailbox zu sprechen?

Ich zögere.

Vielleicht ist ihrem Ehemann oder einem der Kinder etwas widerfahren? Oder unserem Bruder Harry? Ich will es nicht wissen, folglich höre ich die Nachricht nicht ab. Zumindest jetzt noch nicht.

Vielleicht später?

Unmöglich. Oder?

Später, wenn ich die Flasche geleert und die süßen Törtchen vertilgt habe.

Wirklich?

No!

Wenn ich betrunken bin und alles, was sie mir eventuell sagen wird, mich weniger treffen wird.

Tatsächlich?

No!

Manche Menschen werden unter dem Einfluss von Alkohol weich und reagieren emotional. Ich nicht! In der Tat bin ich unter Alkoholeinfluss besser in der Lage, mich gegen ihre unangenehmen Nachrichten, ihre Vorwürfe oder doppelzüngigen Fragen zu wappnen und meine Emotionen zu bewältigen.

Dieser Prosecco ist richtig gut, ich nehme noch ein Glas, bevor ich zum Bäcker gehe.

Die Geschichte meines neuen Manuskripts, das ich noch überarbeiten muss, spielt in einem Krankenhaus. Mein Verleger hat mich gebeten, als Schauplatz eine Klinik zu wählen. Geschichten um eine attraktive Ärztin, die von einem Kollegen hintergangen wird, und den Mann ihres Herzens erst nach zahllosen Intrigen in die Arme schließen kann, sind besonders gefragt. Erst wenn Intrigen auffliegen, die Hauptfigur in der letzten Minute erkennt, dass sie sich für den falschen Mann interessiert hat, die Bösen bestraft werden und die Guten sich finden, ist jeder glücklich. Mein Verleger besteht darauf, dass meine Geschichten positiv enden oder zumindest so, dass die Leser hoffen können, dass alles gut wird. Eine Geschichte soll realistisch sein, die Figuren den Leser ansprechen. Manchmal schreibe ich ein Ende, das nicht den Erwartungen des Verlages entspricht und für große Unruhe sorgt.

Ich verabscheue es, immer nach den Regeln des Wohlfühlprinzips zu schreiben. Das Leben ist auch nicht immer rosarot. Meins schon gar nicht.

Es ist kaum nachzuvollziehen, dass die weibliche Spezies ganzer Völkerstämme diese Geschichten liebt. Ob das an der immer härter werdenden Gesellschaft liegt? Oder an der Angst vor einem Krieg?

Bla, bla, bla. Mein Gehirn streikt.

Nach dem dritten Glas Prosecco aus der zweiten Flasche habe ich plötzlich eine schöne Szene vor meinem inneren Auge. Ich notiere mir einige Stichpunkte und widme mich dann einem vierten Glas der rosafarbenen, sprudelnden Vielfalt perlender Flüssigkeit.

Mein Blick fällt wieder auf das Signal der Mailbox.

Ach, was soll's, lallt meine innere Stimme. *Hör dir einfach an, was Bernadette zu sagen hat! Dann hast du es hinter dir.*

Ihre Stimme klingt, als hätte sie eine Erkältung. „Hey, Lynn. Lange her, dass wir miteinander gesprochen haben. Eine Freundin von Mama hat mich angerufen, jemand aus ihrem Bridge-Club. Mama ist gestürzt und braucht Hilfe. Der Pflegedienst ist unterbesetzt. Ich kann von Amerika kaum etwas bewerkstelligen. Harry ist für drei Monate in Thailand und unauffindbar. Mamas Freundin ist auch nicht mehr die Jüngste, also ... Ich verlasse mich auf dich, dass du Mama aufsuchst. Sie ist beim Waschen und Anziehen auf Hilfe angewiesen und kann auch nicht alleine auf die Toilette gehen. Ich melde mich später noch einmal bei dir. Bis dann."

Ich knalle den Hörer auf. Zuviel Text.

Ich würge.

Das Törtchen kommt hoch.

Lynn, 16. Juni 2017

Drei neue Nachrichten hat meine Mailbox aufgezeichnet. Ich habe sie nicht abgehört, ignoriere sie. Die Kirchturmuhr in der Nähe des *Vrijthof* hat gerade zwölf geschlagen. Auch das nehme ich kaum noch wahr.

Es ist Mitternacht, ein neuer Tag bricht an, und ich bin völlig betrunken. Zwei Flaschen Prosecco Rosé haben meine Gedanken über Bernadettes Anruf nicht vertreiben können, deshalb habe ich noch eine dritte Flasche *Rosarot* getrunken. Die vierte ist für morgen Abend. Sorry, für heute Nacht. Oder soll ich ...

Meine Schwester rechnet damit, dass ich einfach so bei meiner Mutter hineinspaziere. Für sie ist es schon schwieriger, schließlich wohnt sie in den Vereinigten Staaten. Hätte sie nicht einfach einen Flug buchen können, um sich in der Maastrichter Villa um unsere Mutter zu kümmern?

Bernadette hat erwachsene Kinder, einen Mann, der kochen kann, und sie geht keiner Arbeit nach. Aus ihr ist keine talentierte, göttliche Chirurgin geworden, die mein Vater einst vor Augen hatte. Sie hat ihr Medizinstudium nicht beendet und stattdessen einen langweiligen Internisten geheiratet, der es vorzog, mit Bernadette nach Texas auszuwandern, um dort eine Familie zu gründen und in Houston und Dallas texanische Ölmilliardäre zu behandeln. Was für ein Glück, dass der älteste Sohn meiner Eltern, Harry, sein Medizinstudium zwar bestanden hatte, aber sich dann auf plastische Chirurgie spezialisierte. Harry war für meine Eltern eine derbe Enttäuschung. Er wechselte seine Freundinnen wie seine Unterhosen und betrachtete seinen Beruf als eine Art Cityhopping. Manchmal verbringt er viele Monate im Ausland. Niemand weiß dann, wo er sich aufhält und was er dort genau macht. Geheime Beautymissionen à la Bond. Mir ist noch nie klar geworden, was mein Bruder aus seinem Leben machen wollte, doch eines weiß ich mit Sicherheit: dass er jede

Menge Geld scheffelt. Dass er, was das anbelangt, auch keine Fragen beantwortet. Dass er Personen, die ihm diese Fragen stellen, immer aus dem Weg geht. Jetzt scheint er in Thailand zu sein. Dort wird er wahrlich keine Schönheitsoperationen in den Armenvierteln durchführen.

Thailand. Das Land der Transsexuellen, der Bisexuellen, der Intersexuellen, der Kinderschänder. *Dazu musst du Lust haben.* Wenn ich ehrlich bin, interessiert es mich nicht wirklich, wo sich mein Bruder aufhält und was er so treibt oder womit er sein Geld verdient. Zwischen uns gibt es keine geschwisterliche Nähe. Wir sind uns vollkommen fremd. Er war derjenige, der mich am vierundsechzigsten Geburtstag meiner Mutter vor die Tür gesetzt und mich angefahren hat, dass er mich nie wieder sehen wollte und nie wieder ein Wort mit mir wechseln würde.

Ich möchte mich ablenken, die Gedanken an meine Familie verdrängen. Was könnte da besser sein, als sich einen schwachsinnigen Film auf Netflix anzuschauen. Vielleicht bewegt mich der Film, vielleicht ärgere ich mich über ihn, vielleicht übe ich Kritik, vielleicht …

Weil es niemand hören kann.

„Mutter braucht Hilfe beim Waschen und Ankleiden und sie kann nicht allein auf die Toilette gehen.

Kannst du nicht die Badewanne übernehmen?, fragt dieses schlecht gelaunte, volltrunkene Etwas in meinem Kopf. *So kannst du sie schnell loswerden!*

Ich weigere mich.

Ich werde nicht in dieses Haus gehen, um meiner Mutter beim Anziehen behilflich zu sein.

Ich werde keinen Finger für sie krümmen.

Soll sie doch eine private Krankenschwester anfordern oder einen anderen Pflegedienst beauftragen.

Wer immer sie auch anfassen wird, ich werde es nicht sein.

Nie wieder.

Warum mit der vierten Flasche Prosecco Rosé warten und sie nicht jetzt entkorken? Mit Alkohol die Hirnkreativität leerzuschädeln, hat zumindest eine verminderte Schuldfähigkeit zur Folge. Ich glaube, ich schlafe heute neben *Rosarot* und meinem Glas auf der Couch ein.

137

Kapitel 8

Hendrik

„Eine Frau hat vorhin angerufen, um einen Termin zu vereinbaren. Ihre Tante würde bald sterben. Sie kommt nächsten Freitag vorbei, weil ich dann Dienst habe. Sie wollte nur mit einer Frau sprechen. Komisch, nicht wahr?" Corinna gießt die Kartoffeln ab und hält den Deckel des Topfes mit den Daumen fest. Sie schüttelt den Topf.

Hendrik beobachtet sie dabei. Zu seiner Überraschung stellt er fest, dass es ihn erregt, wenn seine Frau die Kartoffeln schüttelt.

„Was guckst du denn so?", fragt sie.

„Stell den Topf ab!", sagt er.

Hendrik versteht seine Reaktionen und Handlungen nicht mehr. Er macht sich Vorwürfe, dass er sich nicht besser unter Kontrolle hat. Es spielt keine Rolle, was Corinna sagt oder tut, wie sie sich anzieht, oder in welchem Teil des Hauses sie gerade ist. Sobald sie in der Nähe ist, muss er sie berühren, sie küssen und mit ihr schlafen. Selbst, als sie sich erst kurz kannten, war er nie so erregt gewesen und hatte sich besser unter Kontrolle gehabt.

Er fragt sich ständig, ob eine Art Schuldgefühl dafür verantwortlich wäre. War es das, was Psychologen als Kompensationsbeischlaf bezeichneten? So fühlte es sich jedenfalls an.

Er hat Corinna seit ihrer Aussprache und der klaren Worte nicht ein einziges Mal opportunistisch erlebt. Jedes Mal reagiert sie begeistert auf seine Annäherung und lässt sich an jedem Ort, in jeder Stellung und zu jeder Zeit von ihm nehmen. Aber sie selbst ergreift keine Initiative. Sollte er sie vielleicht danach fragen?

Keiner von ihnen sagt etwas, die Geräusche, die sie beim Sex machen, bleiben in diesem Raum. *In dieser Küche*, denkt er.

Corinna ist über einen Küchenstuhl gebeugt, sie hat ihre Schultern hochgezogen und ihre Hände umklammern die Tischkanten.

Seine Stöße werden schneller, heftiger. Er will sie nicht verletzen, aber er fängt an, sie härter zu nehmen. Und noch härter.

Sie stöhnt.

„Warte … Warte, nur noch ein bisschen." Hat er das gerade tatsächlich geraunt?

Dann sagt er nichts mehr.

Er kann nicht einmal mehr denken.

„Ich fürchte, wir werden heute kalte Kartoffeln essen", sagt Corinna ein paar Minuten später.

Während sie essen, sprechen sie kein Wort. Hendrik versucht, etwas Liebevolles zu sagen.

Etwas, das nicht sexistisch klingt. Er kämpft mit sich. *Das kann doch gar nicht so schwer sein.*

Er räumt den Geschirrspüler aus, während Corinna zwei Schälchen mit Eis füllt.

Sie essen das Eis.

Er beginnt, sich unbehaglich zu fühlen.

Als er aufstehen will, um das leere Geschirr in die Spülmaschine zu stellen, hält sie ihn zurück.

Sie sagt, sie müssen reden.

Kapitel 9

Hendrik

Annabelle hat ein Treffen vorgeschlagen. Lauras Tod sei Anlass genug, um sich zu besprechen. Sie werden sich in ihrem Haus treffen. Hendrik fühlt sich unwohl und würde lieber früh zu Bett gehen. In den vergangenen Wochen hat er mit Corinna tagtäglich zwei Beerdigungen organisiert, und über die Auftragslage können sie sich auch nicht beschweren. Es kommt immer häufiger vor, dass Kunden sie weiterempfehlen. Sie erfahren auch, dass ihre sehr persönliche Herangehensweise und ihre effiziente Organisation der Grund für die Weiterempfehlung seien.

Aber kann er das Beerdigungsunternehmen aufrechterhalten, wenn sie nicht mehr als Paar zusammenarbeiten?, fragt sich Hendrik. Weil das eines Tages geschehen wird.

Darüber hat Corinna vor einer Woche mit ihm geredet. Sie habe gedacht, dass es möglich sei, sich mit einem kinderlosen Leben zufriedenzugeben, dass sie aber zu der Überzeugung gekommen wäre dass sie das nicht wirklich wollte.

„Es geht nicht, Hendrik", hat sie gesagt. „Ich weiß es einfach, obwohl ich mir kaum Zeit genommen habe, darüber nachzudenken oder mich an den Gedanken einer kinderlosen Ehe zu gewöhnen. Und das trotz meiner Gefühle für dich und des fantastischen ,Marathon-Sex'."

Er muss ihre Offenheit respektieren und darf ihr keine Steine in den Weg legen. Sie müssen die Angelegenheit auf eine vernünftige Art und Weise regeln. Das ist er Corinna schuldig. Aber ... Er kann nicht anders, als wütend zu sein. Nicht böse oder traurig oder enttäuscht. Nein. Er ist wütend.

Sie hat ihn gelinkt und in die Irre geführt. Er will mit Corinna auch nicht mehr darüber reden, sondern mit seinen Freunden. Er muss dafür sorgen, dass Maarten nicht mehr Corinnas volle Aufmerksamkeit bekommt. Die Ehefrau durch den Tod zu verlieren, ist eine traumatische Erfahrung, aber Laura war nicht mehr Maartens Ehefrau. Und Corinna ist immer noch seine lebende Gefährtin, sein Lebenspartner, seine Ehefrau, die er nun zu verlieren droht. Wie stur er sich jetzt auch benimmt, der Gedanke ist schrecklich. Was soll er nur tun?

Er weiß es nicht.

Darüber sollten die Freunde miteinander sprechen, statt über eine tote Hexe, die beiseite geräumt wurde.

Er schämt sich. Das Schamgefühl meldet sich stets, wenn er solche Gedanken hegt.

Annabelle sieht schlecht aus. Das ist das Erste, was ihm auffällt, als er den Raum betritt. Sie begrüßt ihn herzlich. „Bist du okay, Hendrik?" Sie sieht ihn stirnrunzelnd an.

Er löst sich aus ihrer Umarmung. „Das wollte ich dich fragen. Was ist los, Mädchen? Hast du abgenommen? Wozu? War doch wirklich nicht notwendig. Du hast eine fabelhafte Figur, bist superschlank!" Er sieht Tränen in ihren Augen. „Habe ich etwas Falsches gesagt? Bitte Annabelle, nicht weinen. Was ist denn los?"

Im nächsten Moment legt sie ihren Kopf an seine Schulter. Er kann nichts anders, als seine Arme um sie zu legen.

Er riecht einen vertrauten Geruch.

Sie benutzt immer noch das gleiche Shampoo.

Maarten hat schon einige Male erwähnt, wie sehr er es schätzt, dass Annabelle sich sehr um die Kinder kümmert. Aber müssen sie sich den ganzen Abend darüber unterhalten? Das Leben geht weiter und dieses Weitergehen muss funktionieren. Auch möchte er wissen, warum Annabelle in letzter Zeit so angespannt ist. Annabelle ergreift das Wort und redet ununterbrochen, füllt den Raum mit ihrer Stimme, mit ihren Händen, und duldet keine Unterbrechung.

„Lauras Tod beschäftigt mich sehr."

Hendrik überlegt, etwas Nettes zu sagen, aber kein Wort kommt über seine Lippen. Er schaut gelegentlich auf seine Uhr. *Kann ich schon gehen?*

„Wie geht es Corinna?" Maarten versucht, das Gespräch in eine andere Richtung zu lenken.

„Corinna hat entschieden, sich nach einem anderen Partner umzusehen, der ihrem Kinderwunsch nachkommen will."

Plötzlich herrscht eine tiefe Stille.

Er muss an die tote Taube denken, die auf der Straße zwischen Bordstein und Gullideckel gelegen ist. Es fühlt sich an, als wäre er die Taube, und Corinna würde ihr einen Tritt verpassen.

Annabelle ist die Erste, die wieder das Wort ergreift. „Das tut mir leid, Hendrik, aber ich kann Corinna gut verstehen."

„Ich denke, ich breche jetzt auf. Bin hundemüde", sagt Hendrik.

„Und ich denke, du solltest bleiben", sagt Annabelle.

Hendrik versucht, Maarten durch Augenkontakt deutlich zu machen, dass er Hilfe braucht. Aber Maarten bemerkt es nicht oder er ignoriert seinen Hilferuf.

„Es ist höchste Zeit, dass wir miteinander reden und dass du, lieber Hendrik, wie Maarten und ich, endlich einen Schlussstrich ziehst. Ich habe diese ständigen Nörgeleien über Schuld und Sühne satt. Wir sind hier nicht in einem Dostojewski-Roman!"

„Ich weiß, dass du recht hast, Annabelle, aber ich will diese Unterhaltung nicht führen. Für mich fühlt es sich nicht richtig an, ich bin noch nicht bereit für eine endgültige Schlussfolgerung."

„Es ist sieben Jahre her! Sieben Jahre! Also warum nicht?", fragt Annabelle barsch.

Augenblicklich erinnert Hendrik sich an das, was Corinna gesagt hat, als sie ihre Idee über die Notwendigkeit einer Beziehungstherapie verteidigt hat. *Ich verstehe nicht, was dich daran hindert, Vater zu werden. Wovor hast du Angst? Warum laufe ich jedes Mal gegen eine Wand, wenn ich mit dir darüber reden will?*

Würde es ihm besser gehen, wenn er Corinna gestehen würde, was vor sieben Jahren geschehen ist? Und hatten die anderen tatsächlich nicht mit jemandem darüber gesprochen?

„Du hast mich verletzt, Hendrik, mit deiner Bemerkung über meine Kinderlosigkeit. Glaubst du wirklich, dass ich aus einem Schuldgefühl heraus eine Schwangerschaft verhindern könnte? So hat es sich wenigstens angehört."

Hendrik zögert einen Moment. „Ja, das glaube ich, Annabelle."

Annabelle schüttelt langsam den Kopf. „Ich habe den Eindruck, dass du projizierst. Könnte es sein, dass du es nicht wagst, Vater zu werden, weil du glaubst, dass du kein Kind verdienst? Und glaubst du nicht, dass du damit nicht ein bisschen zu weit gehst? Du bist ein guter Mensch, Hendrik, ein hart arbeitender Unternehmer, ein guter Ehemann. Corinna ist verrückt nach dir und du, ich denke, du liebst sie. Jetzt trau dich endlich mal, glücklich zu sein!"

Niemand sagt etwas.

„Hast du noch Kontakt zu der Mutter von ...", fährt Annabelle fort.

„Wir wollten nie wieder seinen Namen erwähnen, lass mich dabei bleiben. Wir waren betrunken und rauflustig und vielleicht hätten wir das, ehrlich gesagt, gestehen sollen. Aber damit hätten wir den

Unfall nicht rückgängig machen können und wir haben damals gemeinsam beschlossen, die Sache für uns zu behalten. Ich glaube, wir sollten jetzt und hier einen Schlussstrich ziehen und nie wieder darüber reden."

„Ich bin weg", sagt Hendrik.

De Limburger

Maastricht, 22. Donnerstag, Juni 2017

Ein Gärtner, der am Montag den Vorgarten einer Villa in Maastricht neu gestalten sollte, stieß dort unter einer Birke auf einen menschlichen Schädel.

Als der Gärtner am Montag, den 19. Juni 2017, den kleinen Schädel auf dem Grundstück hinter der Villa fand, alarmierte er sofort die Maastrichter Polizei.

„Die Spurensicherung hat daraufhin den Garten umgegraben", gibt der Pressesprecher, Bert Boosten, bekannt. „Insgesamt fanden die Beamten die sterblichen Überreste von sieben Kindern und mehrere Scheren und Rasiermesser. Nach bisherigen Erkenntnissen sind die gefundenen Leichen zwischen etwa acht und zwölf Jahre alt. „Unsere Ermittlungen haben auch ergeben, dass die Leichen dort vermutlich über 50 Jahren lagen. Wir haben deshalb unsere Ermittlungen im Auftrag der Staatsanwaltschaft eingestellt", so Boosten.

„Nach 50 Jahren sind hierzulande Verbrechen verjährt und können nicht mehr strafrechtlich verfolgt werden. Zudem deutet nichts auf eine kriminelle Tat hin. Die Leichen sind offenbar ganz normal beerdigt worden. Sie hatten die Arme vor der Brust gekreuzt und jeder lag separat für sich unter einer Birke. Von einem Massengrab kann deshalb nicht die Rede sein."

Heute ist das Gelände ein nobles Villenviertel: Looiershof.

Lynn, 26. Juni 2017

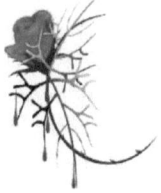

Ich sitze am Frühstückstisch. Die Zeitung hat einen großen Artikel über mehrere ungelöste Morde, die in den vergangenen Jahren in Maastricht begangen worden sind, veröffentlicht. In einigen Fällen wurden verdächtige Personen verhaftet, mussten aber aus Mangel an Beweisen freigelassen werden.

In den letzten fünf Zeilen wird der jüngste Mord erwähnt: der Mord an Laura Senger. Bis jetzt tappt die Kripo völlig im Dunkeln. Es gibt keine Hinweise auf die Identität des Mörders. Sie ermitteln in alle Richtungen, steht da und, dass der Ehemann völlig entlastet wurde.

Als ich den Artikel lese, streikt mein Gehirn.

Es ist zu viel. Ich weiß nicht, welche Schlüsse ich ziehen soll. Bin ich alldem womöglich doch nicht gewachsen? Ich stehe auf und ziehe meinen Mantel an.

Draußen blicke ich in den Himmel, sehe keine Sonne, keine Sterne, keinen Mond, nur ein feindseliges Grau.

Ich weine stille Tränen.

Meine Schwester hat aufgehört, mich anzurufen und mir SMS-Nachrichten zu schreiben. Sie wird jetzt wissen, dass ich nicht bereit bin, meine Mutter zu pflegen. Vielleicht hat Bernadette einen Flug gebucht und ist nach Maastricht gekommen, vielleicht badet sie jetzt meine Mutter oder wischt ihr den Hintern ab. Vielleicht erträgt sie ja Mutters wechselhafte Stimmungen. Das momentane Wetter erinnert mich sehr an meine Mutter. Es erinnert an Herbst, während der Sommer gerade erst begonnen hat.

Heute Nachmittag habe ich einen Termin mit Corinna Fischer. Sie wird eine Meryl Hölscher kennenlernen. Wenn Meryl Streep wüsste, dass ihr Name eine Quelle der Inspiration für einen Alias ist ...

145

Ich trage den alten, roten Regenmantel, den ich für diesen Anlass aufbewahrt habe. Als ich mit Laura zusammen war, trug ich eine Perücke mit langen blonden Haaren und einen Hut. Heute benutze ich eine Perücke mit halblangem, rötlichem Haar und trage eine Brille mit rotem Rand. Sollte Corinna ihrem Mann etwas über unser Gespräch erzählen und es für notwendig halten, eine Beschreibung von mir zu geben, wird sie nicht auf mein Äußeres zutreffen.

Ich bin mit Tilda übereingekommen, dass ich mich dort ein wenig umsehen werde, damit es später nicht zu Überraschungen kommt. Auch muss ich in Erfahrung bringen, wann Corinnas Ehemann im Beerdigungsinstitut sein wird.

Mein Besuch dient also zur Orientierung. Heute bin ich die einzige Nichte einer fünfundachtzigjährigen Tante. Besagte Tante ist todkrank. Ich werde ihre Beerdigung vorbereiten müssen. Eine nervenaufreibende Aufgabe für eine Frau, die unter allen möglichen Ängsten leidet. Ich habe wenig Kontakt mit Menschen und schon gar nicht mit Männern. Männer verursachen Blockaden, schlaflose Nächte und Magen-Darm-Erkrankungen. Hört sich gut an. Wenn sich Corinna neugierig nach der Ursache dieser männlichen Phobie erkundigt, beginne ich sofort zu hyperventilieren, also wird sie schnell das Thema wechseln.

Ich muss sicherstellen, dass sie keine Informationen über den Namen, die Adresse und andere persönliche Details meiner imaginären Tante wünscht. Sollte sie darauf bestehen, dann verlasse ich unter dem Vorwand hoffnungsloser Angst und zunehmender Panik das Beerdigungsinstitut.

Corinna wird heute Nachmittag von einer waschechten Psychopathin aufgesucht. Wie wird sie reagieren?

Ich sehe in den Spiegel. Die Perücke sitzt perfekt, die Brille lässt meine Augen wie große Krater aussehen. Beide Utensilien verändern mein Aussehen so sehr, dass ich mich vor dem Spiegel krümme vor Lachen.

Mein Handy klingelt. Ich drücke die grüne Taste, ohne vorher einen Blick auf das Display zu werfen. Es ist Bernadette. Meine Schwester ruft aber früh an.

„Hey, Bernadette. Wie spät ist es bei euch?"

„Früh. Schämst du dich nicht, unserer Mutter deine Hilfe zu verweigern? Sie will nicht, dass ich einen Flug nehme und es ist mir auch nicht möglich, weil ich Verpflichtungen habe, die ich nicht einfach beiseiteschieben kann. Für dich kann das doch keine große Anstrengung sein! Verdammt Lynn, du solltest dich schämen!"

Ich schaue aus dem Fenster. Eine alte Frau geht Arm in Arm mit einer jüngeren Frau an meiner Wohnung vorbei. Mir wird flau im Magen. Am anderen Ende der Leitung höre ich Bernadette schnauben. Vermutlich wartet sie auf eine Entschuldigung oder zumindest eine Erklärung. Sie wird sie bekommen.

„Nein, ich schäme mich nicht. Was auch immer passiert, ich weigere mich, meine Mutter anzufassen. Dazu wurde ich in der Vergangenheit zu oft gezwungen. Mach's gut, Bernadette!"

Ich breche die Verbindung ab und setze mich auf die Couch. Lass die Stimme, die in meinem Kopf tobt, sofort aufhören!

Da ist keine Stimme, da ist niemand, der mir Böses will.

Sei still! Stopp! Bitte nicht.

„Du musst Mama helfen, wenn sie ein Bad nimmt. Mama hat Probleme mit ihrem Rücken, sie kann nicht ohne Hilfe baden. Lass das Badewasser schon mal ein!"

Halt deine Klappe, du verlogene Schlampe!

Lass mich in Ruhe, sonst bringe ich dich um!

Ich bin fast eine halbe Stunde zu früh und muss mich zuerst einmal beruhigen. Der Anruf von Bernadette hat mich völlig aus dem Gleichgewicht gebracht, das ist nicht gut. Die neue Kundin von Corinna Fischer ist eine hochneurotische Patientin, die sich vor allem fürchtet, aber nicht zornig sein darf. Wenn ich wütend werde, könnte ich Dinge sagen, die vielleicht ihren Verdacht erregen könnten, dass hier etwas nicht stimmt. Also komm runter, Lynn! Betätige deinen Dimmer! Lauf um den Block!

Es hat angefangen zu regnen, nur wenige Menschen sind auf der Straße zu sehen, und sie verstecken sich unter einem Regenschirm. Ich auch. Ich halte ihn vor mein Gesicht. Konzentriere mich auf das bevorstehende Treffen. Kein Raum für Erinnerungen an eine nackte Mutter in der Badewanne, die sagt, dass ich sie mit dem Waschlappen noch fester zwischen ihren Beinen waschen müsse. Kein Raum für Bilder von Nippeln, die mit den Fingerspitzen gestreichelt werden und zu dicken Knospen werden.

Denk nur an Corinna Fischer, die Ehefrau von Hendrik Fischer. Jener Hendrik, der vor Freude jauchzte, als mein Liebster verunglückte.

Daran musst du denken!

147

Kapitel 10

Hendrik

„Ich hatte heute eine Vorbesprechung mit einer sehr merkwürdigen Frau", sagt Corinna. Hendrik legt seine Tasche auf einen Küchenstuhl. „Zuerst duschen. Ich rieche nach Beerdigung. Erzähl es mir später!" *Wir erwecken den Eindruck eines völlig normalen Ehepaares,* denkt er, als er die Treppen hinaufgeht. Ein Mann, der nach Hause kommt, eine Ehefrau, die ihm von ihrem Tag erzählt. Konversation in einem freundlichen Ton, entspannte Atmosphäre. Niemand würde da glauben, dass die Ehefrau eine Scheidung vorbereitet. Aber macht sie das wirklich oder hat sie sich das nur ausgedacht?

Nachdem sie ihn darauf hingewiesen hat, dass sie kein kinderloses Leben will, leben sie nur noch gemeinsam im selben Haus, arbeiten zusammen, essen gemeinsam, schlafen im selben Bett. Ohne Sex, ohne den geringsten körperlichen Kontakt. Sie küssen sich nicht, wenn sie gehen oder nach Hause kommen. Es gelingt ihnen, gemeinsam das Essen vorzubereiten, ohne einander zu berühren. Nun sind sie beide individueller denn je. Jeder Tag kommt Hendrik vor, als seien sie zufällig zur selben Zeit hier angekommen, um vielleicht genauso zufällig mit einem freundlichen Ade-Gruß irgendwo anders hinzugehen. Ihre Situation ist zu bizarr für Worte.

Das warme Wasser prasselt auf seinen Körper. *Corinna …* Ihre Ehe ist nur noch ein atemloses Flüstern, eine Erinnerung. Seine Haut prickelt sinnlich beim Gedanken an ihre Berührungen, die sein Verlangen nach Sex gesteigert und sie auf seinem Schoß hat stöhnen lassen. Verdammt! *Sex ist ungefährlich. Liebe hingegen ist gefährlich.*

Er verdrängt den Gedanken an Sex mit Corinna und lässt den Tag Revue passieren. Die Beerdigung, die er vor ein paar Stunden begleitet hat, hat ihn tief bewegt. Eltern mussten sich von ihrem elfjährigen Jungen verabschieden, der seiner Leukämie-Erkrankung erlegen war. Eine lange Zeit der Angst und Hoffnung war seinem Tod vorausgegangen.

Er hat die Familie vor dem Tod des Kindes oft besucht und er hat dabei stets eine emotionale Distanz bewahrt. Aber während der Vater heute ein paar Worte gesprochen hat, ist selbst er wegen des sinnlosen Kampfs des sympathischen Jungen gegen seine wuchernden Blutzellen wütend geworden. Da überflutete die Trauer den Raum und ergriff jeden einzelnen Trauergast. Selbst die Stamm-Spanner auf den Beerdigungen. Später fragte ihn ein Onkel des Jungen, ob er auch Kinder hätte. *Nein*, denkt Hendrik, *der Tod eines Kindes übertrifft alle Varianten eines Verlustes, selbst den einer Ehefrau.* Das Wasser in der Dusche läuft nicht richtig ab. Der Ablauf muss überprüft werden. Er steigt aus der Kabine und trocknet sich ab. *Jetzt denk nicht an den ausgemergelten Jungen im Sarg.* Für dieses Leid ist er nicht verantwortlich. Niemandem ist damit geholfen, wenn er sich damit auseinandersetzt. Er tüftelt an seiner eigenen Trauer, auch wenn sie mit dem, was er heute erlebt hat, nicht zu vergleichen ist.

Corinna hat ihm ein Glas Wein eingeschenkt. „Ich habe einen Salat zubereitet. Soll ich ein Baguette im Ofen aufbacken?"

„Ja, mach das", antwortet Hendrik. Seine Blicke folgen jeder ihrer Bewegungen. Alles an ihr ist ihm vertraut, alles gehört ihm, alles fühlt sich kostbar an. So hat er sie von Anfang an betrachtet: als etwas besonders Kostbares.

Er hat Corinna vor zwölf Jahren auf einer Party bei Annabelle kennengelernt. Sie war dort von jungen Männern umgeben, die mit ihr ein Bier tranken oder mit ihr tanzen wollten. Es waren der Augenkontakt quer über den Raum, die Lässigkeit ihrer Körper und später der samtene Ton ihrer Stimmen. Ein einziges Wort, ein kaum merkliches Nicken, ein Schulterzucken – kleine, emotional aufgeladene Gesten in einem dämmrigen Raum –, so kamen sie zusammen. Jeder von ihnen unterhielt sich gerade mit einem anderen, als sich ihre Blicke trafen. Keiner von beiden genoss sonderlich, was er tat, in einem Raum voller Aktivitäten langweilten sie sich beide. Doch sie sahen einander, und etwas Tiefes hallte in ihnen nach. Sie erkannten unter all dem Lärm *sich*. Inmitten der ungezügelt tanzenden Gäste kam es zwischen ihnen in Gedanken zu einer zarten Vereinigung auf Distanz. Während Fremde mit ihnen sprachen, konnten sie die Blicke nicht voneinander lassen. Irgendwann hatte er sich durch die Gäste einen Weg zu ihr gebahnt, und Corinna staunte über seine Zielstrebigkeit. Sie wussten sofort, dachte er, dass er nicht auf der Suche nach einer

149

flüchtigen Begegnung gewesen war. Corinna ließ abrupt ihren Gesprächspartner stehen, dessen plumpes Geschwafel sie ohnehin angeödet hatte und der verblüfft und verärgert zurückblieb. Sie erteilte seinen hitzigen Vorwürfen mit einem einzigen grimmigen Blick eine Abfuhr, nahm Hendrik wie einen langjährigen Freund ohne große Worte bei der Hand, und sie verließen gemeinsam Annabelles Party.

Wie oft haben sie sich das schon erzählt? Er schluckt den Kloß in seiner Kehle hinunter und nimmt einen Schluck Wein.

„Hattest du einen harten Tag, Liebling?", fragt Corinna.

„Du wolltest mir etwas über diese Frau erzählen. Was war an ihr seltsam?"

Corinna denkt einen Moment nach. „Vielleicht ist seltsam nicht das richtige Wort. Ich fand sie unheimlich."

„Sah sie denn unheimlich aus?"

„Sie sah aus, als wäre sie nicht sie selbst." Corinna starrt geradeaus. „Das war es! Ich glaube, sie trug eine Perücke und eine Brille, die sie nicht wirklich braucht. Dann dieser Name: Meryl Hölscher. Hast du den Namen schon mal gehört?"

„Nein. Vielleicht hat sie einen falschen Namen benutzt? Willkommen bei Netflix!"

„Das würde mich nicht überraschen. Ich habe bereits den Namen gegoogelt und habe bei Facebook Frauen mit diesem Namen gefunden, aber keine sah dieser Frau ähnlich."

„Hm ... Facebook. Pah, die Profile sind oft Fakes. Für wen wollte sie denn die Beerdigung organisieren?"

„Für eine Tante, die unheilbar krank ist und bald sterben wird. Und sie wollte nur mit einer Frau reden, weil sie sich vor Männern fürchtet. Sie war echt gruselig!"

„Hat sie gesagt, warum sie schon jetzt zu uns kommt? Die Tante ist doch noch nicht tot."

Corinna legt das Baguette in den Ofen. „Wenn ich sie richtig verstanden habe, hat das etwas damit zu tun, dass sie nicht mit Stresssituationen umgehen kann. Sie braucht eine Vorbereitungszeit."

„Das hört sich für mich nicht so gruselig an, sondern eher ziemlich verstört. Hat sie sonst noch etwas mit dir besprochen?"

„Sie sagte, dass ihre Tante auch noch vorbeikommen will."

„Besagte Tante? Sie kann also trotz ihrer schweren Erkrankung auch für sich selbst sprechen? Das ist in der Tat eine seltsame Geschichte."

Corinna überprüft das Baguette im Ofen. „Noch eine Minute. Ich möchte, dass du da bist, wenn diese Tante zu uns kommt. Ich weiß nicht genau, aber in Gegenwart dieser Frau fühle ich mich unbehaglich. Vielleicht ist diese Tante ja noch schlimmer. Da draußen laufen jede Menge Freaks herum!"

„Gut, natürlich. Vielleicht kommt ja gar keine Tante. Wir werden sehen. Der Salat sieht gut aus. Ich bin hungrig."

Corinna zieht einen Ofenhandschuh an und holt das Baguette aus dem Rohr.

Hendrik starrt ihren Rücken an. „Könntest du dir das mit der Trennung noch einmal überlegen?", fragt er leise.

Sie dreht sich um. „Ich möchte mich nicht scheiden lassen, Hendrik. Vielleicht könnte ich doch mit dem Gedanken leben, dass ich niemals Mutter werde. Aber ich muss wissen, warum das nicht passiert. Was dich zurückhält."

Sie stehen dicht nebeneinander, er kann sie leicht berühren. Ein Bild blitzt vor seinem inneren Auge auf: ein Unfall, Blut, ein verzerrtes Gesicht. Er zittert.

„Es steht da etwas zwischen uns, womit ich nicht umgehen kann, und deshalb auch nicht bekämpfen kann", sagt Corinna. „Ich *muss* wissen, was dieses Etwas ist."

Jetzt wird das innere Bild mit Stimmen ergänzt. Sie reden durcheinander, aber ein Satz dominiert. *Das bleibt unter uns!"*

Das Versprechen, das sich die Freunde gegeben haben, müssen sie aufrechterhalten. Damit die Erinnerung zu bedrückend wird? Nicht darüber zu reden, hat bisher nur dazu beigetragen, dass sie manchmal selbst glaubten, dass es nicht mehr als ein böser Traum gewesen war. Und dass Träume nicht real sind.

Er sieht diese Frau an, die er über alles liebt und die er nicht verlieren will. Sie ist die beste Freundin, die er sich wünschen kann, die schönste Frau, die er jemals kennengelernt hat. Sie ist immer aufrichtig und verdient es, ehrlich behandelt zu werden. Und was besonders wichtig ist: Eine Last wird von seinen Schultern fallen, wenn er die Erinnerung und die Schuld mit ihr teilen kann. Er hat das noch nie so stark empfunden wie jetzt.

Er weiß, dass sie sich geschworen haben, niemals mit jemandem darüber zu sprechen, nicht einmal mit ihren Partnern. Maarten und Annabelle werden sich auch weiter an ihr Versprechen halten und ihm ist es in den vergangenen Jahren auch geglückt, kein Spielverderber zu sein. Aber jetzt kann er nicht mehr schweigen, weil seine

Ehe auf dem Spiel steht. Und weil er nicht will, dass sie scheitert.

Er geht auf Corinna zu und zieht sie an sich. „Ich werde es dir sagen."

Lynn, 28. Juni 2017

Nach meinem Termin mit Corinna Fischer, versuche ich vergeblich, Tilda zu erreichen, bekomme aber nur die Mailbox. Meine Schwester hat abermals meine Mailbox besprochen, ich lösche die Nachricht, ohne sie gehört zu haben.

„Geh und belästige deine Freunde in Texas mit deinen Jammerlappengeschichten über pflegebedürftige Mütter, Sister!", knurre ich das leere, mir gegenüberstehenden Sofa an. „Es wird schon nicht so schlimm sein. Mutter hat eine gute Kondition, das weißt du doch, Bernadette. Sie spielt dreimal in der Woche Tennis, geht jeden Dienstag und Freitag ins Fitnessstudio. Sie ist eine schlanke, muskulöse Gurkendiptussi, die bei einem Sprint wahrscheinlich an uns vorbeiziehen würde."

Niemand glaubt, dass meine Mutter fast fünfundsechzig ist, besonders wenn man in ihr Gesicht sieht. Facelifts und Botox haben einen guten Job gemacht, das Ergebnis ist erstaunlich. Menschen, die sie zum ersten Mal sehen, schätzen sie auf höchstens fünfzig. Vielleicht denken sie anders darüber, wenn sie sie nackt sehen, aber darüber möchte ich nun wahrlich nicht grübeln. Der Gedanke an meine nackte Mutter verursacht in mir einen unaufhaltsamen Drang, auf der Stelle alles in meinem Bauch auszukotzen. Ich kann es nicht anders nennen, „spucken" wäre ein viel zu harmloses Wort.

Ihre Bitte um Hilfe entspricht wie immer ihrem Bedürfnis nach Aufmerksamkeit. Ich erinnere mich, dass mein Vater manchmal sein Gesicht verzogen hat, wenn meine Mutter ihm keine Ruhe gewährt hat. In Gegenwart seiner Kinder hat er allerdings nie ein Wort darüber verloren und sich beherrscht. Das änderte sich, als Yuri starb.

In den Monaten nach Yuris Tod habe ich oft ihre Stimmen gehört und konnte anhand des Tonfalls und der Lautstärke feststellen, dass meine Eltern sich heftig stritten. Wenn ich es in meinem Bett nicht mehr aushielt, setzte ich mich auf die oberste Stufe der Treppe, legte die Arme um meine Knie und versuchte herauszufinden, weshalb sie einander anschrien. Aber ich fing nur Wortfetzen und unvollständige Sätze auf. Und einen Namen, immer wieder den gleichen Namen. Sie stritten stets über Yuri.

Eines Abends entdeckte mein Vater mich auf der Treppe. „Es ist dort oben viel zu kalt, Lynn. Du könntest dich erkälten", sagte er.

„Warum streiten Mama und du immer? Warum bist du so wütend auf sie, Papa?"

„Wir sind nur traurig, Lynn, nicht wütend. Ich verbiete dir, dich noch einmal oben auf die Treppe zu setzen. Ich möchte nicht, dass du krank wirst. Versprich es mir, Lynn!"

Nachdem ich es versprochen hatte, brachte er mich wieder ins Bett.

Nach diesem Abend kam mein Vater nur noch zum Schlafen nach Hause.

Meine Mutter hatte mir in den Monaten nach Yuris Tod kaum Beachtung geschenkt, bis sie plötzlich von mir verlangte, jeden Tag nach der Schule sofort nach Hause zu kommen. Sie hat mit mir Kekse gebacken, ging mit mir schwimmen und fuhr mit mir Fahrrad.

„Es ist wichtig, dass du in guter körperlicher Verfassung bleibst, Lynn. Als Frau musst du auf deinen Körper achten. Mit einem schönen Körper bleibst du lange attraktiv und Attraktivität ist die Voraussetzung für eine gute Partie."

Mich erstaunte ihre unerwartete Aufmerksamkeit, aber ich fühlte mich geschmeichelt. Ich gab bei meinen Freundinnen mit meiner sportlichen Mutter an, die stets wunderschön aussah, und dachte, ich hätte die schönste Mutter der Welt. Auch dachte ich, dass mein Glück oft durch ihre Aufmerksamkeit entstand, aber ich hatte mich geirrt. Als Yuri starb, kam das Unglück durch die Vernachlässigung kleiner Dinge. Ich vermisste sein Lachen, niemand schenkte mir Beachtung. Ich war einsam, und so für ihre Gunst zugänglich.

Ich war fast acht, als ich sie an einem Nachmittag in der Badewanne vorfand.

„Mein Rücken schmerzt, Lynn und warmes Wasser entspannt besser als Schmerzmittel es können." Sie bat mich, ihren Rücken zu waschen. Dann ihre Brüste.

Ich war ein ahnungsloses, unschuldiges Kind, das ihrer Mutter gerne helfen wollte, und nahm an, dass der Schmerz in ihrem Rücken dann schneller vorübergehen würde. Deshalb fand ich es nicht seltsam, dass ich danach meine Mutter fast jeden Tag in der Badewanne antraf und ich sie waschen musste. Zuerst ihren Rücken, dann ihre Brüste, zwischen ihren Beinen. Ich zögerte, ohne genau zu verstehen, woher dieses Zögern kam. „Es ist völlig normal für eine Tochter, Lynn, ihrer Mutter beim Baden zu helfen, die Rückenschmerzen beim Baden hat."

Als sie mich bat, meinem Vater nicht zu sagen, dass sie so oft in der Badewanne liegen würde, gab ich ihr mein Wort. Es war unser Geheimnis, sagte sie.

Ich war stolz, dass ich ein Geheimnis mit meiner Mutter teilte.

Ich wähle noch einmal ihre Rufnummer und dieses Mal hebt Tilda ab.

Sie entschuldigt sich, ein paar Tage nicht erreichbar gewesen zu sein. „Ich musste mich allen möglichen Untersuchungen im Krankenhaus unterziehen. Das braucht Zeit."

„Bist du krank? Was denn für Untersuchung?"

„Nichts Besonderes. Mein Arzt war über Nacht der Meinung, dass ich mich mal durchchecken lassen sollte", antwortet sie vage. „Sag mir, hast du ein paar nette Sachen gemacht?"

Ihre Frage ist ganz nach meinem Geschmack. „Ich habe mich in der Firma umgesehen", antworte ich, „und mit der Geschäftsführerin gesprochen, eine sympathische Frau. Sie arbeitet immer freitags."

„Wirst du noch einmal hingehen?", fragt Tilda.

„Vorerst nicht. Aber wenn du gehst, richte ihr bitte Grüße von mir aus." Ich denke einen Moment nach. Sind meine Worte ausreichend verschlüsselt?

Tilda trifft eine Entscheidung. „Ich werde Freitag bei ihr vorbeischauen. Ruf dich wieder an."

Niemand kann diesen Worten entnehmen, dass Corinna Fischer am siebten Juli dieses irdische Dasein verlassen wird.

Für den Rest der Woche stürze ich mich auf mein Manuskript. Es ist eine Geschichte voller Intrigen und dieses Mal ist meine Hauptfigur ein echter Bösewicht. Ein Ladykiller, dem es an Empathie fehlt. Aber nach zehn Kapiteln wird er unter einem literarischen Trommelgewitter entfernt. Na ja, literarisch ... Was man eben unter diesem Wort so alles versteht. Ich werde diese Geschichte so süß enden lassen, dass den kritischen Gegnern dieses Genres die Füllungen aus ihren

Backenzähnen fallen. Aber die Liebhaber werden sich daran ergötzen. Solange die Gruppe der begeisterten Leser wächst, was nach Ansicht meines Verlegers definitiv der Fall ist, bin ich finanziell abgesichert. Ich brauche niemanden.

Ich brauche niemanden.

Ich brauche niemanden.

Lynn, 28. Juni 2017

Auf Benedikts Grab liegt ein wunderschöner Blumenstrauß. Ich hebe ihn auf und suche nach einer Karte. Keine Karte. Von seiner Mutter kann er nicht sein, sie nimmt stets eine Grabvase. Hinter dem Grabstein liegt eine Vase, ich fülle sie mit Wasser und stelle die Blumen hinein. In der Regel entferne ich alles, was ich nicht selbst mitgebracht habe, aber ich spüre, dass diese Blumen mit einer guten Absicht niedergelegt worden sind.

Blütenstaub liegt auf dem Stein, ich entferne ihn. Meine Finger streichen über jeden einzelnen Buchstaben seines Namens. Wenn Benedikt nicht gestorben wäre, hätten wir vermutlich jetzt Kinder gehabt. Benedikt wollte immer drei Kinder, ich zwei. Wir hätten das Problem gelöst.

Ich möchte ihm sagen, dass wir angefangen haben, Rache zu nehmen und welche Rolle ich dabei spiele. Aber ich finde nicht die richtigen Worte. Irgendetwas – hinter einer Hirnwindung - blockiert mich. Lähmt mich.

Ich muss mich setzen. Der Marmorrand, der das Grab umgibt, ist ein guter Platz. Meine Augen heften sich an die Buchstaben seines Namens. In diesem Moment wird mir bewusst, dass er mein Handeln niemals akzeptiert und zudem vehement abgelehnt hätte. Selbst den Gedanken daran hätte er als absurd abgetan.

Es dauert eine Weile, bis ich gewahr werde, was vor sich geht. Ich war anfangs noch geneigt, zu glauben, dass eine andere Person hier sitzt, dass ich nicht die Person bin, mit der das geschieht.

Aber ich bin es. *Ich* sitze auf der marmorierten Umrandung seines Grabes und kann nicht aufhören zu weinen.

157

Kapitel 11

Hendrik

Das Geständnis hat ihm kein Gefühl von Erleichterung gebracht, ihn nicht von einer Last befreit. Corinna hat ihm aufmerksam zugehört, keine Fragen gestellt, keinen Abscheu gezeigt, sondern ihm die Zeit gegeben, die er gebraucht hat. Danach haben sie sich ein paar Minuten still gegenübergesessen, ohne sich anzusehen.

„Wie schrecklich, dass du das so lange mit dir herumgetragen hast. Hättest du mir nur früher davon erzählt."

„Ich musste es ihnen versprechen, Corinna", stößt er hervor.

„Meinem Empfinden nach war das eine falsche Entscheidung. Hier lag doch kein Vorsatz vor. Ein Fehler vielleicht. Menschen machen Fehler, Hendrik. Fehler können fatal sein und weitreichende Konsequenzen haben. Aber wenn diesem Fehler keine Absicht zugrunde liegt, kann von Schuld keine Rede sein."

Er klammert sich an Corinnas Antwort. *Es war die falsche Entscheidung, denn es gibt keinen Vorsatz. Keine Schuld.* Dennoch ist er immer noch nicht erleichtert.

Am Tag nach seinem Geständnis stellt Corinna ihm die zu erwartende Frage. „Ist dein Schuldgefühl der Grund, warum du nicht Vater werden möchtest? Glaubst du, dass du keine Vaterschaft verdienst?"

Seit dieser Frage weiß er nicht mehr, was er mit sich anfangen soll. Waren Schuldgefühle wirklich der Grund? Er bezweifelt das. Aber was steckt denn dann hinter seinem Zweifel? Wenn er nichts gesagt hätte, wäre alles klarer gewesen. Klarer. Sicherer ...

Er ist in den Wald gelaufen, hat mit der Faust auf einen Baum eingedroschen und sich abreagiert. Dann hat er den ganzen Nachmittag am Computer verbracht, um den Schriftkram zu erledigen. Er ist müde. Ihm fallen fast die Augen zu. Es wird Zeit, nach Hause zu gehen. Trotzdem würde er lieber in seinem Büro bleiben, aber Corinna erwartet ihn.

Heute Morgen hat sie erwähnt, dass sie Maarten und die Mädchen eingeladen hat, um am Abend mit ihnen Pasta zu essen.

Er will keine Pasta, aber er will Maarten sehen. Vielleicht kann er seinem Freund dann sagen, dass er Corinna ihr Geheimnis preisgegeben hat. Vielleicht bringt das die erhoffte Erleichterung.

Ein Anruf auf dem Handy, das er sich nur für dienstliche Gespräche zugelegt hat.

Keine Pasta, denkt er.

Keine Unterhaltung mit Maarten.

Heute Abend wird er beruflich unterwegs sein.

Er hebt ab.

„Ich bin's", meldet sich Corinna. „Kannst du bitte sofort nach Hause kommen? Ich habe solche Angst. Frag nicht warum, bitte komm ..."

„Ich bin schon auf dem Weg."

Kapitel 12

Hendrik

Corinna hat Maarten und die Mädchen gebeten, eine Stunde später zu kommen. Sie werden um sieben da sein.

Hendrik würde sich lieber zuerst umziehen, im Badezimmer seine Hand noch einmal desinfizieren, mit dem er den Baum verdroschen hat, und die Schürfwunde verbinden. Ob Corinna sich darüber aufregen wird?

Sie bewegt die Blumenvase grundlos auf dem Esstisch hin und her. Schafft es nicht, ihn anzusehen.

Er kämpft mit sich, geht auf sie zu. „Was ist los? Du bist so nervös?"

Sie zuckt mit den Schultern. „Vielleicht sehe ich einfach nur Geister."

Er schiebt sie auf einen Stuhl. „Sag mir bitte, was los ist, Corinna?"

Sie zieht an ihrem Finger. „Ich hatte den ganzen Tag das Gefühl, dass mich jemand beobachtet. Sie fiel mir schon im Supermarkt auf. An der Kasse stand sie unmittelbar hinter mir. Dann fuhr ich zur Reinigung. Ein Wagen, der mir schon vor dem Supermarkt aufgefallen war, parkte auf der anderen Straßenseite. Neben der Reinigung ist ein kleines Bistro. Ich ging hinein, kaufte mir einen Coffee to Go. Beim Verlassen sah ich sie vor dem Wagen stehen."

„Wen meinst du mit *sie?*"

„Eine mir völlig fremde Frau. Sie starrte mich an, Hendrik. Ich konnte die Bedrohung, die von ihr ausging, spüren. Ein ähnliches Gefühl hatte ich auch, als diese Kundin neulich bei mir war." Jetzt sieht Corinna ihn an.

„Du meinst, die mit der halb toten Tante?"

„Hendrik! Ich meine es ernst. Das dritte Mal traf ich sie in der Nähe der Bäckerei. Ich geriet in Panik und fuhr nach Hause. Und hier in meinen vier Wänden kam mir erst der Gedanke, dass ich mir alles womöglich nur eingebildet habe. Und dann ging das mit den Anrufen los. Zweimal hat mich jemanden angerufen, immer mit einer unterdrückten Rufnummer. Als ich abnahm, meldete sich niemand. Ich

160

hörte nur jemand atmen. Das gab mir den Rest. Das war wirklich beängstigend, verstehst du?"

„Es gibt so viele Spinner, die Leute permanent mit anonymen Anrufen belästigen. Ich kann verstehen, dass dir das unheimlich vorkommt, nachdem was davor passiert ist. Vielleicht war es aber nur der pure Zufall, dass dieselbe Frau dir dreimal über den Weg gelaufen ist? Wir sind seit einigen Monaten im Betrieb stark eingespannt, haben kaum Luft zum Atmen und machen trotzdem weiter. Vielleicht sollten wir es mal für ein paar Wochen langsamer angehen lassen? Und die Spannungen zwischen uns laugen dich zusätzlich aus."

„Dich nicht?"

„Doch, aber ich fühle mich nicht verfolgt. Und hoffe auch, dass das so bleibt."

„Ich will diese Spannungen zwischen uns nicht", sagt Corinna. „Das stresst mich. Glaubst du, ich leide an Verfolgungswahn?"

Hendrik lächelt und nimmt ihre Hände. „Ein Zufall, denke ich, den du falsch interpretiert hast."

„Aber diese Anrufe?"

„Das war irgendein Eierkopf, der sich verwählt hat, eine Person, die nicht einmal den Anstand besitzt, sich bei dir zu entschuldigen. Du kennst doch diese Typen. Männliche Überheblichkeit, sprich Rinderwahn!"

Corinna schaut auf ihre Hände. „Es ist so schön, dass du mich wieder anfasst."

Er zieht sie an sich. Langsam, fast beschwörend hebt er ihr Kinn und Verlangen durchflutet ihn. Er weiß, er steht an der Schwelle, die Wahrheit über sich herauszufinden, starrt nicht mehr in finstere Abgründe.

Aufstöhnend lässt er eine Hand unter ihren Slip gleiten, liebkost ihre Brüste, küsst sie auf den Hals. Er findet ihre intimste Stelle, muss fühlen, wie sehr sie nach ihm verlangt.

Plötzlich schreit Corinna auf.

„Was hast du?", fragt er.

„Was ich habe? Es ist halb sieben", kichert sie. „Um sieben Uhr stehen Maarten und die Kinder vor unserer Haustür."

„Dann wird es ein Quickie."

161

Lynn, 30. Juni 2017

Seit ich an seinem Grab gewesen bin, ist Benedikt wieder bei mir, wie in den ersten beiden Jahren nach seinem Tod. Irgendwann hatte dieses Gefühl nachgelassen. Ich ging seltener zum Friedhof und schließlich schaute ich nur noch an seinem Todestag vorbei. Jetzt bin ich wieder öfter dort, weil ich das Bedürfnis verspüre, an seinem Grab zu stehen. Es ist gut, dass ich ihn fühle. Ich brauche das und ahne, warum das so ist. An seinem Grab, in seiner Nähe fühle ich mich einfach besser. Meine Gedanken sind dann nicht mehr so trüb und ich fühle mich leichter, habe mehr Energie. Hier starre ich nicht in die Dunkelheit. An seinem Grab versuche ich stets, eine Entscheidung zu treffen. *Bin ich ein schlechter Mensch, Benedikt?*, frage ich ihn. Und er antwortet immer: *Du bist kein schlechter Mensch, Lynn.* Ich denke es so lang, bis ich es fast selbst glaube. Auch kann ich nur mit ihm die Kunst meiner Kriege besprechen. Ich hätte gerne ganz anders gehandelt, Benedikt, wenn ich früher davon gewusst hätte. Dann wäre ich zur Polizei gegangen und hätte die drei angezeigt. Aber jetzt ist es zu spät. Ich kann nicht mehr davonlaufen. Und ich will es auch nicht. Der Zug hat seine Fahrt über das Gleis der Vergeltung aufgenommen. Und er rast auf Opfer Nummer zwei zu.

Die Love-Story, an der ich arbeite, ist leichter als die, die ich davor geschrieben habe. Sie ist manchmal sogar mit Humor gespickt. Natürlich wohldosiert, wie auch das Misstrauen und die Enttäuschungen, die Trennungen und das wunderbare Happy End. Alles fällt mir wieder leicht, weil Benedikt wieder bei mir ist. Weil ich meine Gefühle wieder anfassen kann. Sie sind mittlerweile beinahe allgegenwärtig und so dicht, dass ich fast glaube, sie aus der Luft pflücken zu können wie eine reife Frucht. Die Gefühle sind nicht präzise, nicht perfekt, und ein klein bisschen anders, tiefer, dumpfer, fremder ...

„Was lungerst du plötzlich hier herum", sagte meine Mutter damals. „Du lässt dich doch sonst nie hier blicken. Ist das wegen dieses Gärtners?"

„Er ist kein Gärtner, sondern Landschaftsarchitekt, Mutter!", fahre ich sie an.

Sie musterte mich von Kopf bis Fuß. „Gut."

Ich wurde wütend. „Was? Was meinst du damit?"

„Du machst nicht viel Aufhebens um dein Aussehen, das wird dir doch auch schon aufgefallen sein? Du, in deinen Jeans, in diesem T-Shirt und diesem verblichenen Jäckchen. Du hast nicht studiert, also wirst du auch keinen Akademiker an Land ziehen, scheint mir. Ein Gärtner wird da mehr Chancen haben. Entschuldigung, ein Landschaftsarchitekt. Vielleicht gibt das auch eine schöne Geschichte für dich. Mädchen aus gutem Haus fällt auf einen Mitgiftjäger herein. So etwas in der Art."

Ich drehte mich wortlos um und ging wieder den Gartenweg entlang. „Grüß Papa von mir. Ich werde ihn anrufen."

Hinter mir wurde die Haustür zugeschlagen.

„Streit?", fragte Benedikt.

Ich erschrak, weil ich ihn nicht hatte kommen sehen.

„Nicht erschrecken. Das ist nicht nötig. Ich werde jetzt zu Mittag essen. Hast du Lust mich zu begleiten?"

Ich zögerte.

Er machte eine einladende Geste. „Lass mich dich mitnehmen, Lady."

Ich sah ihn an. Alles an ihm wirkte entspannt. Glücklich. Zufrieden. Und so selbstbewusst.

„Wie machst du das? Du bist so selbstsicher."

Er lachte breit. „Alles nur Schein. Du machst mich unsicher!"

„Ich? Warum?"

„Weil ich dich mag."

„Ich bin überhaupt nicht nett. Ich bin kalt, ich verstehe keinen Spaß und vergrabe mich in stumpfsinnigen Geschichten. Du musst also blind wie ein Maulwurf sein."

Er stand vor mir und berührte meine Wange mit einer Fingerspitze. „Ich bin keineswegs blind. Ich sehe hinter diesem Schild ein wunderbares Mädchen, das es wert ist, erobert zu werden. Also, hilf mir ein bisschen!"

In diesem Moment war ich verloren.

Nach dem Tod von Yuri und nach dem, was ich durchgemacht hatte, lagen meine Gefühle auf Eis. Ich hatte eine enorme Expertise in Überlebenskompetenz erstellt, in der keine Emotionen vorgesehen waren. Ich war abgestumpft, hatte keinen Funken Leben in mir, ein Zombie in einem emotionalen Dauerschlafmodus.

Und Benedikt weckte mich.

Meinem Vater gefiel es so sehr, mich wieder lachen zu hören. Er wollte mich immer fotografieren. Weil ich schöner denn je wäre, behauptete er. Und er schloss Benedikt in sein Herz.

Als ein Besuch bei meinen Eltern sich nicht mehr vermeiden ließ, begegnete meine Mutter Benedikt nicht allzu herablassend. Benedikt musste mich immer berühren, und als er mich einmal umarmte, schaute meine Mutter weg. Als wir Hand in Hand in den Garten gingen und er seinen Arm um meine Schulter legte, spürte ich, wie ihr Blick sich in meinen Rücken brannte.

„Manchmal scheint deine Mutter ein wenig neidisch auf uns zu sein", stellte Benedikt fest ...

„Schau", sage ich zu dem Grab, „rote Rosen und rote Gerbera. Die liebst du doch so, oder?"

Ich lege den Blumenstrauß vorsichtig nieder und schließe meine Augen.

Auch in meiner Erinnerung ist Benedikt immer noch schön.

Er hat immer noch ein Gesicht.

„Sie"

Tagebucheintrag, 30. Juni 1981

Dualer Genuss

Sie beide sind zu gut darin, ihre Neigungen vor der Außenwelt zu verbergen. Nach außen hin mimen sie Anstand, Ergebenheit, Gehorsam, Fügsamkeit. Aber sie müssen vorsichtiger sein. Nach dem Fund einer weiteren Kinderleiche hat die Polizei die Ermittlungen ausgeweitet. Am Vrijthof, den umliegenden Plätzen und an den Hinterhofgärten, wimmelt es nur so von Männern in Uniform. Es wird zu riskant für sie.

Sie müssen eine Pause einlegen. Noch schöpft niemand einen Verdacht. Noch sind sie sicher. Das soll auch so bleiben. Aber mit jedem Skelett laufen sie Gefahr, ins Visier einer polizeilichen Ermittlung zu geraten.

In ihnen ist eine Sehnsucht nach mehr, ein Verlangen nach Höherem. Sie wollten diesem Ruf sorglos und angstfrei folgen und haben einen brillanten Plan, um zukünftig gefahrlos einer Monotonie und Sinnlosigkeit zu entgehen. Bis dahin polstern sie ihre Lust vorübergehend gemeinsam auf. Wann immer sie daran denken, fühlen sie sich unendlich leer, obwohl sie sich haben. Aber für die Freiheit müssen sie diesen Preis zahlen. Ihr Plan ist genial und erfordert Größe.

„In der Einsamkeit liegt unsere Größe", sagen sie sich und blättern gemeinsam durch ihre Büchlein. Schon jetzt wissen sie, dass ihnen das vermeintlich letzte Foto des Jungen am besten gefallen wird.

Sie klatschen in ihre Hände.

Sie brauchen kein Publikum.

165

Sie haben sich.
Und ihre Tagebücher.
Jetzt genießen sie ihre letzte Eintragung.

Lynn, 6. Juli 2017

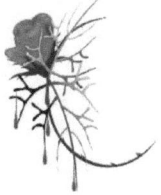

Es geschehen seltsame Dinge. Überall tauchen Artikel über Menschen auf, die einem Gewaltverbrechen zum Opfer gefallen sind. Drei Artikel handeln von einem Mord an einer Mutter mit kleinen Kindern. Ein Artikel über einen Gärtner, der in einem Garten auf ein Kinderskelett gestoßen ist, das vor Jahrzehnten dort verbuddelt worden war. Ich habe nur die Überschrift gelesen. Wie grausam. Weg damit! Ich fühle mich nicht gut, wenn ich diese Geschichten lese. Ich will das nicht. Auf diese Weise läuft alles aus dem Ruder.

Etwas muss sich ändern, aber wenn ich daran denke, wird mir übel.

Auch darf Benedikt sich noch nicht aus meinem Kopf verabschieden. *Bleib noch ein bisschen bei mir! Du kannst noch nicht gehen.* Irgendwann muss es sein, aber jetzt möchte ich, dass er bleibt. Jeder, dem ich das erzählen würde, wird mir einen Vogel zeigen. Aber ich behalte es für mich. Weil niemand versteht, dass ich ihn wirklich spüre und wegen seiner Anwesenheit weniger einsam bin. Aber auch weniger entscheidungsfreudiger und weniger stark. Ich muss mich in Acht nehmen, dass ich nicht anfange, Laura Senger oder ihre Kinder zu bedauern. Diese Art Gefühle kann ich mir nicht erlauben.

Morgen werden Tilda und ich mit dem weitermachen, mit dem wir begonnen haben. Zweifel, Rückzieher und Aufschub sind unerwünscht. Für ein paar Tage kann ich mich dem Benedikt-Gefühl nicht hingeben. *Entschuldigung, mein Schatz, ich werde dich für kurze Zeit zur Seite schieben.*

Ich telefoniere mit Tilda und die Art und Weise, in der Tilda meinen Namen ausspricht, verheißt nichts Gutes. Sie sagt, dass sie den morgigen Plan nicht einhalten kann, weil sie unglücklich gestürzt ist.

Ich versuche, sie aufzuheitern, schlage vor, dass wir unseren Plan

167

auch zu einem späteren Zeitpunkt durchführen können, dass sie sich keine Gedanken machen soll. Meine Worte kommen nicht besonders gut an, ihre Reaktion lässt keinen Zweifel daran. Ich bleibe aber ruhig und lasse sie toben. Ich denke an Benedikt. Er würde mir jetzt raten, den Hörer aufzulegen.

Was wohl die Ursache für ihren Ärger ist? Wenn ich nach dem Grund frage, wird es auf der anderen Seite still.

„Wir haben einen Termin und an den müssen wir uns halten", antwortet Tilda kalt. „Wenn wir das verschieben, laufen wir Gefahr, dass etwas schiefgeht. Kein Aufschub, höchstens einmal die Rollen neu verteilen."

„Ich verstehe nicht, was du meinst."

Sie schnaubt verächtlich. „Du weißt ganz genau, was ich meine. Bist doch nicht von gestern?"

Ich schlucke. Kann es sein, dass...

„Du erledigst das morgen! Verstanden!" Ihre Stimme ist so kalt, dass ich Gänsehaut bekomme. „Nächstes Mal bin ich wieder dran."

Ich möchte protestieren, aber sie hat die Verbindung unterbrochen.

Am 7. Juli wird Corinna Fischer aus dem Leben scheiden. Tilda wird sie im Büro aufsuchen und sich als die vermeintliche Tante ausgeben. Sie wird sie, wie Laura Senger, zuerst mit einer soliden Steinstatue niederschlagen und danach erdrosseln. Das Ganze wird etwa zehn Minuten in Anspruch nehmen. So ist der Plan. Tilda geht nicht hin, hat sie gesagt und, dass ich ihren Platz einnehmen soll. Nur hatten wir das so nicht vereinbart. Ich suche in meiner Erinnerung nach unserer ersten Begegnung ...

Tilda nannte ihre Namen: Maarten Senger, Hendrik Fischer und Annabelle Brunner. Sie kannte Maarten persönlich. Sie erzählte, dass ihr Haus genau gegenüber seinem lag und ungefähr hundert Meter von meinem Elternhaus entfernt war.

„Ich zupfte gerade Unkraut in meinem Garten, als sich ein Mann mit einem Motorroller der anderen Straßenseite näherte", sagte sie. „Zur selben Zeit stiegen zwei Männer und eine Frau aus dem Auto. Sie waren volltrunken und sehr laut. Als sie den Motorroller sahen, torkelten sie auf ihn zu. Der Mann in seinem Jackett musste ihnen ausweichen. Er raste mit voller Wucht gegen einen Baum. Die drei rannten davon, in den Garten, in das Haus, sie ließen den Mann einfach blutüberströmt liegen und leisteten keine Hilfe. Ich stand selbst erst wie angewurzelt da, dann lief ich zu dem Opfer, um nur noch festzustellen, dass er schon tot war."

Sie musste mir angesehen haben, wie es hinter meiner Stirn ratterte.

„Ich ging ins Haus und rief eine Ambulanz."

Ich runzelte die Stirn. „Nicht die Polizei?"

Sie lachte bitter auf. „Ich ging später am Nachmittag zu dem Haus auf der anderen Straßenseite, aber niemand öffnete die Tür. Deshalb ging ich davon aus, dass sie auf dem Polizeirevier waren, um eine Aussage zu machen. Am nächsten Tag flog ich für zehn Monate zu meinem Bruder nach Kanada. Mein Haus stand während dieser Zeit zum Verkauf und als ich aus Kanada zurückkehrte, waren die neuen Besitzer bereits eingezogen."

Ich zwang mich, nicht den Kopf zu verlieren. „Haben Sie sie danach noch einmal gesehen?"

Tilda schüttelte den Kopf. Sie sagte, dass sie den schrecklichen Unfall vergessen wollte und sich deshalb nicht darum gekümmert hatte, herauszufinden, ob diese Leute sich ihrer Verantwortung gestellt hatten.

Dass ihr das Ganze schrecklich leidtat.

Dass ihre geliebte Schwester durch Fremdverschulden ebenfalls tödlich verunglückt sei und dass vom Täter jede Spur fehlte.

Dass ihr jemand erzählt hatte, dass die Verlobte des verstorbenen Mannes seit dem Unfall völlig neben der Spur wäre.

Es war mir egal, wer Tilda von mir erzählt hatte und es interessierte mich auch nicht. Was sich in meinen Kopf fräste, war die Tatsache, dass drei Menschen Benedikts Tod verschuldet hatten und für meinen Verlust verantwortlich waren. Dass diese Leute einfach weiterlebten, während ich emotional zugrunde ging, und jeden Tag ein bisschen mehr starb, wie schon einmal davor.

Die Erkenntnis traf mich wie ein Fausthieb. Meine Welt ging noch einmal unter. Als Kind hatte ich immer angenommen, dass die Welt aus Honigkuchen bestand, der aber auch zerbröselte. Jetzt konnte ich plötzlich sehen, dass ihre Konsistenz ein Geflecht aus Lügen und einer dunklen Wahrheit war.

„Ich kann immer noch zur Polizei gehen und ihnen erzählen, was ich damals gesehen habe", sagte Tilda. „Und was passiert dann? Dann bekommen sie höchstens einen Zivilprozess. Ich ziehe es vor, die Gerechtigkeit gemeinsam mit Ihnen in die Hand zu nehmen."

Ich war perplex. „Das kann doch nicht Ihr Ernst sein?", stammelte ich.

Tilda stellt sich direkt vor mich. „Hör mir jetzt genau zu. Ich darf doch du sagen?"

Ich nickte.

„Ich bin siebenundsechzig", fuhr sie fort, „nicht gesund und ich werde nicht mehr lange leben. Ich habe viel Ungerechtigkeit in meinem Leben erfahren und möchte zumindest mit *einem* Unrecht abrechnen. Den Mörder meiner Schwester kann ich nicht zur Verantwortung ziehen. Noch nicht. Da muss ich mich auf andere Weise rächen. Die Mörder deines Bräutigams sind bekannt. Also entscheide dich, ob du dabei bist!"

Wenn Tilda drei Wochen früher gekommen wäre, hätte ich gezweifelt. Aber sie kam in dem Moment, in dem ich, mehr denn je, das Bedürfnis nach Vergeltung verspürte. Sie kam an Benedikts Todestag.

„Ich springe auf den Zug der Vergeltung!", sagte ich.

Ich kannte Tilda nicht, denn sie war keine unmittelbare Nachbarin gewesen. Meine Eltern hatten auch keinen Kontakt zu den Nachbarn, außer einem Tagesgruß, wenn sie die Mülltonne auf die Straße stellten. Das große Haus mit dem riesigen Garten und der dichten Koniferenhecke, die keinen Einblick in den Garten gewährte, war schon damals nicht besonders einladend. Tilda hat mal erzählt, dass jeder in der Gegend unser Haus nur *das Haus des Chirurgen* nannte.

Die meisten Leute kennen nicht einmal unseren Namen.

Erst nach Tildas Kontaktaufnahme und ihrem Besuch ist mir bewusst geworden, dass Benedikt ihr einen Einblick in die letzten Augenblicke seines Lebens gewährt hatte, der mir verwehrt worden war. Sie kann mir alles darüber erzählen, und das ist ein Gedanke, der mich tröstet.

Ich rufe sie noch einmal an.

Tilda nimmt sofort ab. „Ja?"

Ich atme tief durch. „Wir haben vereinbart, dass ich die Vorbereitung übernehme und du die Exekutive. Dabei bleibt es!"

Sie legt sofort auf.

Ich blicke aus dem Fenster. Etwas hat sich verändert.

Es gibt keine Vergangenheit, keine Zukunft. Kein uns.

Benedikt ist fort.

170

Kapitel 13

Hendrik

Hendrik hat Maarten in das Café neben der Tierhandlung eingeladen. „Wie läuft es zu Hause mit dir und den Mädchen?"

„Es ist ein Wechselbad der Gefühle", antwortet Maarten. „Mir geht es gut, aber die Kinder haben es schwer. Sie beginnen allmählich zu begreifen, dass sie ihre Mutter nie wiedersehen werden. Sie sind sehr traurig und reagieren sich auf unterschiedlichste Weise ab."

„Auf dich?"

„Mehr auf Silke. Ich habe den Eindruck, dass die Mädchen es ihr übel nehmen, dass sie lebt und Laura tot ist. Besonders schlimm ist es mit Flor. Ich muss ihr jeden Tag versprechen, dass Silke nicht bei uns einziehen wird."

„Heftig. Und was möchtest du?"

„Nichts lieber als mit ihr zusammen zu leben, aber ich bin vorsichtig. Die Mädchen gehen jetzt vor."

„Und wie steht Silke zu dem Ganzen?"

„Sie versteht es. Sie kommt regelmäßig zu uns, aber sie drängt sich nicht auf. Diana ist ein wenig zugänglicher geworden. Dennoch haben wir uns darauf verständigt, dass Silke nicht zu sehr darauf eingeht, um einen Streit zwischen den Mädchen zu vermeiden. Es gibt auch gute Nachrichten. Ich werde mein Haus sehr wahrscheinlich an ein junges Paar verkaufen, das kein Problem damit hat, dass dort jemand ermordet worden ist. Sie müssen nur noch die Finanzierung abklären. „Wir reden aber nur von mir und meiner Familie. Du wolltest mit mir sprechen. Also, leg los!"

Hendrik nimmt einen großen Schluck Bier. „Es ist ziemlich verwirrend. Oder vielleicht auch nicht."

„Das ist deutlich", Maarten lächelt. „Bitte für mich noch einmal, aber ich möchte eine Antwort, die ich auch verstehe."

Hendrik spielt mit seinem Bierdeckel, kämpft um Worte. „Ich habe Corinna erzählt, was vor sieben Jahren geschehen ist."

Für einen Moment kann Hendrik eine Stecknadel fallen hören.

„Warum?", will Maarten wissen.

171

„Weil es notwendig war. Weil mir klar geworden ist, dass ich aus einem puren Schuldgefühl heraus auf Kinder verzichten wollte. Ich hatte deswegen große Probleme mit meiner Frau. Ich liebe sie über alles. Wenn ich es ihr nicht erklärt hätte, hätte sie mich verlassen. Ich möchte mit Corinna alt werden, möchte, dass sie bei mir bleibt. Deshalb habe ich mein Versprechen gebrochen."

„Du machst aus der ganzen Angelegenheit einen emotionalen Zirkus. Ist dir das eigentlich bewusst?"

„Du glaubst, dass ich übertreibe?", fragt Hendrik.

„In gewisser Weise schon", räumt Maarten ein. „Dieser Unfall und unser gegenseitiges Versprechen geben dir ein Alibi." Er denkt einen Moment nach. „Ein Alibi für deinen Widerstand gegen eine Vaterschaft! Du täuschst sowohl Corinna als auch dich selbst!"

„Was für einen Grund soll es denn sonst dafür geben?"

„Die Frage kann ich dir nicht beantworten."

Hendrik bricht den Bierdeckel in zwei Teile. „Kommst du mir jetzt mit irgendeiner Psychokacke und lässt den Psychologen heraushängen?"

Maarten bestellt noch einen Kaffee. „Nein! Ich versuche nur, zu ergründen, was der wahre Grund sein könnte. Du bist mein bester Freund, ich vertraue dir und ich hoffe, das beruht auf Gegenseitigkeit. Ich möchte ehrlich sein. Lass mich noch deutlicher werden: Möchtest du Kinder, oder möchtest du nur mit Corinna keine Kinder?"

Hendrik starrt seinen Freund an.

„Vielleicht solltest du einmal darüber nachdenken", fährt Maarten fort. „Und noch ein guter Rat. Wenn ich du wäre, würde ich Annabelle nicht sagen, dass Corinna Bescheid weiß."

Der Kellner bringt für Maarten eine zweite Tasse und fragt, ob Hendrik noch etwas trinken wollte.

Hendrik winkt ab. Sein Bierdeckel besteht jetzt aus sechs Teilen.

„Sag etwas!", drängt Maarten.

„Bist du sicher, dass du nichts mit dem Tod deiner Frau zu tun hast?", fragt Hendrik.

Maarten steht auf. „Du zahlst!"

„Selber Schuld", murmelt Hendrik.

Maarten hört es nicht. Er hat das Bistro verlassen.

172

Kapitel 14

Hendrik

Er hat das zweite Bier nicht getrunken und läuft ziellos durch das Einkaufszentrum. Das Gespräch mit Maarten belastet ihn und besonders seine letzte Bemerkung. Das war unter der Gürtellinie. Warum hat er das nur gesagt? Er muss sich bei Maarten entschuldigen und die Angelegenheit aus der Welt schaffen, nachdenken, bevor er noch einmal so einen Mist von sich gibt. Nicht wie eine Mimose reagieren. Sich mehr mit dem auseinandersetzen, was er tut. Und denkt. Und fühlt. Maartens Frage schwirrt in seinem Kopf umher. *Möchtest du gar keine Kinder, oder möchtest du nur keine Kinder mit Corinna?* Was ist das überhaupt für eine bescheuerte Frage? Aber es ist besorgniserregend, dass er auf diese Frage keine Antwort hat.

Sein Auto fährt in die Richtung, die er nicht nehmen will. Er hat heute nichts bei *der Mutter* verloren, sie ist wirklich die letzte Person, die etwas für ihn tun kann. Er kann diese Frau nicht länger belästigen, sie hat jede Menge zu verarbeiten. Es ist ihr Sohn, der verunglückt ist, ihr jüngstes Kind. Ihr Liebling. Und alle Reue der Welt kann ihren Verlust nicht ungeschehen machen. *„Begreif das endlich, du Arschloch!"*, meldet sich seine innere Stimme.

Corinnas Auto steht in der Auffahrt. Er steigt aus und klingelt. Nichts rührt sich. Er schaut durch das Fenster ins Wohnzimmer. Vielleicht ist sie mit dem Fahrrad zum Einkaufen gefahren? Vielleicht hält sie ein Nickerchen? Machen ältere Leute am Nachmittag. Aber sie ist doch noch nicht so alt? Egal, sie ist fort. Schläft oder fährt Fahrrad oder versteckt sich irgendwo, weil sie ihn hat kommen sehen. Sie sagt immer, dass sie es mag, wenn er tagsüber kurz vorbeischaut, aber meint sie das auch so?

Er steigt in sein Auto und startet den Motor. Schnell fort von hier! Plötzlich fühlen sich diese Straße, dieses Haus, diese Frau, die dort wohnt, nicht richtig an.

Was für ein merkwürdiger Nachmittag, denkt Hendrik. Zuerst beleidigt er seinen besten Freund, dann dirigiert etwas in seinem Kopf ihn zum Haus *der Mutter* und jetzt steht er am Grab des Mannes, der noch hätte leben sollen. Links und rechts vom Grabstein sind mit Blumen gefüllte Vasen. Frische Blumen!

Er hätte auch Blumen mitbringen sollen.

Müde, denkt er. Er ist so furchtbar müde. *Setz dich einen Moment ans Fußende des Grabsteins.* Hendrik schaut sich um. Niemand wird ihn dabei erwischen.

Er streicht über den Stein und blickt auf die Buchstaben und Ziffern im Marmor. „Vielleicht ist es Zeit, es zu beenden", sagt er. „Es tut mir sehr leid, Kumpel, mehr als ich in Worten ausdrücken kann. Aber es ist geschehen und ich muss irgendwie weitermachen. Mein Leben entwickelt sich zu einem Trümmerhaufen, das will ich nicht. Stört es dich, dass ich einfach weitermachen möchte und leben will?"

Das Grab schweigt. Es ist keine unangenehme Stille.

Er steht auf. „Hey ..."

Er schließt die Augen. „Hey ..."

Mit einem Mal erkennt er die Wahrheit. Wie ein Flüstern aus dem Grab. *Sex ist einfach, Liebe ist kompliziert.*

Er schluchzt, hat keine Worte mehr.

In seinem Wagen fasst Hendrik den Entschluss, ins Beerdigungsinstitut zu fahren und Corinna zu überraschen. Vermutlich ist sie dort und hat heute das Fahrrad genommen. Sie wollte sich heute um die Buchhaltung kümmern. Für heute Abend ist ein Kundenbesuch geplant. Er wird den Termin nicht einhalten. Sie haben vereinbart, dass er für sie beide kochen wird. Er fühlt sich plötzlich frischer. So, als hätte er geraume Zeit unter einer Dunstwolke verbracht, die die Frühlingssonne endlich vertrieben hat.

Er sieht alles viel klarer, denn er kennt jetzt den wahren Grund für seine Schuldgefühle, den er bis heute verdrängt hat. Und er wird mit Corinna darüber sprechen. Sie muss es erfahren! Er möchte sie sehen, sie kurz umarmen, ihr etwas Nettes sagen. Etwa *Ich liebe dich* und *Ich bin so froh, dass es dich gibt.*

Er fährt auf den Parkplatz und tritt erschrocken auf die Bremse. Überall blitzen blaue Lichter auf. Vor dem Eingang stehen zwei Krankenwagen und drei Polizeifahrzeuge. Ein Journalist taucht auf. Blitzlichtgewitter.

Hendrik steigt aus. Ihm wird schwindlig. Er hält sich an der Fahrertür fest, kann nicht sprechen, sich nicht bewegen. Jemand zeigt in seine Richtung. Jetzt löst sich seine Starre, seine Beine bringen ihn in Windeseile in die Nähe des Eingangs, der weiträumig mit einem Polizeiband abgesperrt ist.

Ein Polizist hält ihn zurück. „Sie können da nicht hineingehen!"

„Das ist meine Firma, meine Frau ist da drinnen. Ich muss da hinein!"

Ein zweiter Polizist kommt auf ihn zu.

„Lassen Sie sofort meinen Arm los!", schreit er.

Die Polizeibeamten sehen sich an. „Wer sind Sie?"

„Hendrik Fischer. Was ist passiert? Sagen Sie doch etwas!"

„Es gab einen Überfall", antwortet der Polizist, der ihn immer noch festhält. „Die Putzfrau hat eine Frau gefunden. Das Opfer ist schwer verletzt. Sie wird im Augenblick erstversorgt. Danach wird man sie ins Krankenhaus bringen."

„Sie? Das da drinnen ist meine Frau", ruft er entsetzt. „Das kann nicht wahr sein. Warum lassen Sie mich nicht zu ihr?"

Der andere Agent berührt seinen Arm. „Mein Kollege hat recht. Wir können sie nicht hineinlassen, Herr Fischer. Es tut mir leid. Die Spurensicherung hat ihre Arbeit noch nicht aufgenommen. Solange können Sie den Tatort nicht betreten. Ihre Frau wird gerade für den Transport vorbereitet."

Im nächsten Moment sieht Hendrik den Notarzt und zwei Sanitäter, die Corinna auf einer Trage in den Krankenwagen schieben. Jemand hält einen Infusionsbeutel hoch.

Er stürzt in die Richtung der Ambulanz, sieht, dass Corinna vollständig in ein weißes Laken gehüllt ist.

„Ist ... Ist meine Frau tot?", stammelt er. „O mein Gott ..."

Der Notarzt sieht ihn kurz an. „Nein. Ihre Frau lebt noch, aber sie wurde lebensgefährlich verletzt. Wir bringen sie jetzt ins Krankenhaus." Dann dreht er sich um. „Fahren Sie endlich los. Wir dürfen keine Zeit verlieren!"

Hendrik geht in die Knie.

Jemand kommt auf ihn zu, hilft ihm aufzustehen. „Wir werden den Krankenwagen begleiten. Wenn Sie wollen, können Sie mit uns fahren, Herr Fischer. Kommen Sie, steigen Sie bitte ein", hört er den Polizisten sagen.

Er weiß nicht, welcher Polizist das gesagt hat, es spielt keine Rolle. Das Einzige, was zählt, ist, dass Corinna lebt und dass sie nicht sterben darf.

Dass sie sich vollständig erholt.

Dass sie immer bei ihm bleibt.

Dass sie die Mutter seiner Kinder wird.

Lynn, 9. Juli 2017

Die Nachricht füllt die Titelseite. Mit einer riesigen Schlagzeile kündigt die Zeitung einen Überfall auf eine Frau an, die dem Tod knapp entkommen konnte, weil der Täter gestört wurde.

Mir fällt auf, dass in dem Artikel von einem männlichen Täter die Rede ist. Man hat Corinna ins Krankenhaus gebracht, steht da und, dass sie im Koma liege, aber ihr Zustand stabil sei.

Ich muss mit Tilda reden. Ich möchte wissen, was schiefgelaufen ist und was sie nun plant. Corinna Fischer schwebt nicht mehr in Lebensgefahr, deshalb besteht die Möglichkeit, dass sie aus dem Koma erwacht. Sie könnte nach dem Aufwachen der Polizei nützliche Hinweise geben.

Ich habe irgendwo gelesen, dass Menschen, die aufgrund schwerer Körperverletzungen ins Koma gefallen sind, sich später nicht an die Zeit vor der Verletzung erinnern. Im besten Fall könnte das bedeuten, dass Corinna ihren Angreifer nicht beschreiben kann. Aber wenn doch?

Ich bekomme Visionen von einer gründlichen Polizeiermittlung, von DNA-Profilen, von einem Fahndungsaufruf. Vielleicht erinnert sich Corinna nicht an Tildas Gesicht, aber es ist durchaus möglich, dass sie immer noch weiß, dass eine Frau sie aufgesucht hat, die mit ihr über die Beerdigung ihrer Tante gesprochen hat. Und dass danach eine Phantomzeichnung über die Bildschirme flackert – mit meinem Gesicht. Was, wenn meine Tarnung auffliegt und mich jemand trotz Perücke und Brille erkennt?

Ich sehe überall Benedikts Augen, die mich missbilligend ansehen. Ich hätte mich niemals darauf einlassen dürfen.

Merkwürdigerweise habe ich mich bis heute nicht gefragt, ob der Grund, warum Tilda den ausführenden Teil unseres Planes selbst in die Hand nehmen wollte, auch stimmt.

177

Während unseres ersten Gespräches hat sie immer wieder betont, dass sie diejenige sein wollte, die dem Leben dieser drei Personen ein Ende bereiten würde. Ich musste die Vorarbeiten erledigen, sie machte die Drecksarbeit. Das war ihre Bedingung, weil sie sich nur so von dem Hass, den sie gegen den Mörder ihrer Schwester hegte, befreien konnte.

Je mehr ich darüber nachdenke, desto mehr frage ich mich, warum sie dieses Risiko eingeht und Menschen tötet, die ihr im Grunde völlig fremd sind. Viele Menschen kommen durch einen Unfall mit Fahrerflucht ums Leben.

Warum hat sie also diese drei ausgewählt?

Warum hat sie mich gewählt?

Stimmt das überhaupt?

Und wenn nicht, was stimmt dann?

Das Offensichtliche unserer Vereinbarung ist derzeit schwer nachzuvollziehen. Wenn ich ehrlich bin, hatte ich bereits bei Laura Senger ein ungutes Gefühl.

Meldet sich jetzt mein Gewissen? Habe ich überhaupt ein Gewissen? Das würde bedeuten, dass ich Gefühle für das Opfer hege, das ich hassen sollte, weil es sein Leben weiterleben kann, während ich aufgehört habe, zu leben.

Ich laufe mit verkrampften, hochgezogenen Schultern und geballten Fäusten herum. Meine Nackenmuskulatur schmerzt. Mir ist den ganzen Tag über kalt.

Ich muss mit Tilda sprechen.

Lynn, 5. Juli 2017

Ich schließe schnell die Tür hinter Tilda.

„Es ist deine Schuld", beginnt sie ohne Umschweife. „Wenn du zu ihr gegangen wärst, wäre der Plan nicht gescheitert. Du wusstest, dass ich gestürzt bin. Und dennoch hast du mich im Stich gelassen!" Ich blicke auf ihre Beine. „Als du hereinkamst, hast du dich völlig normal bewegt. Du hast dich schnell erholt!"

„Mein Arzt hat mir eine Injektion gegeben. Sie hat geholfen. Ich habe die Zähne zusammengebissen und bin hingegangen. Und schau, was es uns eingebracht hat!"

Ich lade sie ein, mir ins Wohnzimmer zu folgen. Sie lässt sich in einen Sessel fallen, während ich auf der Couch Platz nehme. „Was hat es uns denn gebracht, Tilda?"

„Ein zusätzliches und unnötiges Risiko. Diese Frau kann aus dem Koma erwachen. Dann wird man ihr Fragen stellen. Sie hat sehr zurückhaltend reagiert, als ich mich vorgestellt habe. Ich hatte sofort den Eindruck, dass sie mir misstraut."

Ich berichte Tilda von dem Artikel über Komapatienten. „Es ist also durchaus möglich, dass sie sich an nichts erinnert, was dem Koma vorausging", sage ich abschließend.

In Tildas Handtasche klingelt ihr Handy. Sie holt es heraus. Über das Display ist ein breites, hellgelbes Tape geklebt.

Sie sieht, dass es mir auffällt. „Ich lasse das Handy überall herumliegen. Durch das gelbe Tape finde ich es besser", erklärt sie. Sie sieht auf das Display. „Ich muss es schmaler machen, jetzt sehe ich nicht, wer anruft. Egal. Sie werden zurückrufen." Sie steckt das Handy in ihre Tasche. „Wo waren wir stehen geblieben? Du erwähntest einen möglichen Gedächtnisverlust. Aber das ist mir zu riskant. Wir müssen handeln, und zwar sofort!"

Meine Hände werden kalt. „Warum?"

Tilda sieht mich verärgert an. „Du denkst wirklich nicht darüber

179

nach, oder? Vielleicht ist es dir egal, aber ich möchte nicht die letzten Monaten meines Lebens im Gefängnis verbringen."

Ich starre sie an. „Die letzten Monate deines Lebens?"

„Genau. Die letzten Monate meines Lebens", wiederholt sie. „Die Zeit drängt, Lynn. Ich möchte den Job erledigen und danach friedlich einschlafen."

Ich muss ein paar Mal schlucken. „Das tut mir leid für dich. Ich habe nicht bemerkt, dass ..."

„Mach dir keine Sorgen, ich habe mein Schicksal akzeptiert. Noch mal: Ich möchte das beenden. Bist du noch dabei?"

Ich nicke „Was soll ich tun?"

„Sieh zu, dass du ins Krankenhaus fährst. Wenn du in einem unbewachten Moment in ihr Zimmer schlüpfst, besteht die Möglichkeit, sie immer noch auszuschalten."

Meine Kehle ist trocken. Ich muss etwas trinken. Ich möchte, dass sie geht. „Wie bitte?"

„Möglichst sauber. Injiziere Luft in den Infusionsschlauch. Ich gebe dir eine leere Spritze. Das ist sicherer, als sie mit einem Kissen zu ersticken. Was meinst du?"

Mir wird übel. „Ich kann das nicht!".

Tilda sieht mich mit ihren kalten Augen an. „Vergiss nicht, dass dein Hochzeitstag wegen dreier Trunkenbolde ins Wasser gefallen ist, dass du die Liebe deines Lebens verloren hast. Das ist unentschuldbar, oder?"

Ich setze mich aufrecht hin. „Das ist unverzeihlich."

„Richtig. Und es ist genauso unverzeihlich, dass ich wegen deines Widerstandes in Schwierigkeiten gerate. Das wird passieren, wenn du nicht machst, was ich dir jetzt sage. Du gehst so schnell wie möglich in dieses Krankenhaus, bevor die Hündin ihre Augen wieder öffnet. Packen wir das nun an?"

Ich atme tief ein und aus. „Du hast recht. Wir packen es an und bringen es zu Ende!"

In meinem Kopf tobt Benedikt.

180

Kapitel 15

Hendrik

Annabelle hat einen großen Blumenstrauß mitgebracht. „Schöne Blumen sind ein wunderbares Trostpflaster", behauptet sie. *Typisch Annabelle, so etwas zu sagen.* Sie küsst ihn auf den Mund. Er versteht, dass er nicht in der Lage ist, wütend zu werden, weil er sie nicht mehr liebt, wie er es früher mal getan hatte. Maarten stößt etwas später dazu. Er hat eine große Tasche voller Lebensmittel dabei. „Ich werde heute das Kochen übernehmen", kündigt er an. Er hätte Maarten nicht so unfair behandeln dürfen und nimmt ihn kurz zur Seite. „Es tut mir leid, Maarten. Ich hab's nicht so gemeint." Maarten klopft ihm auf die Schulter. „Kein Thema, Kumpel. Wie geht es Corinna?"

„Ich möchte am liebsten Tag und Nacht im Krankenhaus verbringen, aber jeder sagt, dass das nutzlos sei."

Annabelle sucht die richtigen Worte. „Corinna wird nicht wissen, ob sich jemand im Zimmer aufhält, was gesagt wird, Hendrik. Sie wird nicht spüren, dass du ihre Hand hältst."

Er nickt. *Und sie wird nicht hören, dass ich ihr sage, wie sehr ich sie liebe und dass ich sie brauche, dass ich weine und mir Vorwürfe mache*, denkt er. Sie ist weit weg von ihm – in ihrem tiefen Koma.

Wenn er nicht bei ihr ist, nervt er das Pflegepersonal mit Anrufen und überflüssigen Fragen. Er hätte nicht zu der Mutter fahren sollen.

„Wäre ich früher in der Firma gewesen, wäre es nicht zu diesem Übergriff gekommen."

„Das kannst du nicht wissen", sagt Annabelle. „Für das gleiche Geld hättet ihr beide auf der Intensivstation liegen können."

Typisch Annabelle, die öfter Schwachsinn redet.

Er isst kaum noch was. Manchmal ein Sandwich, manchmal ein paar Cracker. Das Essen schmeckt ihm nicht, er hat ständig einen Kloß in seinem Hals. Wenn er trinkt, fühlt er sich besser. Trinken entspannt. Er wird nicht betrunken, auch das kommt ihm komisch vor.

„Hättest du lieber ein Fleisch- oder ein Fischgericht?", fragt Maarten.

Kann ihm jemand sagen, was er will?

„Ist dir in letzter Zeit etwas seltsam vorgekommen, Hendrik?", fragt Annabelle.

Hendrik schließt die Augen. „Corinna glaubte, beobachtet zu werden." Er seufzt. „Und da gibt es noch etwas. Jesses, mein Gedächtnis ist ein großes Sieb."

„Das ist der Stress", sagt Annabelle. „Hat die Polizei dich schon vernommen?"

Hendrik zuckt plötzlich zusammen. „Ich hab's. In der Nacht, in der Corinna eingeliefert wurde, hat jemand im Krankenhaus Fragen gestellt. Ich kann mich nicht einmal erinnern, ob es ein Mann oder eine Frau war."

Maarten gibt ihm ein Glas Wein. „Dieser Wein ist köstlich, nimm einen Schluck. Das war gewiss dieser Lukas Belling von der Kripo. Sie werden dich übrigens mit Fragen löchern. Kannst du damit umgehen? Schläfst du überhaupt? Du siehst nämlich echt scheiße aus."

Hendrik zuckt mit den Schultern.

„Du arbeitest momentan doch nicht, oder?" Annabelle sieht ihn mit ihren Rehaugen an.

Er schüttelt den Kopf. „Die Polizei hat das Büro noch nicht freigegeben. Ich habe für die Kunden eine Nachricht auf den Anrufbeantworter gesprochen. Vielleicht wird Corinna nie ..." Er stockt und sieht Maarten an. Dann bricht er zusammen und schluchzt heftig.

Annabelle schaukelt ihn schweigend in ihren Armen. Sie riecht gut und fühlt sich weich an. Aber er will sie nicht, er will seine Frau. Ob sie sich jemals wieder an ihn schmiegen wird?

Er will Corinna in dem kalten Zimmer mit den weißen Wänden nicht allein lassen. Sie in Gedanken vor sich zu sehen, angeschlossen an eine erschreckende Anzahl von Schläuchen, Infusionen und Apparaturen, erschüttert ihn zutiefst. Auch erschreckt ihn die Tatsache, dass ein Beatmungsgerät ihre Atmung übernommen hat, dass Ärzte und Krankenschwestern ruhig und effektiv ihre Arbeit tun; fremde Menschen, die Corinna ängstigen werden, sobald sie das Bewusstsein erlangt.

Maarten und Annabelle sprechen leise miteinander. Er möchte wissen, worüber sie sprechen.

„Annabelle grübelt zu viel", erklärt Maarten. „Sie glaubt, dass die Morde miteinander in Verbindung stehen."

Hendrik bemerkt, dass seine Hände zittern. Er ballt sie zu Fäusten, kann sie aber trotzdem nicht still halten. „Das ist mir auch schon in den Sinn gekommen", sagt er leise und schaut aus dem Fenster, versucht, den Angstschauer im Nacken zu ignorieren.

Vor dem Fenster, draußen in der Schwärze, hört er den Regen auf die Scheiben prasseln. Wie Finger, die nervös auf einer Tischplatte trommeln. Tausende Ängste um das Leben von Corinna treiben ihn um. Er hat so viele Fragen in seinem Kopf, zu viele, als dass er eine einzelne zu fassen bekäme.

Maarten erträgt die Stille nicht mehr. „Du musst etwas essen", sagt er. „Ich mache dir ein Steak."

Kapitel 16

Hendrik

Auf der Intensivstation herrscht eine beklemmende Stille. Nur das leise Piepsen der Monitore ist zu hören. Benommen blickt er auf Corinnas reglose Gestalt. Sie schläft nicht. Ihre Augen sind offen, doch sie bewegen sich nicht. Es schneidet ihm die Kehle zu. Maarten sitzt neben ihm. Sie versuchen zu verstehen, was der Arzt ihnen da gerade erklärt. Er hat bereits *Koma* gegoogelt und weiß daher, dass dies ein Zustand tiefer Bewusstlosigkeit ist, dass ein Komapatient Infusionen bekommt, um den Druck des Gehirns zu senken und die Schwellung des Gehirns zu begrenzen. Dieser Arzt betont mehrmals, dass die Situation sehr ernst und besorgniserregend sei.

Besorgniserregend? Wovon spricht der Typ?

Er sieht Maarten fassungslos an.

„Verstehst du, Hendrik?", hakt Maarten nach.

„Was muss ich verstehen?" Er atmet tief durch. „Wird sie sterben? Wird sie behindert sein, wenn sie aufwacht?" Er fährt sich durchs Haar. „Also WAS muss ich verstehen?"

Der Arzt hüstelt einige Male. „Die Folgen sind schwer vorherzusagen, sie unterscheiden sich von Person zu Person. Wacht ein Patient innerhalb weniger Stunden oder Tage auf, hat das meist kaum Konsequenzen. Das verhält sich anders, wenn der komatöse Zustand länger anhält."

„Sie ist jetzt seit mehr als einer Woche in diesem Zustand. Verstehen Sie das unter *länger*?"

„Ich habe Ihnen bereits erklärt, Herr Fischer, dass Ihre Frau sich in einem besorgniserregenden Zustand befindet", antwortet der Arzt, „und je früher sie aufwacht, desto größer ist die Chance auf einen begrenzten Schaden."

„Schaden?", wiederholt Hendrik wütend. „Schaden? Verdammt! Sie muss sich vollständig erholen, damit wir unser Leben fortsetzen können. Sie möchte Mutter werden. Sie muss aufwachen!"

Maarten greift betroffen nach seiner Hand.

Der Arzt nickt kurz und verlässt das Krankenzimmer.

184

Sie stehen eine Weile neben dem Bett, in dem Corinna mit offenen Augen auf dem Rücken liegt, ihre Arme liegen flach auf der Bettdecke. Ihr Kopf ist vollständig bandagiert und sie ist von Überwachungsapparaturen umgeben. Hendrik blickt verwirrt auf die Schläuche, die an ihren Armen befestigt und mit diversen Flaschen oberhalb des Betts verbunden sind. Ein schwarzes Rechteck starrt ihn aus dem Monitor an. Kein Lämpchen leuchtet in dem Kästchen auf. *Ein Loch, das mich schlucken will.*

„Sie sieht überhaupt nicht mehr aus wie mein Mädchen", sagt Hendrik und weint.

„Lukas Belling, Kripo Maastricht." Der Polizist zeigt ihm seine Dienstmarke. „Ich leite die Ermittlungen und hätte da ein paar Fragen an Sie, Herr Fischer." Er nimmt einen Notizblock aus seiner Jackentasche. „Gab es irgendwelche seltsamen Vorkommnisse in den vergangenen Tagen, Herr Fischer? Ist Ihnen oder Ihrer Frau etwas aufgefallen? Jede Kleinigkeit kann da wichtig sein."

Hendrik erzählt Belling, woran er sich erinnert. Der Name der Frau, die Corinna aufgesucht hat, ist ihm allerdings entfallen. Der Name des Kommissars ebenfalls. Er muss mit dem Trinken aufhören, denkt er. Sein Hirn ist völlig umnebelt, selbst dann, wenn er nüchtern ist. Aber was macht es schon aus, wie dieser Typ heißt? Warum ist er hier? Warum begibt er sich nicht auf die Suche nach dem Täter, dann macht er wenigstens etwas Sinnvolles. Er ist froh, dass Maarten bei ihm ist, sein Freund wird sich jedes Wort, das gesprochen wird, merken. Etwas hat in ihm dichtgemacht.

Sein Magen rebelliert plötzlich. Ein unangenehmes Gefühl nistet sich ein. Er sucht Blickkontakt mit Maarten, aber sein Freund weicht ihm aus. *Was ist nur los?*

„Glauben Sie beide, dass es da eine Verbindung zwischen dem Mord und dem Übergriff auf Ihre Frau gibt, Herr Senger?", fragt Belling plötzlich und sieht Maarten dabei direkt in die Augen.

„Ich glaube, das ist purer Zufall, Herr Belling", antwortet sein Freund. Er wirkt verärgert, über den Unterton in der Stimme des Kommissars.

„Wie lange kennen Sie sich, Herr Fischer? Ich würde gerne wissen, ob jemals etwas vorgefallen ist, das diese Folgen womöglich rechtfertigen könnte, wenn ich das mal so ausdrücken darf."

Hendrik starrt auf den Boden. Die Wut explodiert in seinem Kopf. Er krallt seine Nägel gegen seine Handflächen. „Wir kennen uns seit der Oberschule. Natürlich haben wir schon einiges gemeinsam erlebt, aber es gibt nichts, was das hier oder Lauras Ermordung erklären könnte. Wir haben keine Ahnung, wer es auf das Leben unserer Ehefrauen abgesehen hat!"

Maarten springt von seinem Stuhl. „Da kommt Annabelle! Ich werde sie hereinlassen."

Hendrik schließt einen Moment die Augen, sieht in Corinnas Gesicht und wieder ist er durchtränkt von Wärme und Trauer, aber auch von Wut.

Er hofft, dass Annabelle ihn gleich nicht wieder auf den Mund küssen wird, er könnte es nicht ertragen.

Sie küsst ihn auf seine Wange. „Alles wird gut", flüstert sie.

„Sie"

Juli 1992

Singularfauxpas

Sie sitzt im Schneidersitz auf dem Sofa und sieht den Jungen an. „Du musst was essen", sagt sie, aber er weigert sich. Sie weiß, der Junge ist eine Dummheit. Aber sie kann nicht anders. Er ist zu wichtig für sie, die Versuchung zu groß, als dass sie den Jungen nur in ihren Gedanken bewegen kann. Es drängt sie nach dem Kind, aber sie darf nie darüber reden. Also schreibt sie es auf. Begründet ihre Entscheidung. Wieder und wieder.

Sie macht sich Notizen. Stellt Zitate zusammen. Fertigt Protokolle und Zeichnungen an. Sammelt Zeitungsartikel. Sie liest sie gern. Wann immer sie in ihrem Büchlein blättert, fühlt sie sich bedeutsam. Der Junge wird bald eine weitere Seite füllen.

Es ist sehr problematisch mit ihm geworden, sagt sie sich. Nichtsdestotrotz hat er seine Aufgabe erfüllt. Sie hat von ihm Polaroid Fotos gemacht und betrachtet sie nun mit tiefer Zufriedenheit.

Er sieht darauf nicht besonders glücklich aus, aber das wird sich mit der Zeit geben. Entzücken kommt nie mit großen Schritten, die Beglückung trippelt stets mit kleinen Füßen um sie herum.

Lynn, 13. Juli 2017

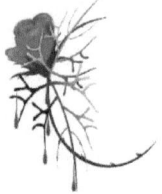

Die Intensivstation liegt im ersten Stock. Niemand hält mich auf. Unvorstellbar, dass man trotz aller Bedrohung durch Terror und Extremismus in der Welt, einfach in ein Krankenhaus spazieren kann. Nichts ist mit einem so leichten Ziel wie ein solches Gebäude zu vergleichen. Ich könnte jetzt problemlos um mich schießen und eine ganze Abteilung eliminieren. Es wird demzufolge ein Kinderspiel sein, eine gewisse Patientin ins Jenseits zu befördern. Tilda hat mir gesagt, wo sie liegt. War auch ein Kinderspiel.

Eine Karte für Corinna Fischer!

Blumen sind auf der Intensivstation nicht erlaubt.

Wo liegt sie?

Wirklich unglaublich.

In meiner Tasche ist ein leerer Injektor der Marke Braun. Was würde die Firma sagen, wenn sie wüsste, dass ich ihre Spritze missbrauche? Egal.

Ich frage mich, ob sie mich hineinlassen werden, wenn ich kein Familienmitglied bin.

Kein Problem. Klingeln, und schon öffnet sich die Automatiktür.

Unfassbar!

Meine Perücke kitzelt. Die Brille fällt mir immer wieder von der Nase. Die Polsterung meines BHs, die meine Brüste um drei Nummern vergrößert, stört mich kolossal.

Was mache ich hier?

Warum habe ich mich nur dazu überreden lassen? Ich möchte nicht hier sein. Aber der Gedanke, dass Corinna Fischer aufwachen könnte, raubt mir den Atem.

Ich hätte Tilda niemals in mein Haus und schon gar nicht in mein Leben lassen dürfen. Mein Leben wäre viel übersichtlicher geblieben, wenn ich nicht gewusst hätte, dass Benedikts Tod kein Unfall war. Seit ich das weiß, wird mein Verlust weniger beherrschbar. Es

188

gibt keinen Frieden mehr, stattdessen verliere ich mehr und mehr den Boden unter meinen Füßen.

Ich kann immer noch umkehren.

Auf halbem Weg komme ich an einer Frau vorbei. Ein Mädchen sitzt auf ihrem Schoß. Das Kind lehnt sich an sie und weint. Die Frau küsst sie zärtlich. „Alles ist gut.", sagt sie. „Du bist Mamis Liebling." Meine Beine verweigern den Dienst.

Mama hat wieder starke Rückenschmerzen, waren die Worte, die ich stets fürchtete. Meine Mutter machte mir jedes Mal mit einer Geste klar, dass ich nach oben gehen musste, um das Badewannenwasser einlaufen zu lassen. Nicht zu heiß, stets schön warm. Drei Kappen duftender Badeschaum und das Wasser kräftig mit den Händen aufpeitschen, bis die Oberfläche aus Schaum bestand. Erst dann kam sie ins Badezimmer.

Sie verlangte, dass ich sie auszog und ihre Kleider ordentlich zusammenfaltete.

„Ich kann das nicht. Mein Rücken schmerzt, verstehst du?"

Es überraschte mich, dass ihr Schmerz wie eine kleine Sprungfeder aus einer Schachtel kommen konnte. Meine Mutter war fast jeden Tag auf dem Tennisplatz und ich sah sie oft in Tenniskleidung aus dem Wagen steigen. Dann schwang sie ihre Beine neben den Fahrersitz, griff auf der Rückseite nach Sporttasche und Tennisschläger und lief dann kerzengerade mit geschmeidigen Bewegungen zur Haustür. Fünfzehn Minuten später rief sie mich zu sich.

Im Badezimmer konnte ich stets die dunklen Ränder unter meinen Augen sehen. *Deine Augen sind schön,* hat Benedikt einmal gesagt, *schön, groß und rund in deinem schmalen Gesicht.* Dank meiner Mutter verloren sie ihren Glanz und ich kniff sie ab dem ersten Badetag zusammen, wie die Augen eines Fuchses, was meinem Gesicht einen unangenehmen Ausdruck verlieh. Ich sah Mutter immer mit einer Mischung aus Hoffnung und Angst an, weil ich plötzlich wusste, dass sie zum Äußersten gehen würde.

Als meine Mutter mich im Badezimmer das erste Mal auszog, ließ ich mich schlaff hängen, wie eine Puppe.

Ich kann dich nicht retten, sagte eine Stimme in meinem Kopf, *aber ich gebe mein Bestes, Schätzchen.*

Etwas in mir sagte, es sei nicht richtig, was ich da tat. Als ich ihre

189

Brüste mit ihrem Waschlappen streichelte und sah, dass ihre Brustwarzen zu monströsen braunen Kreisen anschwollen wie gebratene Eier, kniff ich in meine Augen zu.

Ich stellte sicher, dass der Schaum besonders den schwarzen Wald, das borstige Gestrüpp zwischen ihren Beinen, stets bedeckte. Ich fand es abstoßend, sie so zu sehen, und fragte mich, ob ich den schwarzen Wald auch bekommen würde, wenn ich erwachsen wäre.

Ich schaute in die andere Richtung, als die Hände meiner Mutter unter Wasser verschwanden und ich versuchte, nicht zuzuhören, als sich ihr Atem beschleunigte und sie seltsame Geräusche machte. Und jedes Mal musste ich versprechen, dass ich Papa nichts erzählen würde, dass Mami so oft baden würde. „Er hält das für eine Verschwendung von Wasser", sagte sie. „Es ist unser Geheimnis."

Eines Nachts wachte ich auf und stellte fest, dass ich ins Bett genässt hatte. Ich schlich mit der feuchten Bettwäsche die Kellertreppe hinunter und ging zur Waschmaschine. Ich fühlte mich unendlich einsam, sehnte mich nach Yuri und weinte still.

Plötzlich spürte ich eine Hand auf meiner Schulter und ich schrie erschrocken auf. Meine Mutter zog mich an sich. „Hör zu, Mädchen, hör gut zu", flüsterte sie. „Wenn du tust, was Mami möchte, wirst du Mamis Liebling sein."

Ich riss mich von ihr los.

Mamis Liebling ... Ich laufe ziellos durch die Gänge der Klinik, nehme nichts mehr wahr, sehe keine Korridore, keine Ausgänge. Ich weiß nicht, wem ich begegnet bin. Ich bin plötzlich draußen.

Finde jemand anderen, Tilda!

Was immer du aus mir machst, sicher keine Mörderin.

190

Lynn, 14. Juli 2017

Das Pflegeheim taucht vor mir auf. Ich bin auf dem Weg zur Wärme oder zur Geborgenheit. Oder beides. Mit ihnen fahre ich der Sonne entgegen. Schwester Martha hat meinen Vater in den Aufenthaltsraum gebracht. Er sitzt in seinem Rollstuhl, hält die Augen geschlossen und atmet leise.

„Hallo Papa. Ich war schon zu lange nicht mehr bei dir", sage ich zärtlich und hauche einen Kuss auf seine Stirn.

„Ihr Vater hat letzte Nacht für Wirbel gesorgt und ist ständig umhergeirrt", berichtet Martha und zeigt ihm ihren mahnenden Finger. „Deshalb ist er heute ein wenig dösig. Gut, dass Sie da sind. Ihr Vater braucht auch neue Shirts. Sie verschleißen schnell. Wir müssen so oft waschen."

Geh weg! Ich möchte mit ihm allein sein. „Ich schau mal kurz in seinem Zimmer nach, was er alles braucht. Können Sie noch einen Moment bei meinem Vater bleiben, Martha?"

An der Pinnwand über Papas Bett sind neue Fotos: zwei von Bernadette auf dem Tennisplatz. Der Anblick und die Stille in diesem Raum erdrücken mich. Ich schlucke ein paar Mal. Dann entdecke ich ein Foto von meinem Neffen. Aus Bernadettes ältestem Kind ist ein gut aussehender Mann geworden. Vierundzwanzig müsste er jetzt sein. Er sieht Yuri sehr ähnlich. Es gibt auch ein Foto von meinen Nichten. Sie sind mittlerweile achtzehn und zwanzig. Die Kamera hat den emotionslosen Ausdruck ihrer Augen festgehalten, einen Blick, den ich nur zu gut von Bernadette und meiner Mutter kenne. Ich fröstle, aber dieses Mal klinke ich mich nicht aus.

Ich nehme nur Bernadettes Fotos von der Pinnwand und lasse die Aufnahmen ihrer Kinder, wo sie sind. Sie haben mit dem Schmutz in dieser Familie nichts zu tun. Meinem Vater wird nicht auffallen, dass etwas fehlt. Er weiß nicht mehr, wer sie sind, ich vermute, er weiß

191

auch nicht mehr, wer er selbst ist. Was für ein trauriges Ende für ein wertvolles und intellektuell überlegenes Leben. Vor sieben Jahren war er ein brillanter Chirurg und Privatdozent, heute schlabbert er beim Essen wie ein einjähriges Kind.

Ich sehe mir wieder Bernadettes Fotos an. Sie ist die voluminösere Ausgabe unserer Mutter. Ob sie auch eine Stammkundin irgendeines plastischen Chirurgen ist? Ich zerreiße die Fotos und öffne den Kleiderschrank. Sechs neue Shirts, zwei Schlafanzüge und Unterwäsche stehen wenig später auf meiner Einkaufsliste.

Mein Vater ist wach. Seine Augen leuchten für einen Moment auf, als er mich sieht. Erkennt er mich oder bilde ich mir das nur ein? Ich wünsche es mir, obwohl ich es besser wissen sollte.

„Wir sind der Meinung, dass es Ihrem Vater besser geht", sagt Martha. „Das Hirn ist ein seltsamer Vogel."

Ich weiß nicht, was ich davon halten soll. Gibt es plötzlich Fortschritte in seinem dementen Gehirn? Ist Fortschritt da überhaupt möglich?

Martha deutet auf die Terrasse. „Schauen Sie mal, Herr von Raaben, eine Katze. Sie mögen Katzen doch so sehr?"

Mein Vater zeigt jetzt auch auf das Tier und strahlt.

Seit wann mag er Katzen? Was habe ich sonst noch versäumt?

„Die Katze stammt aus einem der Nachbarhäuser, schaut aber regelmäßig bei uns vorbei und weicht dann nicht vom Schoß Ihres Vaters", sagt Martha und verabschiedet sich.

Mein Vater schaukelt sanft seinen Kopf hin und her. Er hat seine Augen wieder geschlossen. Ich gebe ihm einen Kuss auf die Stirn und fühle plötzlich zwei Hände, die meinen Kopf vorsichtig nach unten ziehen.

Er küsst mich sanft auf meine Wange.

Als Kind bin ich oft auf seinen Schoß geklettert, wenn mein Vater zu Hause war. Es gab kein schöneres Gefühl, als seine Arme um mich herum und meine Wange an seiner zu spüren, und es waren die seltenen Momente von Geborgenheit und Wärme in meiner Kindheit. „Hört damit auf, das ist peinlich", sagte meine Mutter dann.

Schwester Martha kommt wieder auf uns zu. „Ich glaube, Ihr Vater liebt Sie sehr", sagt sie und lächelt.

Kapitel 17

Hendrik

Er recherchiert auf allen Plattformen über Koma, klickt unzählige Links an, um festzustellen, dass seine Zuversicht in zunehmende Verunsicherung umschlägt, je mehr er darüber liest. Es wird ihm immer deutlicher, dass Corinna aufwachen muss, weil das Risiko einer geistigen und körperlichen Behinderung zunimmt, je länger ihr Zustand anhält.

Corinna ist seit zwei Wochen nicht aufgewacht, wird intravenös ernährt, aber immerhin atmet sie seit zwei Tagen selbstständig. Ein großer Fortschritt in der brodelnden Dunkelheit. So fühlt es sich an. *Jetzt bitte nur noch aufwachen, Liebling. Bitte, kein alles umflutender Bewusstseinsnebel.*

Er sitzt seit drei Stunden neben dem Bett, blickt stets auf ihr Gesicht. Es gelingt ihm nicht, Corinna in dieser Frau wiederzufinden, die in dem Bett liegt. Sie ähnelt ihr nur ein bisschen, aber sie ist nicht mehr die Frau, die sie einmal war. Ein Teil von ihr ist abhandengekommen. Der Gedanke ist schrecklich. Er will das nicht glauben. Hat er sie verloren? Er wehrt sich gegen seine Gedanken, macht sich Vorwürfe, wird wütend. Ist es nicht besser, auf ein Wunder zu hoffen? Kann das Abhandengekommene nicht wiederkehren? Noch sind keine fünf Wochen vergangen, es kann immer noch gut gehen. *Es muss, es muss, es muss! Verdammt!*

In der Eingangshalle des Krankenhauses begegnet er einer Frau mit einem Kind. Das Kind winkt ihm zu. Er hebt zögerlich die Hand und grüßt zurück. Am Ausgang dreht er sich noch einmal nach dem Kind um. Nichts. Da ist niemand. Es hat *ihm* doch gerade zugewunken? Er beginnt, sich in der Weite seiner Dunkelheit immer unsicherer zu fühlen.

Die Mutter scheint das zu spüren, denn sie kommt auf ihn zu. „Meine Tochter mag es, Leuten zuzuwinken und gleichzeitig zu verschwinden. Leonie erfindet jede Woche ein neues Spiel", erklärt sie.

Er nickt irritiert, geht weiter. Hat nur das ausdruckslose Gesicht von Corinna vor seinem inneren Auge.

193

Denk nicht darüber nach!
Jemand ruft seinen Namen. Er dreht sich um. Es ist Maarten. „Ich wollte mal nach Corinna sehen - und nach dir. Komm, Kumpel, lass uns irgendwo etwas trinken gehen!"

Er will ablehnen. Keine Chance. Maarten hat bereits entschieden, wohin es gehen soll: in die Kneipe schräg gegenüber des Krankenhauses.

Die Kneipe ist ein großer, sanft erhellter Raum voll schwatzender Menschen, gedämpftes Licht, heiß und stickig. Maarten holt zwei Gläser Bier an der Bar und setzt sich ihm gegenüber. „Lukas Belling war wieder bei mir", sagt er.

„Wer ist das?"

„Der Hauptkommissar von der Kripo Maastricht, der uns neulich befragt hat."

„Ich habe mir seinen Namen nicht gemerkt. Was wollte er denn?"

„Anfangs war Belling freundlich, aber im Verlauf des Gesprächs wurde er ziemlich ungeduldig."

Hendrik hört nur mit halbem Ohr zu. Seine Blicke irren durch die Kneipe, er sieht die Partymasken und das bedeutungslose Lächeln.

Maarten schnippt mit den Fingern. „Hey, ich bin hier!"

Hendrik reißt die Augen auf, lächelt. „Nicht dein Ernst."

Ein Grinsen macht sich auf Maartens Gesicht breit. „Doch."

„Okay, hast du etwas gesagt, was diesen Belling verärgert hat?"

„Ich denke, es war wohl wegen dem, was ich nicht gesagt habe. Ich hatte stark den Eindruck, dass Belling mir *seine* Meinung aufdrängen wollte."

„Was meinst du damit?"

„Wie ich es gesagt habe. Belling ist davon überzeugt, dass das, was unseren Frauen zugestoßen ist, kein Zufall ist. Außerdem hat er den Eindruck, dass wir etwas verschweigen."

„Wir könnten dem Kommissar auch einfach sagen, was damals geschehen ist", antwortet Hendrik. Das Dunkel in ihm lichtet sich.

Lynn, 20. Juli 2017

„Du hattest recht", sagt Tilda. „Solange Corinna im Koma liegt, haben wir nichts zu befürchten. Aber es ist in der Tat zu gefährlich, sie im Krankenhaus zu beseitigen. Wir warten ab, wie die Situation sich entwickelt. Es ist durchaus möglich, dass sie überhaupt nicht mehr oder erst in einigen Monaten oder Jahren aufwacht. Dann ist ihr Gehirn nicht mehr als ein von Unkraut überwucherter Gemüsegarten. Wir machen weiter."

Tilda macht einen nervösen Eindruck und ich zögere, nach dem Grund zu fragen. Vielleicht später. Im Moment beschäftigt mich vor allem eine andere Frage.

„Wen meinst du mit *wir*?"

„Na, du und ich natürlich. Wer sonst?"

„Als ich das letzte Mal mit dir gesprochen habe, hast du gesagt, dass es unverzeihlich wäre, wenn du wegen meiner Weigerung in Schwierigkeiten geraten könntest. Du warst felsenfest davon überzeugt, dass dies geschehen würde, wenn ich deiner Aufforderung nicht nachkäme. Hier ist doch etwas oberfaul!"

„Wie kommst du denn darauf?"

In meinem Kopf wummert es dumpf. „Da ist aber ein nervöses Zucken um deine Mundwinkel."

Sie wird wütend. „Hör auf! Benimm dich normal! Ich mache das alles nur für dich!"

„Ich bin davon ausgegangen, dass du in erster Linie den Tod deiner Schwester rächen wolltest."

Tildas Augen blicken mich finster an.

Ich mustere sie ausgiebig, sachlich und es gefällt mir nicht, was ich plötzlich sehe. Was ich fühle. „Du kennst mich kaum, Tilda. Du behauptest, du hättest von jemandem gehört, dass ich traurig war, und hast es daraufhin für notwendig gehalten, mir mitzuteilen, dass mein Verlobter nicht an den Folgen eines Unfalls gestorben wäre.

195

Dann hast du mir angeboten, die Partner der Täter, die Benedikt auf dem Gewissen haben, zu töten."

„Du hast nicht dagegen protestiert", sagt Tilda. „Du hast dich sogar bereit erklärt, die notwendige Vorarbeit zu leisten. Hast du plötzlich Gewissensbisse?"

Kein Wort kommt über meine Lippen, ich höre ihr zu, schweige.

„Wir werden unseren Plan ändern", fährt Tilda fort. „Die Polizei ist nicht von gestern. Dieses Mal werden wir keinen Partner nehmen, sondern uns direkt dem Täter widmen: die Dritte im Bunde, Annabelle Brunner. Sie arbeitet als Halbtagskraft in einem Schuhgeschäft. Es ist ein Kinderspiel herauszufinden, an welchen Tagen und zu welchen Zeiten sie arbeitet. Kauf ein paar neue Schuhe! Du könntest in Begleitung hingehen, vielleicht mit einer Freundin?"

„Ich habe keine Freundin."

„Sei nicht komisch, jeder hat eine Freundin. Oder einen Freund."

„Ich könnte mit meinem Vater hingehen. Er lebt in einem Heim und ich bin sein Vormund."

„Gute Idee. Schuhe kaufen mit einem dementen Vater!"

„Ich habe nicht gesagt, dass er dement ist."

Tilda blinzelt. „Nicht? Nun, ich habe angenommen, dass er das ist. Warum sollte er sonst in einem Heim leben, außer er ist gaga?"

„Zum Beispiel könnte er auch behindert sein oder etwas Ähnliches."

Tilda ist sichtlich irritiert. „Sag mal, worauf läuft das hier hinaus? Hältst du dich jetzt dran? Ist er nun dement oder gelähmt? Oder einfach nur irre?!"

„Er ist dement. Es tut mir leid, dass ich mich so bescheuert benehme." Es scheint mir in diesem Moment die richtige Antwort zu sein. Ich muss genau überlegen, was ich tue, das ist mir jetzt klar. Ich kann nicht sagen, warum das so ist, aber ich habe das Gefühl, dass Tildas Erklärung zum *wir* nicht korrekt ist. Dass etwas oberfaul ist.

„Woran erkenne ich diese Annabelle Brunner?", frage ich.

„Sie ist klein und zierlich, sehr hübsch, und trägt vermutlich ein Namensschild. Du wirst doch wohl selber imstande sein herauszufinden, wer Annabelle ist? Wenn du ein Buch schreibst, recherchierst du doch auch im Vorfeld."

Tilda steht auf. „Ich muss zur Untersuchung ins Krankenhaus und meine Tochter wird mich gleich abholen. Es ist also besser, wenn du jetzt gehst. Geh am Samstag in den Schuhladen! Die meisten Verkäuferinnen arbeiten an diesem Tag." Sie begleitet mich zur Haustür.

196

„Mach dir keine Sorgen um Corinna Fischer. Noch ist sie kein Risiko-faktor. Ich höre dann von dir!"

Draußen denke ich an Dinge, an die ich nicht denken sollte, und erinnere mich an Sachen, die ich verdrängen will. Tildas Verhalten hemmt und bedroht mich gleichzeitig. Ich steige langsam die lange Treppe in die Dunkelheit hinunter.

Woher weiß Tilda, dass ich Bücher schreibe?

Lynn, 22. Juli 2017

Ich habe den ganzen Tag geschrieben. Worte und Buchstaben, die vor lauter Liebe durch die Lüfte tanzen.

Mein Magen knurrt und ich bin durstig.

Nicht klug von dir, Lynn, dich zu vernachlässigen.

Ich öffne den Kühlschrank und greife nach dem gefüllten Baguette. Das Verfallsdatum ist zwar zwei Tage überschritten, aber ich glaube nicht, dass ich daran sterben werde, wenn ich es heute esse. Ein kalter Rosé scheint mir auf nüchternen Magen nicht sinnvoll. Den kann ich mir immer noch später genehmigen.

Heute Nachmittag hat mein Handy mehrere Male geklingelt, aber ich habe nicht abgenommen. Ich schaue auf das Display: zwei verpasste Anrufe und eine neue Nachricht.

Ihre Stimme klingt gehetzt, und sie lächelt ein bisschen. Sie nennt mir nicht ihren Namen, aber ich höre sofort, dass es Tilda ist. „Ich werde verreisen, untertauchen ist wohl das bessere Wort, ich muss von der Bildfläche verschwinden. Beamte der Kriminalpolizei haben mich aufgesucht. Das fühlt sich nicht gut an. Ich melde mich, sobald ich wieder da bin. Reagier nicht auf anonyme Nachrichten! Sei vorsichtig!"

Klick.

Ich höre die Nachricht noch einmal ab. Die Polizei?

Das soll sie mir genauer erklären.

Ich wähle ihre Rufnummer. „Kein Anschluss unter dieser Nummer", sagt eine Computerstimme.

Wie unter Zwang habe ich das ganze Baguette gegessen, den Prosecco Rosé rühre ich nicht an. Trinke zuerst zwei Tassen Kaffee. Höre die Nachricht zum dritten Mal ab.

Tilda wirkt nicht nur gehetzt, ich höre auch die Angst in ihrer Stimme.

Hatte Besuch von der Kripo. Fühlt sich nicht gut an.
Ich nehme meinen Mantel und meine Autoschlüssel.
Noch könnte sie zu Hause sein.

20.00 Uhr. Ihr Fahrzeug steht vor der Einfahrt. Sie ist also zu Hause, ist nicht untergetaucht, wie sie behauptet hat. Warum spricht sie dann eine so merkwürdige Nachricht auf meine Mailbox? Ich sehe mich um. Es ist eine ruhige Straße. Die meisten Leute sehen sich um diese Zeit vermutlich die Fernsehnachrichten an. Ich hatte zu Hause das Gefühl, meinem Impuls, mich wieder zu verkleiden, nachgeben zu müssen. Jetzt trage ich wieder eine Perücke und eine Brille für Kurzsichtige. Immerhin hatte Tilda Besuch von der Polizei. Wer weiß, vielleicht beobachten sie das Haus? Noch einmal sehe ich mich um. Weder ein Fahrzeug noch eine Polizeistreife sind zu sehen.

Ich steige aus, gehe zur Haustür, drücke die Klingel. Jemand kommt. *Tilda!* Wenn sie die Tür öffnet, werde ich ihr sofort sagen, dass ich es bin, falls sie mich nicht erkennt.

Eine fremde Frau erscheint in der Tür. Tilda in einer jüngeren Ausgabe. „Ja bitte?"

„Hallo. Ich würde gerne mit Tilda sprechen. Ist sie zu Hause?"

„Waren Sie mit ihr verabredet?"

Ich überlege schnell. „Ich wollte mit ihr morgen einen Kaffee trinken, aber mir ist etwas dazwischengekommen."

Die Frau streckt mit ihrer Hand entgegen. „Ich bin Emma, Tildas Tochter."

Ich brauche einen Namen! „Ich bin Uta Blaschke." *Wie bescheuert klingt das denn?*

„Woher kennen Sie meine Mutter?"

„Wir haben mal in der gleichen Straße gewohnt."

Emma macht eine einladende Geste. „Sie haben auch in *dieser* Straße gelebt? Kommen Sie doch herein! Meine Mutter ist leider nicht da. Ehrlich gesagt, weiß ich nicht genau, wo sie steckt. Ich bekam eine WhatsApp, dass sie ein paar Wochen verreist. Ich soll mich um ihre Pflanzen und ihre Post kümmern."

Ich betrete den Flur. „Machen Sie sich dann keine Sorgen?"

Emma bietet mir Kaffee an, aber ich lehne dankend ab. Wir stehen noch immer im Flur, und mir wird die Situation unangenehm.

Emma scheint das nicht besonders zu stören. „Ob ich mir Sorgen

199

mache? Nein, ich bin es gewohnt, dass sie manchmal für einige Wochen abtaucht, um aufzutanken."

„Ist ihre Gesundheit der Grund?", hake ich nach.

Emma sieht mich überrascht an. „Gesundheit? Zum Glück ist mit der Gesundheit meiner Mutter alles in Ordnung. Sie muss manchmal für sich sein, seit mein Bruder ..."

Ich warte. *Wird mich das, was jetzt kommt, erschüttern?*

„Sie wissen vermutlich, dass mein Bruder vor sieben Jahren getötet wurde?"

Habe ich Tilda die ganze Zeit falsch verstanden? Sie hat immer von ihrer Schwester gesprochen. „Ich dachte, Tildas Schwester wäre getötet worden."

„Meine Mutter hat keine Schwester", antwortet Emma.

Teil III – Annabelle

Kapitel 1

Annabelle

Annabelle Brunner kann das unangenehme Gefühl nicht leugnen. Sie ist durcheinander, seit sie wieder mit Maarten und Hendrik gesprochen hat. Was hat sich Hendrik nur dabei gedacht, zuerst Corinna alles zu erzählen und danach ebenfalls mit der Polizei zu sprechen? Die Zeit hat bis heute so gut für sie gearbeitet. Sie haben einen großen Fehler begangen und werden sich ihr ganzes Leben lang Vorwürfe machen. *Aber jetzt reicht es!* Hendrik hätte den Mund halten sollen. Und nicht ständig auf etwas zurückblicken müssen, das sich nicht mehr ändern lässt.

Ihr Mann ist mit seinem Bus und einem befreundeten Arbeitskollegen für drei Wochen nach Italien zu einer Rundreise aufgebrochen. Drei Wochen sind eine lange Zeit, besonders jetzt, wo sie sich nicht besonders wohlfühlt. Andererseits ist es gut, dass Carsten jetzt nicht bei ihr ist. Er könnte Fragen stellen, die sie nicht beantworten will. Er weiß nicht, was vor sieben Jahren geschehen ist, und so soll es auch bleiben. Er weiß auch nicht, dass Hendrik und sie mal ein Paar waren, bis Hendrik Corinna getroffen und sich für sie entschieden hat. Nach außen hin hatte sie damals ihre Beziehung als oberflächlich bezeichnet und ihren Freunden erzählt, dass das zwischen ihr und Hendrik nie etwas Ernstes gewesen wäre. Nach dem Liebesaus hatte sie die Beziehung als *ein Balzspiel, um für das große Wahre zu üben* abgetan. Nicht lange danach war sie Carsten begegnet und hatte sich sofort in eine Beziehung mit ihm gestürzt. Und als er drei Monate nach ihrem Kennenlernen um ihre Hand angehalten hat, hatte sie sofort Ja gesagt.

Sie hat immer geglaubt, dass eine Ehe sie über den Verlust ihrer Liebe hinwegtrösten wird, und über ihre Gefühle, die sie immer noch für Hendrik hegt. Aber ihre Gefühle sind nicht wirklich verebbt, sie rücken lediglich in den Hintergrund. Und seit Corinna im Koma liegt, sind sie wieder aufgebrochen, obwohl Hendrik auf keinen Annäherungsversuch reagiert hatte. Sie weiß, dass ihre Gefühle auch zu ihrem derzeit instabilen Gleichgewicht beitragen. Und darüber kann sie mit niemandem reden.

202

Sie hat den Männern gesagt, dass sie ihrer Meinung nach ganz schnell vergessen sollten, dass Hendrik der Polizei von dem Unfall erzählt hat. Jeder wird verstehen, dass keiner von ihnen sich schuldig gemacht hat. Es war und bleibt ein Unfall. Mehr war es nicht! Maarten stimmt ihr zu, Hendrik gibt sich wieder schwierig und benimmt sich seltsam, aber sie ignoriert sein Verhalten. Sie hat nicht die Absicht, Hendrik Probleme zu bereiten. Sie möchte ihm wieder näher kommen und muss behutsam vorgehen, da Corinna nicht tot ist. Sie will Hendrik in der Hoffnung bestärken, dass seine Frau aufwachen, und sich vollständig erholen wird, auch wenn sie selbst nicht mehr daran glaubt. Er erzählt ihr stets von den Erfolgsgeschichten einiger Komapatienten, die er im Internet gelesen hat und woran er sich klammert.

Auch Annabelle hat einiges über Koma recherchiert, und erfahren, dass bei einem längeren komatösen Zustand die Wahrscheinlichkeit einer bleibenden Hirnverletzung besteht. Corinna ist nach vier Wochen noch immer nicht aufgewacht, was nichts Gutes bedeutet.

Manchmal träumt sie von einer gemeinsamen Zukunft mit Hendrik. Sie erinnert sich sehr gut an seine Zärtlichkeiten, an seine Berührungen. Die Art und Weise, wie er ihren Körper berührt hat, an den Sex mit ihm. Ihr Sexualleben mit Carsten kann da nicht mithalten. Wäre sie damals, nach dieser wilden Nacht mit Hendrik, nur nicht zum Arzt gegangen, der ihr die Pille danach verschrieben hatte, dann gäbe es heute keine Corinna und auch keinen Carsten! Dann hätte sie mit Hendrik eine eigene Firma und eine Familie, sie müsste nicht in einem Schuhgeschäft arbeiten.

Aber vielleicht wäre das immer noch möglich. Vielleicht wacht Corinna nicht mehr auf, vielleicht stirbt sie. Dann bekommt sie den Mann, den sie immer gewollt hat.

Nicht sofort, sie muss geduldig sein. Aber irgendwann.

Kurz vor Feierabend beschließt sie, Corinna im Krankenhaus einen Besuch abzustatten. Vielleicht ist Hendrik auch dort. Vielleicht möchte er mit ihr gemeinsam zu Abend essen.

Hinter ihr fährt ein penetranter Stoßstangenkleber. Sie tritt einige Male auf die Bremse, aber der Freak hört nicht auf, zu dicht aufzufahren. Annabelle versucht im Rückspiegel zu erkennen, wer hinter dem Steuer sitzt. Ein Mann? Oder eine Frau mit sehr kurzen Haaren? Sie blickt wieder auf die Straße und kann gerade noch rechtzeitig bremsen. Fast hätte sie selbst einen Auffahrunfall verursacht. Sie keucht vor Entsetzen. Noch einmal schaut sie in den Rückspiegel. Der Wagen hinter ihr biegt in eine Seitenstraße ein. Es ist voll auf dem Parkplatz vor dem Krankenhaus. Ihr Magen rumort, die Magensäure wallt auf wie ein unruhiges Gewässer. Sie steigt aus, sieht sich um. Kein Verfolger zu sehen.

Corinna liegt noch immer bewegungslos im Bett. Sie gleicht kaum noch der Frau, die sie einmal war, sondern mehr und mehr einer Toten. *Wann werden die Ärzte mit Hendrik über das Abschalten der lebensnotwendigen Apparaturen sprechen?*, fragt sich Annabelle. Eines Tages wird das geschehen, und dann wird sie Trauer zeigen und weinen, wie Hendrik und Maarten. Freunde teilen diese Emotionen und sie wird kein Spielverderber sein.

Freunde trösten sich gegenseitig und Trost kennt viele unterschiedliche Varianten.

Kapitel 2

Annabelle

Maarten, Hendrik und sie sind sich einig, dass sie sich während dieser Zeit öfter treffen sollten. Heute Abend sind Hendrik und Maarten bei ihr zu Gast.

Annabelle prüft, ob alles für sie bereitsteht: Bier, Weißwein, Gouda, Leberwurst, Gurken, Silberzwiebeln, Chips und Dip-Soßen. *Alles perfekt!*

Sie weiß, dass Hendrik gerne zu seinem Bier einen Schnaps trinkt, weshalb sie auch eine Flasche jungen Genever in das Gefrierfach gelegt hat. Wenn es ihr gelingt, ihn betrunken zu machen, kann sie ihm das Gästebett anbieten. Dann wird sie weiter sehen, was geschieht. Es muss subtil ablaufen, sie darf ihn nicht unter Druck setzen. Sie ist immer noch seine beste Freundin und wird ihm zeigen, was das bedeutet.

Maarten trifft eine Viertelstunde früher als geplant ein. Er sieht erschöpft aus. „Es ist die Doppelbelastung", erklärt er. „Die Tierhandlung und die beiden Mädchen, das wird mir manchmal zu viel. Aber ich darf mich nicht beschweren. Ich bin froh, dass meine Kinder bei mir sind. Das entschädigt mich für vieles."

„Glaubst du, dass Lauras Mörder versucht hat, auch Corinna zu töten? Glaubst du, Maarten, dass es ein Akt der Vergeltung gewesen sein könnte?", fragt sie.

Eine bescheuerte Frage, denkt Annabelle. *Weshalb stelle ich sie überhaupt?*

„Mich belastet das alles mehr, als ich ursprünglich dachte, Maarten. Ich bin auch davon überzeugt, dass die Polizei genau in diese Richtung ermittelt. Was denkst du?"

„Ich weiß nicht, was die denken! Es ist mir ziemlich egal. Ich bin echt fertig. Hättest du einen Kaffee für mich, Annabelle?"

„Du weichst mir aus, Maarten!"

„Wer zum Teufel, könnte unseren Ehepartnern denn so etwas antun? Und aus welchem Grund? Wegen dieser Unfallgeschichte? Weder Laura noch Corinna wussten etwas davon und sie waren auch

nicht daran beteiligt! Herrgott noch mal!"
„Vielleicht will jemand *uns* bestrafen."
Glaube ich das wirklich? Plötzlich ist sie sich sicher. Ja, es kann keinen anderen Grund geben. Sie sieht Maarten direkt in die Augen.
„Hast du dabei schon einmal an *die Mutter* gedacht?"
„Das ist eine alte Frau, Annabelle. Die läuft nicht mit irgendeinem schweren Gegenstand durch die Gegend und schlägt den Leuten die Köpfe ein. Hat Hendrik vielleicht eine Bemerkung in diese Richtung gemacht?"
„Ich habe in letzter Zeit kaum mit Hendrik gesprochen. Er ist schwer erreichbar und ich weiß nicht, wie ich mich ihm gegenüber verhalten soll."
„Du solltest ihn besser nicht auf den Mund küssen."
Ihr wird übel. Sie starrt Maarten an. „Entschuldigung?"
„Hendrik hat mir gesagt, dass du das getan hast und er mochte es nicht besonders. Er ist momentan sehr empfindlich und verletzbar. Darauf würde ich Rücksicht nehmen, wenn ich du wäre."
Maarten geht zum Fenster. „Da kommt er. Im Vergleich zu ihm sehe ich wie ein junger Gott aus." Er geht zum Flur.
Annabelle flucht innerlich.

Hendrik holt sich sofort ein Bier aus dem Kühlschrank. Sie lässt den Genever im Gefrierfach und schneidet mit aufeinandergepressten Lippen Käsewürfel. Sie ist wütend, möchte sich verkriechen und um eine verlorengegangene Liebe weinen.
Plötzlich steht Hendrik neben ihr. Er berührt ihre Hand, und sie blickt auf. „Hast du gehört, was ich gerade zu Maarten gesagt habe? Nein? Ich dachte mir das schon. Ich habe zufällig die Tochter *der Mutter* in der Stadt getroffen. Sie hat mir erzählt, dass *die Mutter* plötzlich in Urlaub gefahren sei."
„Wir müssen uns nicht weiter mit dieser Familie beschäftigen, Hendrik", sagt sie zärtlich.
„Aber findest du das nicht erschreckend? Zuerst wird Laura ermordet, dann Corinna zusammengeschlagen, und plötzlich ist *die Mutter* wie vom Erdboden verschwunden. Da gibt es doch einen Zusammenhang!", bringt Hendrik vor. „Ich glaube, dass die Polizei nach meinen Ausführungen über den Unfall auch mit *der Mutter* gesprochen hat. Weshalb wäre sie sonst verschwunden?"
„Sie ist in Urlaub gefahren. Ich finde das nicht erschreckend. Du liest zu viele Krimis!", antwortet Annabelle ungeduldig.

„Ich lese niemals Thriller. Ich lese nichts, außer der Zeitung *De Limburger*. Ich traue dem Ganzen nicht."

Hendrik steht jetzt ganz nah neben ihr, es törnt sie an. Er riecht immer noch vertraut. Sie ist sofort erregt.

Er macht einen Schritt zur Seite. „Vielleicht übertreibe ich aber auch. Ich bin nicht in Bestform, verständlich, nicht wahr? Anderes Thema. Kann ich dir eine sehr persönliche Frage stellen, Annabelle? Würdest du Carsten verlassen, wenn sich herausstellt, dass keine Aussicht auf Genesung besteht?"

Annabelle lässt verschreckt das Messer fallen. „Warum stellst du mir diese Frage, Hendrik?", sagt sie irritiert.

„Ich glaube nach wie vor, dass nichts passiert wäre, wenn ich Corinnas Wunsch nach Kindern entsprochen hätte. Ich denke, sie war sehr verzweifelt und hat deshalb nicht mitbekommen, dass der Täter nichts Gutes im Sinn hatte."

Annabelle bückt sich, hebt das Messer auf und legt es aus der Hand. „Mach das bitte nicht, Hendrik! Es ist nicht *deine* Schuld! Glaub mir, es ist *nicht* deine Schuld, dass Corinna überfallen wurde! Und ja, eine ungewollte Kinderlosigkeit tut weh. Aber sie lässt dich niemals so verzweifeln, dass dir dadurch alles entgeht. Das hat absolut nichts mit deiner Ablehnung zu tun. Hörst du mich? Absolut nichts!"

Hendrik macht einen Schritt zurück, schaut aus dem Fenster. „Ich glaube, du bekommst gleich einen Blumenstrauß."

207

Kapitel 3

Annabelle

Hendrik und Maarten wollen wissen, woher die Blumen kommen und was auf der Karte steht. Sie glauben nicht, dass sie von Carsten sind. Maarten grinst. „Dein Mann ist für diese Art von romantischen Ausbrüchen viel zu bodenständig, Annabelle."

„Ich weiß, dass du Carsten langweilig findest!", knurrt sie. „Gesteh! Hast du eine außereheliche Beziehung?", bohrt Hendrik weiter. „Wir werden schweigen wie ein Grab."

Annabelle kann die Missbilligung in seiner Stimme hören, obwohl Hendrik sich bemüht, locker zu klingen. *Oder ist er eifersüchtig?*

„Die Blumen sind vermutlich doch von Carsten. Hat dein so unschuldig aussehender Mann vielleicht etwas verbockt?"

Sie hört an seiner Stimme den Unglauben heraus, dass es so sein könnte. *Den Blumen wird zu viel Aufmerksamkeit geschenkt,* denkt sie. Sie sprechen auch nicht mehr über Laura und Corinna.

Annabelle ist froh, als die Männer aufbrechen wollen. Maarten geht zuerst. Hendrik trinkt noch einen Kaffee. Kurz bevor er die Haustür hinter sich schließt, fragt er Annabelle, ob sie jemals darüber nachgedacht hätte, wie es wohl gewesen wäre, wenn er Corinna nicht kennengelernt hätte.

„Meiner Meinung nach wärst du dann einer anderen Frau begegnet."

Später kommen die Tränen.

Dieser Abend hätte anders enden sollen und doch auch wieder nicht. Ihre Zweifel, ihre Unsicherheit und ihre Unentschlossenheit machen sie gerade kirre. Vielleicht sollte sie Hendrik anrufen? Etwas sagt ihr, dass er kommen wird. Sie nimmt ihr Handy, zögert einen Moment und legt es wieder hin.

Sie hat nicht sofort nachgesehen, von wem die Blumen sind. Offenbar von Carsten. Er ist noch immer in sie verliebt, sie nicht in ihn und sie war es auch noch nie. Aber das ist nicht für die Ohren ihrer besten Freunde bestimmt. Schon gar nicht für Hendrik.

208

Der Blumenstrauß kommt aus einem Geschäft im Zentrum der Stadt. Ihm liegt eine Karte bei.

Viel Kraft für später, liest Annabelle.

Sie dreht die Karte um. Die Rückseite ist leer.

Viel Kraft für später.

Was hat das zu bedeuten? Sie sucht zwischen den Blumen nach einem weiteren Hinweis, wer die Blumen geschickt haben könnte.

Nichts.

Sie dreht die Karte noch einmal um. Die Rückseite ist noch immer leer.

Die Härchen auf ihren Armen stellen sich auf.

Sie wirft den Blumenstrauß in den Mülleimer.

Lynn, 4. August 2017

Zärtlich ist der Tag, wenn ich mit meinem Vater durch den Park schlendere, da ist er nicht schläfrig. Er schaut sich immer wieder um, als würde er die Welt jedes Mal aufs Neue entdecken. Er zeigt auf die vorbeifliegenden Vögel und streckt jedem, dem wir begegnen, die Hand hin. Wenn ich mit ihm spreche, sieht er mich überglücklich an. Aber nie kommt ein Wort über seine Lippen. Derzeit ist es nicht möglich, an meinem neuen Manuskript zu arbeiten. Alles, was ich schreibe, wird am selben Tag gelöscht. Es gelingt mir nicht, Frauen in der Transition durch die Begegnung mit einer Liebe völlig aus dem Häuschen geraten zu lassen. Es ist mir auch nicht möglich, Missverständnisse und Intrigen zu erzeugen, aus denen der Leser die Lösung bereits auf Seite zehn erkennen kann. In meinem Kopf entstehen nur bösartige und äußerst kränkelnde Dialoge, die niemand lesen möchte. Das macht mich wütend.
Ich fühle mich betrogen.

Ich spüre, dass ich langsam wieder die lange Treppe in die Dunkelheit hinuntersteige, während ich mit Papa durch den Park gehe.
Als Tildas Tochter mir sagte, dass ihre Mutter keine Schwester hatte, war ich sprachlos. Zuerst dachte ich, dass ich sie falsch verstanden hätte. Sie musste mir meine Verwirrung angesehen haben, denn sie schob mich in Richtung Wohnzimmer.
„Ich bin mir sicher, dass ich Sie nicht gehen lassen kann, so fassungslos wie Sie mich ansehen."
Wenig später saß ich im Wohnzimmer neben Emma auf der Couch. „Wie kommen Sie nur darauf, dass meine Mutter eine Schwester hat?"
Ich zitterte am ganzen Körper. „Sie hat es mir gesagt."
„Was hat sie Ihnen denn sonst noch so erzählt?"
„Dass ihre Schwester bei einem Unfall mit Fahrerflucht ums Leben

gekommen sei. Und dass der Fahrer nie gefunden wurde."
Emma legte ihre Hände um ihren Kopf und beugte sich vor. „Oh
mein Gott", stöhnte sie.

Aus einem Impuls heraus verschwieg ich Emma, dass Tilda auch
behauptet hatte, Zeugin von Benedikts Unfall gewesen zu sein.
Emma starrte mich an. „Und todkrank? Du liebe Güte! Meine Mutter erfreut sich bester Gesundheit!" Eine Träne rollte über ihre
Wange. „Meine Mutter ist nicht krank und sie hat auch keine
Schwester, die getötet wurde. Es war mein Bruder. Mein jüngster
Bruder, ich habe noch zwei ältere Brüder. Sie leben beide in Kanada." Sie schluckte ein paar Mal. „Mein kleiner Bruder war ihr Liebt-
ling. Sie hat ihn immer zu sehr beschützen wollen. Er fand das ziemlich nervig. Sie behandelte ihn wie ein kleines Kind, selbst als er
schon die Dreißig überschritten hatte. Sie stritten sich regelmäßig
über ihre Fürsorglichkeit, sie bildete sich oft ein, dass ihm etwas zu-
stoßen konnte. Es grenzte fast schon an Paranoia. Sagten Sie nicht,
dass Sie hier in der Straße gewohnt hätten?"

„Ich habe mich geirrt. Ich kenne Ihre Mutter aus dem Supermarkt
um die Ecke. Wenn wir uns dort trafen, haben wir immer kurz miteinander geplaudert. Und eines Tages hat sie mich auf einen Kaffee
eingeladen und seitdem habe ich sie ab und zu besucht." Das Lügen
fiel mir leicht. Das überraschte mich.

„Sie hat mir nie etwas von Ihnen erzählt", warf Emma ein.

„Kann schon sein", murmelte ich. „Was ist mit Ihrem Bruder passiert?"

Ich konnte sehen, dass meine Frage Emma überrollte, sie holte tief
Luft. „Er war mit drei Freunden in diversen Kneipen unterwegs. Als
sie die Kneipe wechseln wollten, näherten sie sich einem Zebrastreifen. Mein Bruder rannte plötzlich los. In diesem Moment kam ein
Wagen auf ihn zu, der nicht rechtzeitig anhalten konnte und dessen
Fahrer die Kontrolle über das Fahrzeug verloren hatte. Mein Bruder
war sofort tot. Das ist jetzt sieben Jahren her."

Ich spürte, wie das Blut aus meinem Gesicht wich. Ich spürte den
Kloß in meinen Hals. „Und ... Und diese Freunde? Wurden sie auch
verletzt?"

„Nein, aber sie sie waren völlig fertig und machten sich die
schlimmsten Vorwürfe, weil sie ihn nicht aufgehalten hatten. Logisch, aber ungerechtfertigt. Einer von ihnen blieb dann in Kontakt
mit meiner Mutter. Die anderen haben sich nie mehr gemeldet."

„Hat Ihre Mutter ihnen keine Vorwürfe gemacht?"

211

„Anfangs schon, aber ich konnte ihr das ausreden. Die Leute traf keine Schuld. Nein, wirklich nicht!" Sie putzte sich die Nase. „Mein Bruder liebte Herausforderungen", fuhr sie fort. „Er ging oft Risiken ein, geschäftlich und privat. Wir haben ihn oft gewarnt, er solle vorsichtiger sein, aber er belächelte uns nur und setzte sich stets über unseren Rat hinweg. Er wolle im hohen Alter sicher sein, dass er voll aus dem Leben geschöpft hätte."

Ich spürte das unablässige Hämmern meines Herzschlags. *Das darf nicht wahr sein, kann nicht wahr sein. Sie hat Benedikts Unfall gar nicht gesehen.*

„Ich glaube, sie hat diese Schwester erfunden, um nicht über meinen Bruder reden zu müssen", fuhr Emma fort.

Ich zögerte, ihr die Frage zu stellen, die auf meinen Lippen brannte. „Wissen Sie, wer diese Freunde sind? Kennen Sie zufällig ihre Namen?"

Sie wischte eine Träne weg. „Ja. Maarten Senger, Hendrik Fischer und Annabelle Brunner. Hendrik ist derjenige, der immer noch zu uns kommt."

Mir wurde kalt und heiß. Meine Kehle war wie zugeschnürt. Das Blut rauschte in meinen Ohren, mir wurde übel. Das Wohnzimmer begann sich zu drehen, zunächst langsam, dann schneller und schneller, bis mich eine tiefe Schwärze erfasste.

Ich denke jede Stunde des Tages an diese Unterhaltung vom 22. Juli, und je öfter ich Emmas Worte in Gedanken wiederhole, desto mehr verliere ich mich in meinen Schlussfolgerungen.

Später habe ich noch von Emma erfahren, dass Tilda seit zwanzig Jahren in dem Haus lebte und dass sie nie eine Nachbarin meiner Eltern gewesen war.

Sie hat auch nicht gesehen, wie Benedikt tödlich verunglückt ist, weil sie an diesem Tag nicht mal in der Nähe des Unfallortes gewesen war. Tilda hatte auch über den Unfallhergang gelogen. Sie hat mich davon überzeugt, dass drei Menschen für Benedikts Tod verantwortlich gewesen waren und ich habe ihr geglaubt.

Alles konnte ich akzeptieren, aber nicht, dass er mit einem getunten Motorroller einfach zu schnell fuhr und wohl irgendetwas ausweichen musste. Vielleicht einer Katze? Vielleicht ist ihm auch nur ein Insekt ins Auge geflogen? Alles ist möglich, aber es waren gewiss nicht drei Freunde für Benedikts Unfall verantwortlich. Drei Freunde bezeugten das Unglück ihres Freundes. Und die Mutter des Opfers

212

hatte vorgegeben, niemandem einen Vorwurf zu machen. *Aber wie ist sie auf mich gekommen?* Wie konnte sie etwas darüber wissen, was mir geschehen ist? Warum wollte sie *mich* in ihre Racheaktionen einbeziehen?

Warum *sollte* ich beteiligt werden? Wenn ich daran denke, was mit Laura Senger und Corinna Fischer passiert ist, bekomme ich Angst. In meinem Kopf herrscht ein einziges Chaos.

Der Spaziergang mit meinem Vater lässt mich das erste Mal seit Tagen ruhiger werden, obwohl er nichts sagt. Ich genieße sein Schweigen.

Ich wurde früher immer ruhig, wenn mein Vater in der Nähe war. Weil ich mich nur in seiner Nähe sicher fühlte.

Lynn, 9. August 2017

„Ich nehme dich mit zum Einkaufen, Papa", sage ich liebevoll. „Es ist so schön draußen. Nicht zu heiß, wenig Wind und keine Wolken. Verstehst du mich, Papa?"

Wir gehen an einem Supermarkt vorbei. Mein Vater winkt einem kleinen Jungen zu, der gerade vorbeikommt. Er dreht sich nach dem Kind um. Ich beuge mich vor und begegne seinem leeren Blick. Es spielt heute keine Rolle, ob er versteht, was ich sage. Das Einzige, was zählt, ist, das ich bei ihm sein kann.

Im Park finde ich eine Bank, die ein Stück vom Gehweg entfernt ist. Dort parke ich den Rollstuhl, stelle die Handbremse fest und setze mich. Papa schlürft mit einem Strohhalm seine Schokoladenmilch und isst eifrig den klebrigen Kuchen, den ich ihm in kleinen Stückchen reiche.

Von irgendwo vernehme ich laute Stimmen, wütende Stimmen. Jemand schreit. Ich sehe mich um. Woher kommen die Stimmen? Nur wenige Meter von uns entfernt, sitzt unmittelbar hinter dem Busch ein Paar auf einer Bank. Ich will diesen Leuten nicht zuhören. Das ist nicht höflich, habe ich gelernt.

Ich habe manche Ereignisse aus meiner Vergangenheit verdrängt, und immer, wenn sie drohen, mich zu ersticken, für reichlich Ablenkung gesorgt. Es ist mir stets gelungen, gewisse Erinnerungen nicht zuzulassen. Aber heute – auf dieser Bank – funktioniert es nicht.

„Erinnerst du dich daran, dass ich Mamas Schuhe und ihr Kleid zerstört habe, Papa?"

Er schließt seine Augen. Er sucht die Erinnerung wie ich in diesem Augenblick ...

214

Mai 1990

Ich wachte von den wütenden Stimmen auf, schlüpfte aus meinem Bett und schlich zum Treppenabsatz. Die Stimmen kamen aus dem Schlafzimmer meiner Eltern.

Meine Mutter hatte mir oft eingeflößt, dass es sich für ein Mädchen meines Standes nicht gehörte, den Gesprächen anderer zu lauschen. „Wenn du etwas hörst, das nicht für deine Ohren bestimmt ist, dann geh schnell woanders hin", sagte sie immer. Ich ging nicht wieder ins Bett, sondern zur Schlafzimmertür meiner Eltern, die einen Spalt offen stand, und spitzte meine Ohren.

„Ich dachte, du würdest es attraktiv finden", hörte ich meine Mutter sagen. „Die Frauen meines Bridge-Clubs machen es alle."

„Sind das eure intellektuellen Gesprächsthemen im Club?", schnauzte mein Vater sie an. „Jedenfalls macht mich das nicht an."

„Was denn, Adrian? Was soll ich tun, um dein Interesse an mir wiederzubeleben? Es lief doch früher ganz gut zwischen uns, warum ist da nichts mehr von übrig? Ich habe Bedürfnisse, ist das denn so verrückt?"

„Verdammt, Elisabeth, biete dich nicht so schamlos an. Ich bleibe der Kinder wegen bei dir, aber dich will ich nicht mehr, wann begreifst du das endlich? Ich schlage vor, dass ich von jetzt an im Gästezimmer schlafe."

„Lauf davon, darin bist du wirklich gut! Und darin, mir Dinge vorzuwerfen, wofür ich nicht verantwortlich bin. Nein, widersprich mir nicht! Deiner Meinung nach hätte ich Yuri mehr Aufmerksamkeit schenken sollen. Hätte ich mich mehr um ihn gekümmert, wäre das nicht passiert? Ich bin also doch keine gute Mutter? Denke ich immer nur an mich selbst?" Ich hörte, wie sie tief Luft holte. „Habe ich die beiden jüngsten Kinder nicht allein aufgezogen? Musste nicht ich für ihre schlaflosen Nächte aufkommen? Du warst und du bist nie da, Adrian. Und wenn du da bist, dann hast du nur Augen für deinen Liebling Lynn, auch, wenn du darauf nicht angesprochen werden möchtest. Ist Lynn der Grund, warum du mich nicht mehr anfassen kannst? Geilt dich dein kleines Mädchen auf?"

„Du bist geisteskrank", schrie mein Vater. Im nächsten Moment stand er plötzlich vor mir, nahm meinen Arm und schob mich in mein Schlafzimmer. Bevor ich hineinging, drehte ich mich um und sah meine Mutter in dem Türrahmen des Schlafzimmers stehen. Sie war

215

nackt, aber da war noch etwas. Ich starrte auf die kahle Stelle zwischen ihren Beinen. Dann sah ich wieder in ihr Gesicht, und in Windeseile lag ich wieder in meinem Bett.

Ich lag stundenlang wach und lauschte der Stille im Haus. Jedes Mal, wenn ich das Bild der kahlen Stelle zwischen den Beinen meiner Mutter sah, kniff ich meine Augen fest zu. Aber ich konnte es nicht auslöschen.

Am nächsten Tag wurde ich von einer Klassenkameradin zu ihrer Geburtstagsfeier eingeladen, die eine Woche später stattfinden sollte. Ich rannte sofort nach Hause, um es meiner Mutter zu erzählen.

Sie war oben. *Bitte nicht im Bad*, flehte ich innerlich, *lass sie jetzt nicht baden wollen.* Sie war in ihrem Schlafzimmer. „Komm sofort nach oben, Lynn!"

Sie trug ihren seidenen Morgenmantel und roch wie nach einer Dusche. Ich plapperte darauf los, dass ich von einer Freundin eingeladen worden war, einen ganzen Tag im Märchenwald zu verbringen und stolperte vor Freude über meine Worte.

„So, so ...", sagte meine Mutter. „Der Märchenwald. Mach mal! Dann bist du einen ganzen Tag fort. Kannst du so lange von zu Hause fortbleiben?"

Ich nickte heftig.

„Und hast du eine solche Geburtstagsparty verdient? Nein, oder? Kinder, die an der Tür lauschen, wenn ihre Eltern etwas miteinander besprechen, verdienen keine Geburtstagsparty und schon gar keinen ganzen Tag im Märchenwald!"

Mein Atem stockte. Ich wollte weinen, toben, schreien. Aber ich blieb still.

„Du kannst es dir aber verdienen", sagte meine Mutter und lächelte.

Mein Herz hämmerte in meiner Brust. *Sie möchte ein Bad nehmen*, dachte ich. Das ist nun einmal so.

Meine Mutter zog ihren Bademantel aus und setzte sich auf die Bettkante. Sie winkte mich zu sich. Dann legte sie sich hin und spreizte die Beine. Sie winkte mich mit einem Finger. „Auf die Knie", sagte sie.

Ich gehorchte. „Möchtest du nicht ein Bad nehmen?", flüsterte ich.

„Ich will, was alle Frauen wollen." Sie deutete auf ihren Bauch.

„Willst du in den Märchenwald?" Sie spreizte mit den Fingern ihrer linken Hand die Spalte zwischen ihren Beinen und zog meinen Kopf mit ihrer rechten Hand nach unten. „Lecken!", befahl sie.

Ich schlug ihre Hände weg und sprang auf. „Nein", schrie ich, „das mache ich nicht! Das ist eklig. Ich werde es Papa sagen."

Sie sprang auf. „Hör mir gut zu, Papas Baby. Wenn du es wagst, deinem Vater nur ein Wort über mich zu sagen, werde ich dafür sorgen, dass nicht nur dein Vater dich nicht mehr sehen will, sondern ich werde allen erzählen, dass du eine hässliche kleine Lügnerin bist. Ich kicke dich höchstpersönlich in das Kruisherenkloster. Kalte Zimmer, die Geißelung oder das Eisbad bei Ungehorsam. Beten, lernen und schlechtes Essen. Und sicher keine Märchen! Verstanden? Komm her!"

Ich sagte meinem Vater kein Wort.

Ich durfte nicht in den Märchenwald, weil ich nicht sofort gehorcht hatte.

In der Nacht zerstörte ich die Louboutin-Schuhe meiner Mutter und ihr schönstes Kleid.

Mein Vater sucht meine Hand und holt mich in die Gegenwart zurück.

Ich spüre, dass er mich ansieht. Seine Hände sind auf seinem Schoß.

Sie sind alt, aber es sind immer noch schöne Hände.

Ich blicke auf und sehe seine Tränen. „Alles ist gut, Papa. Du hast es einfach nicht gewusst."

Kapitel 4

Annabelle

„Ich habe für Sie einen Blumenstrauß angenommen", ruft die Nachbarin von ihrem Fenster.

„Warten Sie eine Minute, ich komme herunter."

Wieder Blumen? Vielleicht sind sie an die falsche Adresse geliefert worden und die Nachbarin hat es nicht bemerkt, grübelt Annabelle. Aber die Blumen sind für sie bestimmt.

Sie nimmt die Blumen entgegen und bedankt sich bei ihrer Nachbarin. Dann geht sie schnell in ihre Wohnung, entfernt mit zitternden Händen das Papier um den Strauß.

Wieder ist eine Karte an einem der Blumenstiele angebracht.

Viel Kraft demnächst.

Maarten ist sehr beschäftigt im Laden und kann nicht mit Annabelle sprechen.

Hendrik hebt sofort ab. „Ich bin im Büro", sagt er. „Es gibt noch so viel zu tun, obwohl mir der Kopf nicht danach steht. Was gibt es denn so Dringendes?"

Annabelle glaubt nicht, dass es sich bei den Blumen um einen albernen Scherz handelt. Sie fühlt sich bedroht. Was Hendrik zurzeit durchmacht, ist viel schlimmer. Sie sollte nicht übertreiben. Aber Hendrik spürt, dass sie sich ernsthaft Sorgen macht.

„Ich komme sofort zu dir", sagt Hendrik. „Bist du zu Hause oder im Laden?"

„Zu Hause. Dienstags arbeite ich nie."

Hendrik kommt. Das ist gut.

Sie umarmen sich, und Annabelle hat den Eindruck, dass er sie länger im Arm hält als sonst.

Sie möchte sich stundenlang bei ihm anlehnen, aber das wäre jetzt der falsche Moment.

Hendrik möchte die Karte sehen. „Hast du eine Ahnung, wer dahintersteckt?", will er wissen. „Gibt es jemanden, der dir an den Kragen will?"

Annabelle zuckt mit den Schultern.

„Da gibt es anscheinend jemanden, der dir eine gehörige Portion Angst einjagen will." Er setzt sich auf die Couch. „Hattest du einen Streit mit einem Kunden?"

Annabelle schüttelt den Kopf.

„Nein? Bist du dir auch sicher, dass es niemanden gibt, der deine Aufmerksamkeit möchte? Ein Kollege vielleicht?" Er sieht sich die Karte noch einmal an. „Das fühlt sich nicht gut an", sagt er. „Wir können diesen Polizisten, diesen Lukas Belling, anrufen. Lass uns das einfach machen!"

Annabelle zögert.

„Mir gefällt das alles nicht, Annabelle. Lass uns bloß nicht den Kopf in den Sand stecken! Es passieren seltsame Dinge und ich bin mittlerweile felsenfest davon überzeugt, dass es etwas mit uns – mit Maarten, mit mir und mit dir zu tun hat. Denk doch mal darüber nach, was mit Laura und Corinna passiert ist! Laura erhielt seltsame WhatsApp-Nachrichten, Corinna bekam Besuch von jemandem, dem sie nicht vertraute. Wir haben das alles zu sehr auf die leichte Schulter genommen. Jetzt bekommst du plötzlich zwei Blumensträuße mit äußerst fragwürdigen Botschaften. Ich darf nicht daran denken, dass einem von uns etwas passieren könnte. Dass du es sein könntest, schon gar nicht!"

„Hast du eine Telefonnummer von diesem Kommissar, Hendrik?"

Während sie auf Lukas Belling warten, macht Annabelle Hendrik ein Sandwich. „Ich habe den ganzen Tag noch nichts gegessen", gesteht er ihr, „und das kommt in letzter Zeit häufiger vor."

„Du musst besser auf dich aufpassen", murmelt Annabelle.

Er schmatzt. „Ich habe einen Mordsappetit. Ich bin ein Mann, um den man sich kümmern muss. Wirklich, ich vergesse manchmal nur, etwas zu essen. Hat Corinna mich zu sehr verwöhnt?"

Sie sieht zu, wie er das Sandwich verschlingt. Der vermeintlich pflegebedürftige Mann genießt es, von ihr umsorgt zu werden. Es fühlt sich vertraut an, ihn um sich zu haben, aber sie bleibt immer auf der Hut. Sie weiß nicht, was genau zwischen ihnen vorgeht, ob da überhaupt etwas ist. Und sie weiß vor allem nicht, ob sie sich damit beschäftigen soll.

„Wie hat eigentlich Kommissar Belling reagiert, als du ihm von dem Unfall erzählt hast?"

Hendrik nimmt die Serviette und wischt sich den Mund ab. „Weißt

219

du, ich denke, wir sollten damit aufhören, uns wie Spastis zu benehmen. Sein Name war Tim Stolte, er war unser Freund und er kam vor unseren Augen ums Leben. Wir waren alle betrunken und rauflustig und Tim war, wie immer, nur ein bisschen temperamentvoller und wilder als wir, er forderte das Leben schon immer heraus." Hendrik legt die Serviette beiseite. „Er war Mister H der Freundesclique. Du hast uns damals alle mit Buchstaben typisiert. Erinnerst du dich?" Annabelle ist gerührt, die Erinnerung kommt näher und verunsichert sie. „Wir waren keine gewöhnliche Clique. Wir waren eine Art Familie."

Hendrik lächelte. „Stimmt. Ich habe schon damals zu Maarten gesagt, gib der Schwester ihren Willen, während er noch darüber nachdachte, was du da wieder im Schilde führtest."

„Deshalb war Maarten unser Mister B – der Bedächtige. Und du hast dich immer quergestellt. Deshalb warst du der Q."

„Wir waren der Buchstabenclub!", rief Hendrik.

Annabelle nickt. „Wir waren die Q.D.H.B.-Freunde: Der Querbalken, die Denkerin, der Herausfordernde und der Bedächtige, ja, das waren wir."

„Ich lag ziemlich vorn", stellt Hendrik fest und grinst breit. „Ich erinnere mich aber auch, wie übermütig Tim sein konnte. Ja, das war er, Annabelle, das hat seinen Charme ausgemacht. Wir haben ihm gesagt, dass er es nicht wagen würde, den Zebrastreifen bei Rot zu überqueren. Wir haben ihn mit unseren Sprüchen nur noch mehr angespornt. Das war falsch, ein unverzeihlicher Fehler. Und dumm, unglaublich dumm. Volltrunkenes Geschwätz ohne einen Funken Verstand." Hendrik atmet tief ein und aus und fährt fort. „Ich würde alles dafür geben, wenn ich es ungeschehen machen könnte. Ich weiß nur, dass ich für den Rest meines Lebens nie wieder einen solchen Fehler begehen werde. Das habe ich dem Polizisten gesagt. Belling versteht es." Er räuspert sich. „Ab sofort werde ich nicht mehr von *ihm* sprechen, sondern nur von Tim Stolte. Das war sein Name und er hat das Recht, das wir ihn bei seinem Namen nennen. Ich hoffe, du wirst das auch tun."

„Ich werde es versuchen", verspricht Annabelle.

Hendrik steht auf und zieht sie hoch. Er legt seine Arme um sie und drückt sie an sich.

Es klingelt.

Er lässt sie los. „Das wird Lukas Belling sein."

220

Lynn, 12. August 2017

Ich habe eine E-Mail an meinen Verleger geschickt und ihm gesagt, dass ich aus privaten Gründen vorerst kein neues Manuskript abliefern werde.

Mit „vorläufig" ist eine dreimonatige Pause gemeint. Ich brauche Ruhe und Freiraum zum Nachdenken. Ich muss wieder stabil werden.

Von Tilda habe ich nichts mehr gehört, ich weiß nicht, was ich davon halten soll. Ich werde sie nicht mehr in ihrem Haus aufsuchen und bin froh, dass ich mich gut getarnt hatte.

Irgendwo in meinem Kopf ist eine warnende Stimme, die mich daran erinnert, vorsichtig zu sein. Nicht, weil ich der plötzlichen Abreise von Tilda misstraue, sondern auch, weil ihre Worte noch immer in meinem Kopf herumschwirren: *Die Polizei hat mich aufgesucht.* Ist sie tatsächlich abgetaucht? Ist es möglich, dass ihre Tochter mehr darüber weiß? Vielleicht weiß Emma mehr, als sie bereit ist preiszugeben?

Ich habe die Acht-Uhr-Nachrichten verschlafen und drücke die Wiederholungstaste. Die Stimme des Nachrichtensprechers dringt nicht zu mir durch. Als ich die Fernbedienung in die Hand nehme, um den Fernseher auszuschalten, erscheint ein fettes Wort auf dem Bildschirm.

AUFRUF DER POLIZEI

Eine gut artikulierende Stimme sagt, dass die Polizei nach einer Frau sucht, die seit dem 22. Juli vermisst wird. Ein Foto erscheint auf der linken Seite des Bildschirms. Meine Finger verkrampfen sich um die Fernbedienung.

Die Frau ist Tilda Stolte.

Ich habe die Kirchturmuhr schon neunmal schlagen hören und vor

221

wenigen Minuten zehnmal. Seit fast zwei Stunden sitze ich auf diesem Stuhl und starre auf die Fernsehbilder – ohne Ton, weil ich ihn ausgeschaltet habe. Ich glaube, ich stecke mitten in einem Thriller, aber kann mich nicht auf den Plot konzentrieren. Ich sehe Menschen hin und her laufen, aber auch das Foto von Tilda wird immer wieder eingeblendet. Was ist mit ihr geschehen? Sie versteckt sich jedenfalls nicht mit dem Wissen ihrer Tochter, denn dann hätte es keinen Polizeiaufruf gegeben. Hinter mir ertönt ein vibrierendes Geräusch. Das Signal sagt mir, dass ich eine WhatsApp bekommen habe. Ich sehe nach. Die Nachricht kommt von Tilda. *Ich wurde als vermisst gemeldet. Mach dir keine Sorgen, es ist okay für mich. Vorerst bleibe ich untergetaucht. Lass mich wissen, wann wir uns wiedersehen können.* Ich lösche die Nachricht sofort, notiere aber die neue Rufnummer.

Mein Vater sitzt Hand in Hand mit einer mir unbekannten Frau am Tisch. Ich habe sie noch nie hier gesehen. Ein Mann betritt den Raum mit einer großen Vase mit Blumen und stellt sie auf den Tisch.

„Hey, ich bin Simon Monet, der Sohn von Frau Monet", sagt er, während er auf die Dame am Tisch zeigt. „Und nicht mit dem berühmten Maler verwandt."

Ich nicke. „Lynn von Raaben. Hey."

Mir fällt auf, dass er die gleichen Augen wie Benedikt hat. Dasselbe Blau.

Ich schaue weg.

„Lynn ist ein schöner Name und ihr Nachname klingt *sehr* vornehm", behauptet er. Ein Hauch Humor liegt in seiner Stimme, aber das stört mich nicht. Er ist sympathisch.

Simon plaudert ununterbrochen. Er betont, dass er sehr glücklich sei, dass seine Mutter sich hier gut zurechtfinde. Er selbst habe eher düstere Vorstellungen von einem Heim für Demenzkranke vor Augen gehabt, eher eine sterile groß angelegte Pflegefabrik und jede Menge Ärger.

Ich beobachte, wie er seiner Mutter mit einem Keks behilflich ist. Er ist zärtlich und liebevoll zu ihr.

„Ich bin ihr einziges Kind", fährt Simon fort. „Meine Mutter war nie verheiratet. Ich weiß auch nicht, wer mein Vater ist. Ein Vorübergehender, meiner Mom zufolge", erzählt er leichthin. „Als sie mich bekam, war sie fast vierzig. Sie hat ihr ganzes Leben nur gemacht, was sie wollte." Er wischt ein Stück Kuchen vom Kinn seiner Mutter.

„Und jetzt steht sie anscheinend auf deinen Vater. Findest du das nervig? Hast du eine Mutter, die das vielleicht besser nicht sehen sollte?"

„Meine Mutter kommt ganz selten hierher", antworte ich. „Und wenn sie das sieht, wird es sie kalt lassen."

Simon sieht mich an. „Schade. Bist du der Vormund deines Vaters?"

„Ja, und ich finde es großartig, dass die beiden sich mögen. Daran ist nichts falsch, oder?"

Ich versuche, nicht in seine Augen zu sehen, aber ich mache es nun doch. Er hat auch einen schönen Mund.

„Schön, dich kennenzulernen, Lynn von Raaben", sagt er.

Lynn, 13. August 2017

Den ganzen Tag grübeln!
Ich bedauere, dass ich die Nachricht von Tilda so schnell gelöscht habe und versuche, mich an den genauen Wortlaut zu erinnern, aber das gelingt mir nicht. Es war ein Versuch, mich zu beruhigen, vermute ich. Oder soll ich das glauben?
Ich denke über alles nach, versuche zu verstehen, wie es möglich ist, dass ich in dieser Situation geraten konnte. Mein Leben war vor einem Jahr übersichtlich. Ich lebte äußerst zurückgezogen und schrieb Trivialgeschichten, für die ich auch heute noch kaum Nachforschungen anstellen muss. Meine einzigen sozialen Kontakte sind die Betreuer meines Vaters. Ich führe keine echten Gespräche mit irgendjemandem, die einzige Person, mit der ich innere Dialoge führe, ist mein verstorbener Freund, aber das ist offensichtlich eine Einbahnstraße. Und dann steht da plötzlich Tilda vor meiner Tür und von diesem Tag an bin ich in einem Racheplan gefangen, der sich zunächst gut angefühlt hat. Jetzt nicht mehr. Ist das der Grund, weshalb ich Benedikt nicht mehr spüre? Hat er mich endlich gehen lassen? Ist er empört? Wie gerne würde ich jemandem anvertrauen, was mir durch den Kopf geht und woran ich zweifle. Aber ich habe niemanden, zu dem ich gehen kann. Die einzige Person, die mein Vertrauen besitzt, sitzt den ganzen Tag völlig dement, aber glücklich, Hand in Hand mit einer Frau am Tisch, die er nicht kennt. Eine gewollt unverheiratete Mutter und Ärztin, die ihren Sohn allein großgezogen hat. Das hat mir Simon gestern gesagt, als wir uns über eine Stunde vor meinem Auto unterhalten haben. Ich konnte nicht genug von seinen Geschichten bekommen, wollte besonders gerne hören, was für eine Mutter sie für ihn gewesen war. Ich wollte in seine Augen sehen, darin seine behütete und wunderschöne Kindheit widerspiegeln sehen. Augen, die ich erkannte.
Ich habe seit sieben Jahren keinen anderen Mann so angesehen.

224

Benedikt war immer in meiner Nähe, war ein Teil von mir und niemand konnte ihn ersetzen. Und jetzt sehe ich plötzlich Simon Monet an, der nicht mit dem berühmten Maler verwandt ist. Er ist geschieden und hat eine Tochter, die er an zwei Wochenenden pro Monat sieht. Und er sagte mir, dass er gern mit mir essen gehen würde. Ich möchte, dass Benedikt mich auf die eine oder andere Weise wissen lässt, dass das in Ordnung ist, aber Benedikt ist fort. Und ich bin nicht nur eine Frau, die ohne Weiteres ein Date haben könnte, ich bin vor allem eine Frau, die am Mord an einer Mutter von zwei Kindern und an einem Mordversuch an einer Frau, die mich sehr freundlich behandelt hatte, eine Mitschuld trägt. Und alles ist geschehen, weil ich mich vom Hass habe leiten lassen.

Am vierundsechzigsten Geburtstag meiner Mutter habe ich blindwütig drauflosgeschlagen und selbst die größten Wunden davongetragen ...

August 2016

Bernadette und Harry waren aus den USA angereist, um den Geburtstag von meiner Mutter zu feiern. Es war das erste Mal, dass Papa nicht dabei sein würde. Bernadette hatte einen Tisch in einem Promi-Restaurant reserviert, und mich eingeladen, bis zum Fest für einige Tage im Elternhaus zu übernachten.

Ich hielt es nur wenige Stunden aus. Bernadettes Kälte war kaum auszuhalten. Der Druck, den meine Schwester bei den Vorbereitungen der Feier auf mich ausübte, schnürte mir die Kehle zu. Sie war dominant und in allem das Ebenbild meiner Mutter. Ich verabscheute sie für jedes „Tu dies, mach das." Vielleicht war das ungerecht. Aber ich trage Hass und Verachtung in der Seele, bin schwer belastet und kann in diesem Haus nicht frei atmen.

Ich schwor mir, dass ich sofort gehen würde, sollte etwas geschehen, das ich nicht akzeptieren konnte.

Meine Mutter musterte mich wie immer abfällig von Kopf bis Fuß und bot mir ihre Wange für einen Kuss an. Mir wurde von dem pudrigen Geruch ihres Make-Ups übel. Dennoch kam ein Glückwunsch über meine Lippen.

Bernadette reichte mir ein Glas Champagner. „Hättest du gerne ein Stück Geburtstagstorte, Lynn?"

Ich will keinen Kuchen, ich will davonlaufen.

Harry legte seinen Arm um meine Schulter. Er war eine jüngere

Ausführung von Papa. „Wie viele Schundromane hast du denn inzwischen geschrieben? Füllen die Einnahmen denn überhaupt deine Haushaltskasse, Schwesterchen?", erkundigte er sich.

Ich schubste ihn leicht in die Seite. „Ja, ich kann davon leben, Harry."

Meine Mutter zeigte auf meine Hemdbluse. „H & M? KIK? Oder Ernsting's family?"

„Internet", antwortete ich. „Neunundsiebzig Euro. Ein bisschen zu teuer für die Läden, die du so gut zu kennen scheinst!"

„Im Boxring steht es Eins zu Eins!", rief Harry. „Das kann ja heiter werden."

Ich hatte mir mehrmals vorgenommen, mich an diesem Nachmittag zurückzuhalten und mich nicht von meiner Mutter und ihren Spielchen provozieren zu lassen, und hoffte, dass Bernadettes und Harrys Gegenwart von der Spannung, die zwischen meiner Mutter und mir herrschte, ablenken würde. Meine Hoffnung konzentrierte sich hauptsächlich auf Bernadette, aber sie verteilte den Kuchen und goss den Gästen Champagner ein.

„Wusstest du, dass ich schon einige wirkliche nette Frauen über eine Dating-Seite getroffen habe, Mutter?", sagte Harry plötzlich.

Bernadette grinste. „Für deine Mingle-Beziehungen reicht das vollkommen aus, Bruderherz. Nichts Halbes und nichts Ganzes."

„Ich habe davon gehört, dass es diese Seite für Akademiker gibt", sagte meine Mutter und sah mich dabei an.

Ich hätte nicht antworten sollen, aber ich tat es. Es war der Ausdruck in ihren Augen. Der Blick, der mich von meinem achten bis zu meinem zwölften Lebensjahr gezwungen hatte, mich ihrem Willen zu fügen.

Der mich wehrlos machte.

Der mich erniedrigte.

Ich wich diesem Blick nicht aus. „Du meinst, dass ich mich besser auf einer Seite für Underdogs umschauen sollte? Dort, wo sich das Arbeitervolk tummelt? Die kleinen Leute, wie du sie zu nennen pflegst?"

Bernadette warf mir einen mahnenden Blick zu. „Lass es, Lynn!", zischte sie.

„So ähnlich", bestätigte meine Mutter. „Es sollte doch möglich sein, dort einen neuen Gärtner zu finden? O sorry, einen Landschaftsarchitekten. Dann such dir dieses Mal einen, der keinen Motorroller hat!"

226

„Nicht, Mama", flehte Bernadette fast. „Damit verletzt du Lynn. Das muss doch nicht sein?"

„Sie kann nichts anderes!", sagte ich barsch.

„Was meinst du damit?", wollte Harry wissen.

Ich atmete tief durch. „Wie ich schon sagte, sie ist zu nichts anderem in der Lage. Psychische Schmerzen, Qual, Belästigung, Zwang und ..." Es herrschte tiefe Stille. „Missbrauch", fügte ich hinzu. Harry, Bernadette und die Geburtstagsgäste erstarrten und sahen mich entsetzt an.

Am vierundsechzigsten Geburtstag meiner Mutter bin ich auf den Zug der Vergeltung gesprungen und habe auf unmissverständliche Weise meinem Hass, meiner Wut und meinem Herzen Luft gemacht, während mein Bruder und meine Schwester mich mit offenem Mund anstarrten. Sie sahen auf einmal gar nicht mehr akademisch gebildet aus.

Ich wollte nicht schreien, aber meine Stimme führte ein Eigenleben, als die Ventile der aufgestauten Emotionen geöffnet wurden. Und diese Stimme schleuderte alles ans Tageslicht: Die verbotenen Bäder, von denen mein Vater wegen Wasserverschwendung nichts erfahren durfte. Das Reiben über die Brustwarzen und zwischen den Beinen.

„Härter, härter", schrie ich, und ahmte den Klang eines nahenden Höhepunkts nach. Ich weitete meine Augen, zeigte ihnen mein Entsetzen. Harry hob seine Hände, aber niemand konnte mich aufhalten. Meine Worte sprudelten aus mir heraus, wüteten wie ein Tornado, der jeden mit voller Wucht mitriss, wenn man keine Deckung suchte.

Ich keuchte.

Ich brüllte.

Ich stürzte.

Sie mussten es erfahren, sie mussten wissen, was sie mir angetan hatte.

„Nicht einmal", brüllte ich sie an, „sondern viele Tage hintereinander, wenn ich aus der Schule kam."

Ich würgte, als ich Einzelheiten über das ekelhafte Lecken preisgab, mit denen ich mir Gefälligkeiten verdienen musste, die sie auch willkürlich zurückgezogen hatte. Über die Drohungen, mit denen sie mich überschütten würde, falls ich jemals jemandem davon erzählen sollte. Über meine Ängste und meine Einsamkeit. Meinen Widerstand, meine Verletzlichkeit. Über die Angst, dass es nie aufhören

227

würde. Und von dem Moment, als ich begriff, dass ich mich verweigern konnte: ein paar Wochen nach meinem zwölften Geburtstag. Ich spürte, dass ich ruhiger wurde, als ich an diesem Punkt ankam. Ich schrie nicht mehr, aber ich verlangte weiterhin volle Aufmerksamkeit und erlaubte niemandem, mich zu unterbrechen. Ich sprach von dem, was folgte: das Einfrieren meiner Gefühle, die Abneigung, berührt zu werden, die Flucht in Geschichten abzutauchen, Geschichten zu schreiben. Von meiner Erleichterung, als ich wahrer Liebe in der Gestalt eines Mannes begegnete, der jede Gelegenheit nutzte, mich zu erobern, um das Eis in mir aufzutauen. Die Leere, die nach seinem Tod blieb.

Als ich fertig war, sah ich sie still an, erwartete ihr Verständnis. Aber stattdessen blickten sie mich angewidert an. Ich las in ihren Augen jenen Abscheu, den ich beim Anblick meiner Mutter empfunden hatte.

Harry stand auf und winkte Bernadette herbei. Sie fassten mich am Arm und schoben mich in den Flur.

Meine Mutter rief, sie sei stolz auf ihre Kinder, die den Mut hatten, die Lügnerin aus ihrem Haus zu entfernen. Ich wollte Bernadette und Harry noch vieles erklären, aber ich wurde ohne Gnade emotional ein zweites Mal ausgepeitscht.

Zwei Monate später stand Tilda an meiner Tür und erzählte mir, dass Benedikts Unfall kein Unfall gewesen war. Ein ohnmächtiger Hass war eine schlimme Erfahrung. Aber das Ausmaß meiner brachialen Wut hatte meine Fähigkeit, einen klaren Gedanken zu fassen, vollkommen zunichtegemacht.

Es ist schon dunkel und ich grüble noch immer. Mein Handy liegt auf der Couch. Ob Simon angerufen hat? Ich frage mich, ob ich das jetzt *wirklich* denke.

Da ist eine Nachricht, ich lese sie.

Ich gehe für eine unbestimmte Zeit ins Ausland. Deine Mutter weiß, wo ich bin.

Nein! Das ist nicht möglich.

228

Kapitel 5

Annabelle

Sie hat keinen neuen Blumenstrauß mehr erhalten. Ihr ist aber ein Polizeiaufruf im Fernsehen aufgefallen. Seit sie das Foto von Tilda Stolte gesehen hat, geht diese Frau ihr nicht mehr aus dem Kopf. Tims Mutter war ihre und die Vertraute ihrer Freunde gewesen, die immer gastfreundlich, herzlich und aufmerksam gewesen war. Annabelle fand sie tough und witzig, sie hatte mit Tilda stets gute Gespräche führen können, jedenfalls sinnvollere, als mit ihrer eigenen Mutter. Tilda wusste von ihren Gefühlen für Hendrik und wie verunsichert sie deswegen war. „Alles zu seiner Zeit", sagte sie stets. „Das gilt auch für die Liebe, mein Kind!" Dann starb Tim.

Annabelle erinnert sich sehr gut daran, dass sie erstarrte und sprachlos war. Und sofort nüchtern. Doch dann hatte sie als Erste etwas gesagt, als Tim kaum zehn Meter von ihnen entfernt auf dem Asphalt lag.

Es kommt ihr vor, als dränge sich ihr der Polizei-Aufruf überall förmlich auf. Es wird nicht nur im Fernsehen ausgestrahlt, auch die Zeitungen berichten auf den Titelseiten über Tildas Verschwinden. Annabelle wundert sich darüber, dass die Nachricht sie buchstäblich zwingt, sie zur Kenntnis zu nehmen, obwohl sie das nicht möchte. *Lass sie doch alle nach Tilda Stolte suchen, ich passe!*

Dennoch geht Tims Mutter ihr nicht aus dem Kopf.

Carsten wird in zwei Tagen wieder nach Hause kommen. Er ruft sie jede Nacht an und sagt stets, wie sehr er sich nach ihr sehne. Sie hasst es mittlerweile „ich auch" zu sagen, weil sie nicht so empfindet. Sie wünscht sich, dass seine Reise sechs Wochen anhält. Sie braucht mehr Zeit, um herauszufinden, was sie wirklich will: Bei Carsten bleiben oder sich auf Hendrik konzentrieren, um die Glut wieder anzufachen. Sie hat immer geglaubt, dass Hendrik der Einzige für sie sei, aber die Gewissheit ist einem Zweifel gewichen. Würde sie anders empfinden, wenn Corinna tot wäre? Annabelle möchte sich das nicht fragen, aber ihre Zweifel verlangen einen Tribut. Sie bekommt den Gedanken nicht mehr aus ihrem Kopf.

Eine Kundin hat bereits sechs Paar verschiedene schwarze Pumps probiert und zweifelt immer noch. Annabelle kann in der Regel sehr gut mit unentschlossenen Kunden umgehen und schafft es, immer freundlich zu bleiben, auch wenn sie weiß, dass nur anprobiert, aber nicht gekauft wird. Heute ist es anders. Sie möchte diese unentschlossene Schlampe liebend gerne aus dem Schuhladen werfen. *Hau ab! Geh anderen auf die Nerven! Lass mich in Ruhe!* Diese Frau sieht noch dazu nicht danach aus, als würde sie sich ein paar Schuhe leisten können. Sie hat Haare wie Drahtseil und ihre Brille stammt vermutlich von ihrer Urgroßmutter.

„Ich nehme dieses Paar", sagt die Kundin und zeigt auf die Schuhe, die sie gerade zum dritten Mal probiert. „Sorry, ich bin so unentschlossen. Man hat schon mal solche Tage ... Nun, ich nehme diese also."

„Ja, ich verstehe das. Wir haben ja auch eine große Auswahl", antwortet Annabelle und packt die Schuhe in den Karton.

„Sie sind doch Annabelle, oder?", fragt die Kundin plötzlich. „Eine Freundin von mir hat mir gesagt, dass Sie die beste Verkäuferin in dem Laden sind. Sie hat absolut recht. Danke für Ihre Geduld. Ich brauche übrigens keinen Karton und zahle in bar."

Annabelle hat ein schlechtes Gewissen. Sie legt eine Dose schwarze Schuhcreme in die Tüte. „Service des Hauses", sagt sie freundlich.

Die Kundin lächelt. „Danke schön", sagte sie und nimmt die Tüte in die Hand. Dann schaut sie kurz nach links und rechts, beugt sich vor. „Denken Sie ab und zu noch an Tim Stolte, Annabelle?", flüstert sie mit sanfter Stimme.

Annabelle sieht sie mit einem verwirrten Stirnrunzeln an.

Im nächsten Moment ist die Kundin verschwunden.

230

Kapitel 6

Annabelle

„Ich muss mit dir reden, Hendrik! Es ist wichtig!" Annabelle kann das alles einfach nicht mehr ertragen und schreit Hendrik am anderen Ende der Leitung an. Verblüfft sehen einige Kunden sie an. Fluchtartig verlässt sie den Laden.

„Beruhige dich, Annabelle! Komm zu mir ins Büro! Ich kann hier noch nicht weg." Während sie zu ihm fährt, schaut Annabelle immer wieder in den Rückspiegel. Sie fühlt sich bedroht. Als ein Autofahrer sie dreimal überholt, hat sie Angst. *Vielleicht sucht er nur eine Parklücke und dreht ein paar Runden?*

Neuerdings träumt sie in der Nacht von einem drohenden Unheil, vom Angesicht des Todes, von Laura und Corinna. Es ist ein Traum, der sich ständig verändert. Jedes Detail ist aber nach dem Aufwachen präsent: Laura und Maarten, Corinna und Hendrik, Tim und seine Mutter, als teuflische Gestalten, die sie zu ersticken drohen.

Sie rammt fast einen Fahrradfahrer, der über einen Zebrastreifen fährt und muss bremsen.

Sie hebt den Mittelfinger. „Idiot!", grummelt sie.

In ihrem Traum war der Tod stets allgegenwärtig, denkt sie. *Und gefräßig.*

Was wollte diese Frau im Laden? Warum hatte sie nach Tim Stolte gefragt? War sie eine Freundin oder mit ihm verwandt? Warum war sie plötzlich verschwunden?

Sie schaut wieder in den Rückspiegel. Bildet sich ein, dass derselbe Wagen hinter ihr ist. Nein, es ist keine Einbildung. Das Fahrzeug fährt dicht hinter ihr.

Sie fährt langsamer.

Der Wagen überholt sie.

Sie fährt noch langsamer.

Nur noch zwei Straßen, dann ist sie in Sicherheit – bei Hendrik.

Nur noch um die Ecke, dann steht sie vor dem Beerdigungsunternehmen. Steigt aus. Die Treppe zur Eingangstür ist unbeleuchtet und sie blickt in eine dichte Dunkelheit hinauf. Die Kälte ist ihr in alle Glieder gekrochen, dabei ist es nicht kalt. Sie hat das Gefühl, sich nur noch wie eine alte Frau bewegen zu können.

Hendrik öffnet die Tür, und sie spürt jene vertraute Zufriedenheit und Wärme, die sie immer erfasst, wenn er in ihrer Nähe ist.

„Ich musste wieder an die Arbeit, Annabelle. Zu Hause fällt mir die Decke auf den Kopf und im Krankenhaus bin ich nur noch verzweifelt. Sie werden Corinna in ein Pflegeheim verlegen, das auf die Pflege von Koma-Patienten spezialisiert ist." Seine Worte überschlagen sich in seltsamen, hoffnungslosen Eifer.

Annabelle zuckt zusammen. „Ein Pflegeheim? Wird sie nicht mehr aufwa..." Sie stockt und legt schockiert eine Hand vor ihren Mund.

Hendrik nickt. „Es sieht nicht so aus, als würde sie wieder aufwachen", sagt er traurig.

Im nächsten Moment klammern sie sich aneinander.

Die seltsame Frau aus dem Laden spielt keine Rolle mehr.

Das Gefühl, verfolgt zu werden, ein Hirngespinst.

Das alles ist nichts im Vergleich zu dem, was ihr geliebter Freund jetzt durchmacht. Er verliert seine Frau, er hat sie schon verloren, obwohl sie noch lebt. In diesem Moment braucht er Trost und Wärme. Das signalisiert ihr sein Körper.

Sie spürt, wie seine Lippen zuerst ihren Nacken berühren, dann ihre Wange und im nächsten Moment ihre Lippen.

Wir dürfen das nicht, denkt sie. Ihre Lippen öffnen sich leicht, wie von allein, um den Schauer der Küsse zu empfangen. Danach schiebt sie ihre Gedanken beiseite, empfindet nur noch, und lässt sich völlig fallen, wird eins mit ihm. Sie hat sich so sehr nach ihm gesehnt. Weder Vernunft noch Vorsicht können das ändern. Ihre Brüste spannen, drücken hart und empfindlich gegen den Stoff ihrer Bluse, und sie kann nur daran denken, dass sie jene wunderbare Ekstase empfinden will, wie einst.

Und dann ist alles wieder da: die Leidenschaft, die Gier, das Staunen, das Überwältigende, die Wollust, das Gefühl nach Hause zu kommen. Die Jahre der Sehnsucht nach seinem Körper sind wie ausgelöscht.

„Hendrik ..." Ihre Stimme bebt leicht, als sie seinen Namen flüstert. Sie möchte ihn fragen, ob er dasselbe empfindet, aber er verschließt ihre Lippen immer wieder mit seinem Mund. Sie klammert sich an ihn, Blut wird zu Feuer in ihren Adern, als sie seine Erregung spürt. Sie sagt kein Wort, als er erst sie und dann sich auszieht.

Als er ihr über die Wange streicht, öffnet Annabelle die Augen. Sie

232

haucht einen Kuss in seine Handfläche und wendet ihm ihr Gesicht zu. „Hendrik ... "

„Schh ..." Er haucht einen Kuss auf ihre Lippen.

Es ist so ganz und gar natürlich, ihn im Arm zu halten, ihn immer wieder zu liebkosen und die Zeit anzuhalten.

Er drückt sie gegen den Schreibtisch, sie spürt, dass er in sie eindringt. Sie legt die Beine um seine Hüften und vergisst die Welt um sich völlig. *Lass es nicht aufhören, lass es stundenlang so weitergehen!* Ihr Körper bebt, sie fleht ihn sinnlich an. Sie denkt an ein Baby in dem Moment, als er sich in ihr verströmt.

Sie hält den Atem an.

Es ist schon dunkel draußen. Sie trinken den letzten Rest Wein, der noch im Kühlschrank gewesen ist. Und sie teilen sich die Tüte Chips, die Hendrik aus seiner Schreibtischschublade gezogen hat. Sie liegen auf dem Boden im Büro. Sie streicheln sich immer wieder, haben schon zum dritten Mal Sex. Diesmal bewegt Hendrik sich langsam in ihr. Auch berührt er sie immerwährend mit seinen Augen. Sie kennt diesen Blick so gut, sie hat sich so sehr danach gesehnt.

Irgendwo im Raum ertönt das Signal eines Anrufs.

„Sie können auf dem Anrufbeantworter eine Nachricht hinterlassen", sagt Hendrik und beugt sich zu ihr herab. „Immer noch zuerst rechts und dann links?" Er wartet ihre Antwort nicht ab, berührt mit seiner Zunge sanft ihre Brustwarzen.

Annabelle steht in Flammen.

Er scheint das Signal nicht zu hören, eine Nachricht wird aufgezeichnet.

Annabelle schon. Wie ist es möglich, dass sie Hendriks Reaktion verstörend findet? Dass seine leidenschaftliche Umarmung ihr mit einem Mal trügerisch vorkommt? Sie lassen sich endlich fallen und sie grübelt. Sie konzentriert sich wieder auf ihren Körper.

Später liegen sie nebeneinander. Erst jetzt spürt Annabelle, wie hart der Boden ist. Sie setzt sich auf. Seine Hand streichelt ihren Rücken.

„Du solltest die Nachricht abhören", sagt sie zärtlich.

„Welche Nachricht?"

„Ich glaube, dass dein Handy eine Nachricht aufgezeichnet hat."

Hendrik seufzt. „Was habt ihr Frauen immer nur mit eurer Mailbox?" Er lacht und steht auch auf. „Du bekommst deinen Willen. Wollen wir nachher einen Happen essen gehen?"

233

Annabelle beobachtet Hendrik, als er die Nachricht abhört. Sie sieht, wie er zusammenzuckt, sieht, wie sein Gesicht zu einer besorgten Maske verzerrt und blass wird. Er wankt und wirft ihr einen quälenden Blick zu. „Ich muss ins Krankenhaus, Corinna geht es nicht gut." Dann zieht er sie an sich und schlingt seine Arme um sie. „Entschuldigung", flüstert er. „Es hätte nicht passieren dürfen. Ich war völlig neben der Spur." Aus seiner schmerzlichen Verwirrung rettet sich Annabelle. „Mach dir keine Sorgen, Hendrik. Schon vergessen." Zuhause kommen die Tränen.

Lynn, 14. August 2017

Ich bin mir nicht sicher, ob ich auf die Nachricht von Tilda reagieren soll. *Ich gehe für eine unbestimmte Zeit ins Ausland. Deine Mutter weiß, wo ich bin.* Den ersten Satz verstehe ich. Tilda war in Panik geraten, als die Polizei plötzlich vor ihrer Haustür stand. Sie hat sich entschieden, abzutauchen. Eine gute Entscheidung. Ich muss nicht wissen, wo sie sich aufhält. Der Plan, zu dem ich mich habe verleiten lassen, wird ohnehin nicht fortgesetzt. *Game over!* Wenn Tilda in die graue Materie der Unauffindbarkeit eindringt, bin ich in Sicherheit. Dann wird die Kripo die Akten von Laura Senger und Corinna Fischer mit nicht identifizierten DNA-Spuren als ungelöste Fälle in dem *Cold-Case*-Raum archivieren.

Ich darf mir nichts zuschulden kommen lassen. Meine DNA darf niemals sichergestellt werden. Ich kann auch niemals mit jemandem über die vergangenen Monate sprechen. Ich muss schweigen. Für immer.

Schweigen ... Mein Spezialgebiet.

Bleibt also nur noch Tildas zweiter Satz der Nachricht. Er lähmt mich, ich bin blockiert und kann mir keinen Reim darauf machen. *Deine Mutter weiß, wo ich bin.*

Nicht in Panik geraten, nicht hyperventilieren, nicht würgen, nicht mit den Zähnen klappern. *Dich nicht im Alkohol ertränken.* Ich habe den Rest der letzten Weinflasche in den Abfluss gekippt und geschworen, mir vorerst keinen neuen Vorrat zuzulegen. Bleib nüchtern! Sprich nüchtern! Denke nüchtern nach!

Steh auf, Lynn!

Ohne Prosecco Rosé und Wein verflüchtigt sich die Wärme in meinem Körper und mir ist wieder kalt. Aber ich brauche einen klaren Kopf. Mir kommt es vor, als hätte eine obskure Macht von mir Besitz ergriffen, und drängt sich meiner Seele auf.

Ich bin nicht mehr diese schutzlose, nicht wahrgenommene Gestalt von einst. Es wird Zeit, mich meiner Vergangenheit zu stellen. Und der Wahrheit.

So treffe ich eine Entscheidung.

Sie ist im Ausland, aber in welchem Teil der Welt mag sie wohl sein? In Vancouver bei ihren Söhnen? Ich werde ihr eine WhatsApp senden. Es ist Viertel nach neun, in Kanada ist es jetzt neun Stunden früher. Wenn sie dort ist, ist es nach Mitternacht und sie wird sie nicht sofort lesen. Hoffentlich ist sie zumindest auf der anderen Seite der Welt für mich erreichbar. Aber sie könnte sich auch innerhalb Europas versteckt haben.

Los Lynn! Lang genug getrödelt!

Ich schreibe eine Nachricht. *Was soll ich mir unter „unbestimmte Zeit" vorstellen, Tilda?* Ich drücke die Senden-Taste.

In diesem Moment bereue ich, dass ich die halbe Flasche Wein nicht mehr habe. Ich frage mich, ob Simon sich noch einmal melden wird? Das alles bringt mich nicht weiter. Ich werde etwas Nützliches tun. Zum Beispiel das Badezimmer putzen.

Ein Signal schreckt mich auf, macht mir Angst. Ich schaue auf das Display meines Handys.

Eine WhatsApp von Tilda. *Solang ich es für notwendig halte.*

Ich werde daraus nicht klüger. *Fürchtest du dich vor etwas?* Ich bedauere diese Frage sofort, weil sie zu direkt ist.

Sie antwortet sofort. *Ja, es ist nur zu deiner eigenen Sicherheit.*

Ich lese die Worte mehrmals. Tilda hat Angst um meine Sicherheit?

Was kann mir denn passieren?

Ich fühle mich nicht wohl. Worum geht es hier? Hat Tilda der Polizei etwas gesagt, was mir Probleme bereiten könnte? Unmöglich! Sie hat gesagt, dass der Besuch der Polizei sich nicht richtig anfühlt, aber nicht, dass es für mich unangenehm werden könnte. Sie kann nicht über mich sprechen, ohne Gefahr zu laufen, selbst in Schwierigkeiten zu geraten. *Bleib ruhig, Lynn, bleib ruhig.*

Eine neue WhatsApp von Tilda. *Du könntest in eine üble Sache hineingezogen werden.*

Meine Reaktion erreicht sie sofort. *In welche Sache? Und von wem?*

Ich muss auf meine Atmung achten. Und etwas trinken. Gibt es wirklich keinen Wein mehr im Haus?

236

Sprich mit deiner Mutter!
Ich blinzele. Steht das wirklich dort?
Woher kennst du meine Mutter?
Ich halte das Handy fest und warte.
Ich spiele mit ihr Bridge.
In meinem Kopf macht es *klick*. Meine Mutter ist seit vielen Jahren Mitglied in einem Bridge-Club. Bernadette hat vor nicht allzu langer Zeit über den Bridge-Club gesprochen, als sie mich wegen meiner Mutter angerufen und mich um Hilfe gebeten hat. Ich grabe tief in meiner Erinnerung nach ihren Worten. *„Unsere Mutter ist gestürzt. Sie braucht jemanden, der ihr beim Waschen und Ankleiden assistiert. Bis jetzt hat ihr jemand geholfen, den sie aus dem Bridge-Club kennt, aber diese Person ist krank und auch nicht mehr die Jüngste."*
Bernadette hatte einfach vergessen, dass ich in unserem Elternhaus nicht mehr willkommen bin. „Du bist eine verlogene Querulantin, eine Lügnerin." Sie und Harry hatten mich aus dem Haus geworfen. Warum sollte *ich* wieder in dieses Haus gehen, um meine Mutter zu waschen? Das Telefonat hat im Nachhinein eine eigenartige, unaussprechliche Bedeutung, diese Bedeutung drängt sich mir auf und sorgt für einen Augenblick blinden Hasses, der alle frühere Wärme, alles Verstehen zerstört und stattdessen nur ein qualvolles Muster unaussprechlichen Schmerzes und Widerwillens hinterlässt. Die geballte Wut dahinter richtet sich nun gegen Tilda und meine Mutter.
Meine Magensäure erreicht einen Höchstpegel.
Ist Tilda die Person, von der Bernadette gesprochen hat? Ich kann es kaum glauben. Ich sende Tilda eine Nachricht.
Bist du diejenige, die meiner Mutter nach ihrem Sturz geholfen hat?
Ich warte vergebens. Keine Antwort.

Ich lese alle Nachrichten wieder und wieder. Meine Augen suchen immer nach diesem einen Satz. *Besprich das mit deiner Mutter!*
Es ist Viertel vor zehn abends. Wenn ich mich beeile, bekomme ich an der Tankstelle noch eine Flasche Wein.
Einige Monate nach Benedikts Tod, hatte mein Vater mich einmal gewarnt, dass ich nicht zu viel trinken und besser auf mich achtgeben sollte. *Das werde ich, Papa.* Aber jetzt brauche ich einen Schluck.

Lynn, 17. August 2017

Auf der Titelseite ist ein großes Foto von Corinna abgebildet. Meine Hände zittern so sehr, dass ich die Zeitung auf den Tisch legen muss. *Corinna Fischer ist tot.* Wird dieser Tod als eine Komplikation des Komas angesehen oder bedeutet das womöglich, dass sich die polizeilichen Ermittlungen jetzt auf Mord konzentrieren? Übergriff mit Todesfolge. Heimtückischer Mord! Ob Tilda es schon erfahren hat? Ist es klug, ihr eine WhatsApp zu schicken? Nein, gewiss nicht.

Corinna war während der Besprechung freundlich und sehr höflich gewesen. Aber auch distanziert. Ich frage mich, ob ihr aufgefallen war, dass ich an dem Tag eine Perücke und eine Brille getragen hatte. War ihr aufgefallen, dass etwas nicht stimmte? Hatte sie später mit jemandem darüber gesprochen? Hatte sie etwas über mich schriftlich festgehalten?

Du könntest in eine üble Sache mit hineingezogen werden. Besprich das mit deiner Mutter!

Ich habe plötzlich keinen Appetit mehr auf das warme Croissant, das vor mir liegt.

Ich habe noch einmal alle Schränke überprüft, aber es ist nichts mehr in meinem Haus, das mich mit Corinna in Verbindung bringen könnte. Alles wurde fein säuberlich in einen Müllsack gesteckt und mit den Taschen in die schwarze Tonne geworfen. Heute Morgen hat die Müllabfuhr den schwarzen Behälter geleert. Trotz alledem bin ich nicht erleichtert.

Ich grüble. Über den Fortschritt der Ermittlungen in der Mordsache Laura Senger und Corinna Fischer wird wenig berichtet. Das mag Absicht sein, aber es kann auch bedeuten, dass die Beamten keinen Schritt vorangekommen sind.

Sie haben nur Tilda besucht, die Mutter eines Jungen, der vor sieben Jahren getötet wurde und die dieses Trauma nicht verarbeitet hat. Es war Tildas Idee gewesen, die Partner der Freunde zu töten, die den Tod ihres Sohnes verschuldet hatten. Aber warum hat sie behauptet, dass sie auch etwas mit dem Tod von Benedikt zu tun haben?

Wozu hat sie mich in Wahrheit benutzt?

Was hat sie der Polizei erzählt?

Wie beurteilt die Kripo ihr Verschwinden?

Ich verliere die Kontrolle, kann mich nicht beruhigen, besonders, wenn mir etwas in den Sinn kommt, das mich so sehr erschreckt, dass ich mich sofort setzen muss. Falls bei Tilda eine Hausdurchsuchung stattgefunden hat, hat die Kriminaltechnik auch ihre DNA bestimmt. Dann werden die Experten in kürzester Zeit feststellen, dass Tilda an beiden Tatorten gewesen ist. Die Kripo wird nicht darauf warten, dass sie zurückkommt. Sie wird Tilda zur Fahndung ausschreiben und der Staatsanwalt wird einen Haftbefehl beantragen.

Ich habe alles vor Augen, was ich nicht sehen will. Die Polizei vor meiner Tür, Handschellen. Eine Gefängniszelle. Wer kümmert sich dann um Papa?

Besprich das mit deiner Mutter!

Ich schreibe Tilda eine WhatsApp. *Wo bist du?* Und lösche sie sofort.

Denk nach, Lynn! Du warst an dem Nachmittag in Lauras Schönheitssalon, an dem sie ermordet wurde, aber du hast ihn verlassen, weil dir nicht wohl bei der Sache war. Niemand kann das überprüfen. Du hast auch keine Ahnung, warum Laura dich unter einem anderen Namen geführt hat, sollte mich jemand danach fragen. Vielleicht aus steuerlichen Gründen? Du hast die Nachricht von Lauras Ermordung verpasst, weil du tagelang geschrieben hast. Du bist auch bei Corinna Fischer gewesen, weil du dich über eine Beerdigung informieren wolltest. Nichts Ungewöhnliches, wenn du der gesetzliche Vertreter eines dementen Vaters bist. Ich habe behauptet, dass ich Informationen für die zukünftige Beerdigung einer Tante benötige, weil ich die Privatsphäre meines Vaters schützen wollte. Dies sind gute Argumente. Bleib dabei, Lynn, und erinnere dich gut: Du kennst keine Frau namens Tilda.

Aber ich habe ihr WhatsApp-Nachrichten geschickt und wenn die Polizei mein Handy findet, kann alles zurückverfolgt werden.

Wo sind die Plastiktüten? Ich hyperventiliere, ich muss in eine Plastiktüte atmen.

*

„Elisabeth von Raaben." Sie betont ihr *von*.

„Ich bin es."

„Wer ist ich?"

„Lynn."

„Ich dachte es mir."

Stille.

„Vielleicht sollten wir reden, Mutter."

„Ich bin zu Hause."

„Dann bin ich in einer Stunde bei dir."

Ich warte nicht auf ihre Antwort und breche die Verbindung ab. Es ist fast dunkel. Ich werde das Haus meiner Mutter so unauffällig wie möglich betreten.

„Es war heute der kälteste 17. August seit einhundert Jahren", sagt die Nachrichtensprecherin im Radio. Der Sommer hat einen ziemlichen Sprung in der Schüssel.

Nicht nur der Sommer, Madame.

Kapitel 7

Annabelle

Sie stehen dicht beieinander, Schulter an Schulter. Annabelle sieht überall tränenüberströmte Gesichter und wird von fremden Menschen geküsst.

Carsten spricht mit einer älteren Frau. Vermutlich einer Verwandten von Corinna. Er gibt ihr mit seinen Augen ein Zeichen. *Alles in Ordnung.*

Als er aus Italien zurückgekommen ist, hat sie ihn sofort in ihr Bett gezerrt. Jetzt schlafen sie jeden Tag miteinander, gestern sogar zweimal. Und jedes Mal bildet sie sich ein, dass es Hendrik ist, der sie leidenschaftlich im Dämmerlicht vergangener Sommer liebt. *Früher, denkt sie, gab es keinen Gedanken an eine andere Zeit oder einen anderen Ort, denn sie waren vollständig, und sie brauchten nichts und niemanden, es gab nichts Schlechtes, und es gab weder Treulosigkeit noch dunkle Unruhe, noch sonst irgendwas.*

Schwanger ... *Es ist absolut nicht möglich*, denkt sie. Bis jetzt hat sie ihre Periode immer pünktlich bekommen. Es macht keinen Sinn plötzlich an die Möglichkeit einer Schwangerschaft zu denken. Der Beischlaf mit Carsten hat bis heute nicht zu einer Schwangerschaft geführt. Warum also von Hendrik schwanger sein? Aber um auf der sicheren Seite zu sein, hat sie ihren eigenen Ehemann für eine Weile verführt. Niemand darf misstrauisch werden, wenn ...

Sie schaut sich weiter um. Ihr Blick fällt auf eine Frau mit strohblondem Haar.

Annabelle weitet ihre Augen. Ist sie es, die ihr die Frage über Tim Stolte gestellt hat? Nein, sie sieht zu gut aus. Das ist nicht dieselbe Frau. Sie hat kurzes Haar und trägt keine Brille.

Sie will diese Frau aus dem Laden vergessen und auch nicht mehr mit Hendrik darüber sprechen. Die Ereignisse haben sie überrollt: Sex mit Hendrik, Corinnas plötzlicher Tod. Die Blumen mit den Botschaften. Die Möglichkeit, schwanger zu sein. Warum hat sich alles so verändert?

Sie hat mit Lukas Belling über Blumenlieferungen gesprochen. Belling hat die Kärtchen an sich genommen, sich Notizen gemacht und ihr geraten, ihn sofort zu kontaktieren, wenn wieder Blumen geliefert werden. Und vorsichtig zu sein. Nicht auf eine mögliche Einladung zu reagieren, sondern ihn in diesem Fall sofort anzurufen. Sie trägt seine Visitenkarte stets bei sich, seine Handynummer kennt sie auswendig.

Carsten hat von all dem keine Ahnung. Vorläufig wird sie es dabei belassen. Sie möchte ihn nicht beunruhigen, er könnte die kommende Bustour absagen. Sie beginnt in zwei Tagen und dieses Mal wird er für vier Wochen fort sein. Vier Wochen Ruhe und kein überreiztes Gefühl zwischen ihren Beinen. Sie wird sehen, was als Nächstes kommt.

Maarten und Annabelle haben Hendrik nach der Beerdigung nach Hause begleitet. Annabelle hat im Gefrierfach Baguettes gefunden und taut sie in der Mikrowelle auf. Maarten öffnet zwei Dosen Bier, ihr schenkt er ein Glas Wein ein. Sie prosten sich zu.

„Auf Corinna", sagt Maarten. „Ich trinke darauf, dass dieses Arschloch schnell gefunden wird, der ihr das angetan hat! Der Hendrik das angetan hat!"

Hendrik trinkt sein Glas und räuspert sich. *„Die Mutter ... Tilda Stolte* hat nichts damit zu tun."

Annabelle schlägt eine Hand vor ihren Mund. „Wirklich nicht? Woher weißt du das?"

„Ihre Tochter hat mich angerufen. Sie hat der Polizei die Haarbürste ihrer Mutter übergeben. Sie haben Tildas DNA bestimmt und es gibt keine Übereinstimmung mit den Spuren, die sie an beiden Tatorten gefunden haben."

„Dann handelt es sich in beiden Fällen wohl doch um einen brutalen Raubmord, nicht um einen Racheakt", meint Maarten und öffnet eine zweite Dose Bier.

Annabelle starrt aus dem Fenster.

„Was meinst du, Annabelle", fragt Hendrik.

„Laura hat gruselige Nachrichten bekommen, ich auch. Richtig?" Sie steht auf. „Wenn Tilda Stolte nichts damit zu tun hat, wer dann? Und warum werden Menschen getötet, die uns nahe stehen? Sonst noch irgendwelche idiotischen Fragen?" Ihre Worte überschlagen sich. „Ich glaube, die Baguettes sind fertig!"

Ich werde vier Wochen allein zu Hause sein, denkt sie. *Das sollte ich nicht wollen!*

Lynn, 17. August 2017

Sie streckt mir ihre kleine, sorgsam manikürte Hand hin. Ich übersehe sie, wie den hasserfüllten Blick, den sie mir zuwirft, gehe wortlos an ihr vorbei und betrete mein Elternhaus.

Im Wohnzimmer kommt sie sofort zur Sache, sagt, dass sie an einem metastasierenden Ovarialkarzinom leide, und dass eine Chemotherapie nicht mehr in Frage komme.

Sie steht über den Tisch gebeugt, auf ihre geballten Fäuste gestützt, die das Tischtuch in Falten schieben. „Du glaubst doch wohl nicht, dass ich *so* leben will!" Sie mustert mich mit äußerster Kälte.

Ich muss mir eingestehen, dass mich ihre Offenbarung ein wenig betroffen macht, nicht wegen der Aussichtslosigkeit und der Tatsache, dass ihr ein grausames Ende bevorsteht, sondern weil sie das alles als etwas Banales darstellt. Sie zeigt auf ihren Stock. „Danke, dass du nicht bereit warst, mir zu helfen."

„Gern geschehen", antworte ich.

Sie lacht, es klingt wie das helle Klirren rasiermesserscharfer Klingen, die aneinanderstoßen. „Ist nicht weiter schlimm, Schätzchen!"

Ich schlage vor, schnell zur Sache zu kommen. „Was ist das mit dir und dieser Tilda Stolte?"

„Mein Krebs interessiert dich nicht?"

„Nicht wirklich."

„Setz dich, du Närrin!", flüstert meine Mutter. „Du arme Närrin."

Manche Sätze muss meine Mutter dreimal wiederholen, bevor ich ihre Bedeutung begreife. Anfangs kann ich ihr noch folgen. Es ist mir klar, dass Tilda und sie sich vom Bridge kannten, aber ich verstehe nicht, warum meine Mutter sich einen Plan ausgedacht hat, um mit drei Menschen abzurechnen, die in Tildas Augen für den Tod ihres Sohnes verantwortlich sind. Doch dann dämmert es mir allmählich.

Ich bin der Grund.

Ich, die Tochter, die sie an ihrem Geburtstag gedemütigt hat. „Als dein Vater nach der Geburt von Bernadette jedes sexuelle Interesse an mir verloren hatte, zog ich alle Register, um ihn zu verführen. Ich bekam zwei weitere Kinder, aber auch einen Bauch voller Dehnungsstreifen und verlor den Mann, der sich vorher nicht von mir fernhalten konnte", begann sie und lachte wieder. Ihr Lachen klang angestrengt.

Ich frage mich, ob das die einzigen Gründe sind. *Da muss noch mehr sein.*

Sie übergießt meine Seele mit ihren kalten Worten wie mit einem Eimer Eiswasser. Ich taumle, muss mich setzen. Meine Mutter sieht mich immerfort an, während sie spricht, und ich kann ihrem Blick nicht ausweichen. Vielleicht ist es richtig, dass ich in diese Augen sehe, denn sonst hätte ich nicht geglaubt, was ich da höre.

„Ich habe meinen Fokus auf die Verbesserung meines Aussehens gelegt", sagt sie. „Gesunde Ernährung, viel Sport, Fältchen glätten lassen, perfektes Styling, gutes Make-Up. Das Problem mit Yuri und dir wurde teilweise gelöst, als Yuri ertrank."

Ich dachte, ich habe sie falsch verstanden, aber ihre Worte hallen in meinem Kopf immerfort nach. *Das Problem mit Yuri und dir wurde teilweise gelöst, als Yuri ertrank.*

Ich will etwas sagen, aber ihre imperative Hand zwingt mich, zu schweigen. Dann beginnt sie mir zu erklären, was es bedeutete, als Mutter einen schlechten Ruf zu bekommen. Wie tief ein Kind dich treffen kann. Welch irreversibler Hass daraus resultieren kann. Ihr Gesicht ist zu einer Maske verzerrt, auf der Hass, unaussprechliches Mitleid, Abscheu und eingestandene Verachtung vergeblich miteinander ringen.

Ich hörte ihre Worte.

Worum es ihr tatsächlich ging, habe ich erst verstanden, als sie mir im Detail erklärte, was sie sich hatte einfallen lassen, um mich endgültig zu besiegen.

Kapitel 8

Annabelle

Endlich Ruhe.

Sie hat Carsten vor einer Stunde zum Reisebus gebracht und fährt sofort zu Hendrik. Er sieht verhärmt aus. Unrasiert, blutunterlaufene Augen, fettiges Haar.

„Oh, du bist es nur", sagte er.

Ja, ich bin es nur. Was kann er mehr sagen. Es gibt nichts Schlimmeres, als allein zu sein, wenn man nicht stark genug ist, die eigenen Gedanken zu ertragen. Man hält es nur eine Weile aus, und dann ...

Sie schubst ihn zur Seite und betritt die Diele. „Jemand muss auf dich aufpassen und ich werde in den nächsten vier Wochen wieder allein sein. Lass mich zuerst einmal hier aufräumen."

„Ich will keinen Sex", wehrt Hendrik ab. „Es hätte nie passieren dürfen, ich verstehe immer noch nicht, was mich da geritten hat."

„Wer redet hier von Sex? Wir haben uns bereits darauf geeinigt, dass es eine einmalige Sache war. Sei nicht so schwierig und lass mich dir ein bisschen helfen."

Hendrik steht immer noch in der Tür. „Ich möchte keine Hilfe, ich möchte nur allein sein."

„Und ich habe Angst, allein zu sein", sagt Annabelle. „Hat denn niemand bemerkt, dass jemand in meiner Nähe bleiben sollte? Bin ich die Einzige, die begreift, dass es weitere Opfer geben könnte?"

Hendrik fährt sich durch das Haar. „Wie kommst du darauf, dass du in Gefahr bist?"

„Ich habe dir das noch nicht erzählt, aber vor einigen Tagen ..." Sie schildert ihm in knappen Worten von der seltsamen Kundin im Schuhladen.

„Es gibt jede Menge schräger Vögel, Annabelle. Wenn du wüsstest, was mir im Beerdigungsunternehmen alles über den Weg läuft. Das kann man sich nicht ausdenken!"

Sie schluckt. „Darf ich ein paar Tage hierbleiben?"

Er überlegt einen Moment. „Besser nicht."

Sie haben Tee getrunken. Reglos sitzen sie da und starren sich an,

245

lange, und niemand sagt ein Wort. Schließlich ruft Hendrik in einem Anfall von großem Schmerz: „Ich ertrage es nicht, dass eine andere Frau in meinem Haus schläft, Annabelle. Noch nicht."

Noch nicht. Annabelle bleibt nichts anderes übrig, als nach Hause zu fahren und in ihrem Haus alle Türen und Fenster geschlossen zu halten. Morgen muss sie den ganzen Tag arbeiten. Vielleicht kann sie ein paar Tage bei Maarten übernachten. Oder ist er auch der Meinung, dass sie übertreibt?

Sie kann einfach nicht länger allein sein, sie muss etwas tun, mag es auch noch so blödsinnig sein. Sie hat Angst und deshalb muss sie sich davon überzeugen, dass sie nicht allein ist, auch wenn es so ist. Vielleicht sollte sie Lukas Belling anrufen und ihn um Hilfe bitten. Eine Polizeistreife könnte ab und zu vorbeifahren, schlägt er ihr am Telefon vor. Ein guter Vorschlag.

Sie fühlt sich schon besser, geht zur Haustür und überprüft noch einmal die Sicherheitsverriegelung, als sie Schritte hört, die nähern kommen. Es klingelt.

Sie schaut auf den winzigen Überwachungsmonitor. Eine Nachbarin hebt ihre Hand und flattert mit einem Umschlag.

Annabelle öffnet die Haustür.

„Hey Annabelle." Sie zeigt auf ihre Gesichtsbräune. „Wir waren eine Woche in Portugal. Fantastisches Wetter", schwärmt sie und reicht ihr einen Umschlag. „Der lag in unserem Briefkasten, ist aber für dich bestimmt."

Annabelle schaut auf den Umschlag. „Dankeschön, Margret. Hättest du Lust morgen einen Kaffee mit mir zu trinken? Carsten ist wieder on Tour."

„Okay. Du, ich muss, mein Mann wartet mit dem Essen. Also bis morgen. Ich freue mich."

Annabelle schließt die Tür und schaut sofort auf den Umschlag. Sie dreht ihn um. Kein Absender. Sie kennt die Handschrift nicht. Ihre Hände zittern.

Sie atmet tief ein, reißt den Umschlag auf.

Ein kleines, weißes Stück Papier, ein Blatt aus einem Kalender oder einem Notizbuch.

Ich werde dir ein Foto zukommen lassen.

Annabelle greift mit zitternden Händen nach ihrem Handy und wählt die Nummer von Lukas Belling.

Lynn, 17. August 2017

„Deine Lüge hat mich krank gemacht. Nur durch deine unverzeihlichen Anschuldigungen in Gegenwart von Bernadette und Harry, ist der Krebs plötzlich ausgebrochen. Ich wäre nicht überrascht, wenn die Schwangerschaft mit einem Kretin wie dir, bereits die Grundlage für das Wachstum in meinen Eierstöcken gewesen ist, und dass die erdrückende Lüge dieses Wachstum aktiviert hat. Du bist ein Monster, Lynn! Das warst du schon immer."

Ich hasse den billigen Laut ihrer Worte, hasse das Hirn, das sie in die Welt wirft, die Lippen, die sie ausstoßen. „Es muss wohl so sein, dass der Krebs sich ausgebreitet hat, aber bestimmt nicht durch mein Verhalten. Außerdem wuchert er vielmehr in deinem Kopf, Mutter. Ich kann mir dein Verhalten sonst nicht anders erklären. Du bist völlig irre!"

„Du armseliges Huschelchen. Tilda Stolte hat mich sehr gut verstanden. Ich habe sie mal gefragt, was sie davon hält, wenn die jüngste Tochter eines allseits respektierten Chirurgen mit einem Motorroller zum Rathaus gebracht wird. Wie Tilda, die, wie wir, adelige Vorfahren hat, das als Mutter gesehen hätte."

Mein Atem stockt, ich bekomme kaum noch Luft, und sie genießt es.

Ich weiß, dass Benedikt sich in der Vergangenheit schon einmal leicht verhaspelt hat. Wenn er eine Überraschung für sich behalten wollte, hat es ihm immer viel Mühe bereitet, mir sein Geheimnis preiszugeben. Aber für jemanden, der unbedingt erfahren wollte, dass er nicht in einen weißen Rolls-Royce steigen, sondern mich mit seinem Motorroller zum Standesamt bringen würde, muss es ein Leichtes gewesen sein, das herauszufinden.

Meine Mutter hat dieses Geheimnis einem Mitarbeiter der Firma seines Vaters entlockt, und danach gehandelt. Tilda wurde eingeschaltet, um auf dem Radweg hinter einem Baum Ausschau nach Benedikt zu halten.

„Tilda sollte ihn zum Anhalten zwingen", sagt sie und legt sibirische Kälte in ihre Stimme. „Ihn aufhalten. Aber es kam anders. Benedikt wurde abgelenkt durch einen kleinen Jungen auf den Gleisen. Ein nicht eingeplanter Zwischenfall. Als Tilda hinter dem Baum hervorkam, war er schon näher, als sie ursprünglich angenommen hatte. Er erschrak, musste ausweichen." Ihre Augen glänzen verräterisch. „Den Rest kennst du ja. Sie hat Benedikt dort liegen lassen. Tilda floh in einen Garten und verbrachte Stunden hinter einem Busch, bis sie sicher sein konnte, dass die Luft rein war. Ihre aufkommenden Schuldgefühle rückten sofort in den Hintergrund, als ihr jüngster Sohn ein paar Tage später starb. Sie teilte ihre Trauer mit mir. Den Verlust hat sie nie verarbeitet." Die Kälte in ihrer Stimme nimmt zu. „Sie hat ihren Sohn geliebt. Um ihr Gewissen zu erleichtern, suchte sie die Schuld bei den Trunkenbolden, die ihren Sohn Tim hätten aufhalten sollen. Sie war die ganze Zeit eine tickende Zeitbombe in meinem Leben. Und dann kam mein Geburtstag. Du hast versucht, mich an den Pranger zu stellen, du unartiges Mädchen. Dein Akt wurde zur Grundlage meines Plans!"

Nie zuvor habe ich ihre Augen so gesehen: sich windende Körper, die endlos tanzen und in denen der Wahnsinn glüht.

„Du hast dich mit den Mordopfern getroffen, Lynn. Somit war deine DNA am Tatort. Aber dann stürzte ich schwer. Ich gab Tilda den Auftrag, dich zu überreden, Corinna zu töten. Aber du hast dich geweigert, wolltest nicht zur Mörderin mutieren. Schließlich habe ich die Angelegenheit selbst in die Hand genommen. Ich habe Corinna bewusstlos geschlagen, aber wurde dabei von der Putzhilfe überrascht und musste das Büro verlassen. Du bist ausgestiegen und Tilda wollte, dass ich allein weitermache. Sie verlangte es als Gegenleistung für den Dienst, den sie mir an deinem vermeintlichen Hochzeitstag erwiesen hatte. Hätte sie sich um Benedikt gekümmert, würde er vermutlich heute noch leben. Tja, Pech für den Gärtner, entschuldige, für den Landschaftsarchitekten. Tilda wurde zu schwierig. Und schwieriger Menschen kann man sich besser entledigen!"

Unversehens verschwimmt mir der Blick vor Tränen. Ich wende mich ab und stürze in die Dunkelheit. Doch sie holt mich zurück, denn meine Mutter ist noch längst nicht fertig mit mir.

Ich kann sie nur anstarren und versuche zu begreifen, was ich da vernehme. Es kommen mir logische Schlussfolgerungen in den Sinn. Tilda hat sich niemals verletzt, aber diese Lüge benutzt, um im Auftrag meiner Mutter aus mir eine Mörderin zu machen. Dann ist da noch die Wahrheit über Benedikts Tod. Hier gibt es definitiv eine Lücke, die mein Verstand nicht erschließen kann.

Sie rattert weiter und wiederholt immer wieder, dass sie dafür sorgen wird, dass ich in Schwierigkeiten geraten werde. Sie hat die ganze Vorarbeit bereits geleistet. Die entscheidende Aktion wird bald stattfinden. „Wie konntest du nur so dumm sein, diesen Teufelspakt mit Tilda zu schließen?"

Ihr Gesicht ist von Wut und Hass verzerrt. „Du bist der einzige Fehler in meinem Leben, Lynn. Ich hätte dich abtreiben sollen. Ich hasse auf dieser Welt nichts so sehr wie dich!"

„Warum hast du mich dann geboren, Mutter?"

Ich ernte ein hässliches Lächeln, ignoriere es und setze mich ihr gegenüber. „Wie hast du es geschafft, Tilda für dich einzuspannen?"

„Ich habe sie erpresst!"

„Womit?"

Sie zeigt auf die Schublade des Beistelltisches. „Dort findest du die Antwort auf deine erste Frage."

Ich sehe, dass ihr Morgenmantel ihre Knie freilegt, sehe, dass sie einen weißen Slip trägt und habe sekundenlang ihren nackten Körper vor meinem inneren Auge.

Mir wird speiübel. Ich springe auf. „Ich hoffe, Mutter, dass ich dich nie wieder sehen muss und dass du und dein Krebs verrotten. Noch besser wäre, du würdest auf der Stelle tot umfallen."

„Nach dir!", ruft sie. „Aber zuerst gehe ich baden."

Ich laufe zur Haustür, will so schnell wie möglich von hier fort. Ich stoße an etwas und reibe die schmerzende Stelle an meinen Oberschenkel ein paar Mal. Die Schublade des Beistelltisches ist halb geöffnet. Ich will sie mit der geballten Faust schließen. Dann sehe ich es: ein gelber Streifen.

Mein Atem stockt.

Ich öffne die Schublade wieder und entdecke Tildas Mobiltelefon, dessen Display sie mit einem gelben Streifen versehen hat, darunter ein Adressbuch, ein Tagebuch und ein Umschlag, der an Annabelle Brunner adressiert ist.

Aus den Augenwinkeln werde ich gewahr, dass die Tür des Kleiderschranks nur angelehnt ist. Zur gleichen Zeit vernehme ich ein

249

Geräusch.

Die Tür des Wohnzimmers wird geöffnet.

Ich handle, ohne groß zu überlegen und schließe leise wieder die Haustür hinter mir. Husche in den Schrank. Lass die Tür einen Spalt offenstehen.

In der Halle schlurfen Schritte in Richtung Treppe.

Für einen Moment ziehe ich in Betracht, dass meine Mutter die Schranktür schließen und ich darin womöglich ersticken werde, aber sie geht die Treppe hinauf.

Ich horche.

Sie dreht im Badezimmer den Wasserhahn auf.

Sie will ein Bad nehmen.

Ich warte noch ein paar Minuten und krieche mit einem unwillkürlichen Zittern aus dem Schrank. Und dann, während ein Lichtstrahl der Außenlaterne das Dunkel der Halle zerteilt, durchbohrt mich die Erinnerung.

Sie will ein Bad nehmen.

Ich schaue auf Tildas Handy, fragte mich, wie es in die Schublade gelangen konnte. Ich werde es in der Maas verschwinden lassen.

So leise wie möglich öffne ich den Umschlag an Annabelle und finde darin ein Foto von mir, mit meinem Namen versehen, und mit meiner Adresse auf der Rückseite. Darunter steht: *schuldig.*

Im oberen Stockwerk ist es jetzt still. Es läuft kein Wasser mehr in die Badewanne.

Ich gehe leise ins Wohnzimmer, schalte in einer Ecke die Leselampe ein und überfliege das Tagebuch meiner Mutter.

Und weine mit jeder Zeile mehr.

Lynn, 19. August 2017

Der Klingelton meines Handys weckt mich auf. Ich will nicht aufwachen, ich will ausschlafen, damit ich wieder einen klaren Kopf bekomme.

Zu viel getrunken in der vergangenen Nacht, Lynn, mahnt mich mein Vater in Gedanken.

Ich schaue auf das Display. Bernadette!

„Verdammt, Bernadette! Ist es bei dir nicht mitten in der Nacht? Du hast mich aufgeweckt." Meine Stimme klingt vorwurfsvoll. Typisch für meine Schwester, dass sie keine Rücksicht auf die Uhrzeit in ihrer Heimat nimmt.

„Ich kann Mama nicht erreichen", sagt sie.

„Sie wird noch schlafen."

„Ich habe sie seit zwei Tagen nicht erreicht, Lynn!"

„Vielleicht ist sie für ein paar Tage verreist?"

„Das hätte sie mir gesagt."

Dir schon!

Ich gähne. „Also mir auch. Ich war vorgestern bei ihr."

„Ach. Wieso das denn?"

„Ich wurde herbeigerufen. Sie wollte mir dringend etwas sagen. Ich nehme an, du kennst den Grund."

„Hat sie dir etwas über ihre Krankheit erzählt?" Bernadettes Tonfall sagt mir, dass sie sich das kaum vorstellen kann.

„Sie sprach mehr oder weniger in Rätseln. Ich war schnell wieder weg. Du wirst mich dort vorläufig nicht mehr sehen, also wenn du wissen willst, ob sie zu Hause ist, würde ich mich an Harry wenden."

„Harry ist in Gambia."

„In Gambia? Hat er dort das große Geld gemacht, indem er beschnittene Frauen *wiederherstellt?*"

„Du bist unmöglich, Lynn."

„Du sagst es, Bernadette. Und belästige mich zukünftig bitte nicht

251

mehr mit Fragen, wo deine Mutter sein könnte. Es ist mir egal, wo sie sich herumtreibt."

„Hast du die Nummer ihrer Hilfe?"

„Natürlich nicht, was soll ich damit? Kapierst du nicht, dass ich keine Rolle im Leben meiner Mutter spiele und sie nicht in meinem? Du kennst den Grund." Ich setze mich auf die Bettkante und stehe auf. Ich bin jetzt wach und wütend. Das Wort *Mutter* hat mich schon immer in Rage versetzt.

„Ich möchte nicht über deine Hirngespinste reden. Beschränke deine Fantasie auf deine Heftchen!"

Mir wird übel. Ich atme tief durch. „All das, was ich an ihrem Geburtstag gesagt habe, ist wahr, Bernadette. Tu mir einen Gefallen und schicke jemand anderen zu unserer Mutter. Und geh schlafen, bei dir muss es Mitternacht sein!"

Ich kappe die Verbindung und setze mein Handy in den Lautlos-Modus. „Und nun einen Kaffee", murmele ich und blicke auf das Foto von meinem Vater an der Wand. „Danach komme ich zu dir, Papa."

Simon Monet fährt den Rollstuhl, in dem seine Mutter schlummert, gerade aus dem Haus, als ich auf den Eingang zugehe. Er ist sichtlich überrascht. „Ah, das verschollene Mädchen ist wieder aufgetaucht. Wenn du deinen Vater holst, können wir zusammen in den Park gehen."

Ich habe mich hin und wieder gefragt, wie es sein wird, wenn ich ihn wiedersehe. Gut, stelle ich fest. Es fühlt sich richtig gut an. Und ein bisschen aufregend. „Ich hole meinen Vater", antworte ich schnell. Zu schnell, denn er grinst.

Mein Vater ist nicht im Aufenthaltsraum. Ich gehe in den Flur und sehe, dass Schwester Martha ihn gerade aus seinem Schlafzimmer fährt. „Wir haben geduscht, wir hatten einen kleinen Unfall", sagt sie. Ich verabscheue dieses *wir* von Pflegekräften.

Wir haben gerade geduscht? Haben Sie auch geduscht, Martha? Halte dich jetzt zurück, Lynn!

„Ich bringe ihn nach draußen. Frau Monet wartet schon mit ihrem sympathischen Sohn. Mit ihm würden wir hier alle gerne einen Schokoladenkeks essen", sagt sie und zwinkert mir zu.

Ich übernehme meinen Vater von ihr.

„Viel Spaß!", ruft sie mir hinterher. Ich überhöre es.

Simon hat bereits mit seiner Mutter die Bank im Park erreicht. Er nennt sie die Bank der Vergesslichen.

Mein Vater zeigt begeistert auf Frau Monet. Sie klatscht in die Hände.

„Völlig verknallt, die beiden", stellt Simon fest. Er berührt meine Hand für einen Moment. „Bist du okay, Lynn? Du siehst müde aus."

„Mir geht es gut", antworte ich. *Weil ich dich sehe*, füge ich in Gedanken hinzu. Weil ich nicht davor zurückschrecke, wie ich darauf reagiere. Weil ich das Gefühl habe, dass Benedikt das gutheißt. Weil ich weiß, dass ich nicht mehr allein sein sollte.

„Es ist so schön, dich wiederzusehen", sagt Simon.

Lynn, 20. August 2017

Ich schaue in den Spiegel und sehe eine Frau, die demnächst ein Date haben wird und nicht weiß, was sie davon halten soll. Simon holt mich übermorgen um sieben Uhr ab, er will mich in das Restaurant eines Freundes ausführen. Eine Art Grand Café, nicht exklusiv, aber mit einer guten Küche. Einmal zusammen essen gehen. Was ist denn schon dabei?

Ich habe wieder angefangen zu schreiben, aber ich kann mich nicht konzentrieren. Das Surren meines Handys hilft auch nicht. Das Display zeigt mir den Namen meiner Schwester.

Ich werde nett sein. „Hey Bernadette."

„Es muss etwas geschehen, Lynn. Ich halte das nicht aus. Als ich das letzte Mal mit ihr gesprochen habe, kam sie mir so traurig vor. Die Krebsdiagnose hat sie schwer getroffen. Sie bezweifelte, ob eine Chemotherapie noch etwas ändern kann. Vielleicht ..."

Ich halte den Atem an.

„Bist du noch da?"

„Ich bin immer noch da. Willst du mir weismachen, dass du glaubst, dass sie ... Selbstmordgedanken hat? *Mutter?* Nie im Leben!"

„Du kennst sie nicht, so wie ich sie kenne, Lynn."

„Nein, ich kenne sie ganz anders."

Ich höre sie seufzen. „Kannst du nicht damit aufhören? Sie hat gesagt, dass sie über dich grübelt. Ich habe das Gefühl, dass sie sich Sorgen um dich macht."

Ich muss mich anstrengen, nicht laut zu lachen. „Sorgen? Vergiss es! Ich kann es kaum glauben, dass sie auch nur einen einzigen Gedanken an mich verschwendet. Aber es wäre an der Zeit."

„Aber ich kann sie immer noch nicht erreichen. Schau du doch bitte mal vorbei. Tu es bitte für mich", fleht Bernadette mich an.

„Geht sie nicht an ihr Handy?"

„Nein, ich bekomme stets die Mailbox. Sie ist verreist. Das hätte sie mir gesagt, Lynn! Das stimmt was nicht. Glaub mir!"

„Okay, ich werde später mal nach ihr sehen. Es ist jetzt zwei Uhr, ich habe noch zu tun, aber in anderthalb Stunden könnte ich bei ihr sein."

„Danke. Rufst du mich danach sofort an?"

Ich verspreche es.

Ich war vor drei Tagen schon einmal in meinem Elternhaus und hatte mir vorgenommen, nicht so bald wiederzukommen. Das Gespräch mit meiner Mutter hatte mich sehr mitgenommen.

Eine junge Frau steht vor der Haustür meines Elternhauses. „Sind Sie ein Mitglied der Familie von Raaben?"

„Ich bin ihre Tochter."

Sie streckt ihre Hand aus. „Ich bin Karin, die Hilfe ihrer Mutter. Ich war heute Morgen schon einmal hier, aber sie hat die Tür nicht geöffnet. Sie hat mir nicht gesagt, dass sie heute nicht da sein würde. Ich bin wieder nach Hause gefahren, aber irgendwie spüre ich, dass da etwas nicht stimmt. Haben Sie einen Schlüssel?"

Ich sehe einen verängstigten Blick in ihren Augen. „Nein."

„Ihre Mutter ist immer zu Hause, wenn ich komme."

Mein Handy vibriert. Es ist Bernadette. „Ich stehe vor ihrem Haus, ihre Hilfe ist auch hier. Sie öffnet nicht. Weißt du, wo Mutter den Ersatzschlüssel hinterlegt hat?"

„In dem Vogelhäuschen an der Tanne neben dem Gartenhaus", antwortet Bernadette.

Ich lege auf und hole den Schlüssel. Der Widerwille, den ich dabei empfinde, macht mir deutlich, wie sehr ich es verabscheue, dieses Haus noch einmal betreten zu müssen.

„Wollen wir nicht besser die Polizei rufen?", fragt Karin, als ich den Schlüssel ins Schloss stecke.

„Ich wüsste nicht, weshalb", antworte ich.

Zum wiederholten Male ruft Bernadette an. „Wo bist du jetzt, Lynn?"

Ich lege auf und gehe ins Wohnzimmer. „Schaust du oben nach, Karin? Ich sehe mich hier unten um."

„Ich traue mich nicht." Karin redet nicht, sie quietscht.

Und das soll eine Hilfe sein?

„Okay, dann schaue ich oben nach und du hier unten!"

Alles in diesem Haus ist weiß. Selbst die Zimmer der oberen Etage.

255

Vor meinem vermeintlichen Hochzeitstag habe ich an das Gute in der Farbe Weiß geglaubt. An die Reinheit darin. In diesem Haus ist Weiß steril und ohne jegliche Wärme. Es ist die Lieblingsfarbe meiner Mutter. Steht sie nicht auch für hygienisch sauberen Sex? Bei dem Gedanken wird mir übel.

Meine Mutter ist nicht im Schlafzimmer. Weder im Gäste-, noch im Ankleidezimmer. Auch gibt es keine Anzeichen für einen Einbruch. Nirgendwo ist etwas Ungewöhnliches zu erkennen. Die Räume wirken penibel aufgeräumt.

Wieder vibriert mein Handy. *Mensch Bernadette!*

Ich drücke die grüne Hörertaste. „Du gehst mir auf die Nerven, Bernadette! Das Vögelchen scheint ausgeflogen zu sein. Ich sehe nur noch im Badezimmer nach."

Kapitel 9

Annabelle

Die Kriminaltechnik hat Fingerabdrücke auf dem Umschlag und der Notiz sichergestellt. Annabelle würde gerne erfahren, ob sie mit denen, die die Spurensicherung auf den Kärtchen der gelieferten Blumensträuße gefunden hat, übereinstimmen. Sie bekommt aber keine Auskunft darüber.

„Nicht, solang die Ermittlungen noch auf Hochtouren laufen", erklärt Kommissar Belling.

Er hat ihr auch empfohlen, vorerst nicht allein im Haus zu bleiben, jedenfalls nicht, solang ihr Mann unterwegs ist. Sie wird regelmäßig von einer Polizistin angerufen, um zu überprüfen, ob es ihr gut geht. Sie kümmert sich rührend um sie und bittet sie auch, sich umgehend zu melden, wenn ihr etwas Ungewöhnliches auffällt.

Maarten hat sofort zugestimmt, als Annabelle den Freund um eine vorübergehende Unterkunft gebeten hat. Sie ist gerne mit Maarten und den Mädchen zusammen und versteht sich auch mit Silke. Sie führen vertrauensvolle Gespräche über Hendrik, über ihre Gefühle und ihre Sehnsucht.

„Ich hoffe, dass ich schwanger bin. Dann ist Hendrik der Vater meines Kindes, Silke. Aber da sind auch noch meine Zweifel. Es ist der falsche Zeitpunkt, Hendrik meine Liebe zu gestehen. Er ist in tiefer Trauer und es gibt keinen Platz in seinem Leben für eine neue Beziehung. Noch nicht."

„Warte einfach ab, Annabelle", hat Silke ihr geraten. „Es wäre ein Zufall, wenn du plötzlich schwanger wärst, wenn man bedenkt, dass du seit einigen Jahren ungeschützten Geschlechtsverkehr mit deinem Mann hattest."

„Aber hier geht es um einen anderen Mann, Silke."

„Ich verstehe es, Annabelle. Alles wird sich zeigen."

Annabelle ist froh, dass Silke ihr versprochen hat, mit niemandem darüber zu sprechen, nicht einmal mit Maarten, und dass sie ihr Verhalten nicht verurteilt. Sie selbst hat keine Probleme damit. Solang Carsten beruflich unterwegs ist, gelingt es ihr, ihre Gewissenskonflikte beiseite zu schieben und die Schuldgefühle loszuwerden.

Wenn er wieder da ist, wird es anders sein. Aber bis dahin weiß sie, ob ein Baby unter ihrem Herzen wächst. Erst dann muss sie eine Entscheidung treffen. Jetzt noch nicht. Jetzt ist sie in dem Haus ihres besten Freundes in Sicherheit.

Der Schuhladen, in dem sie arbeitet, ist in der Nähe von Maartens Tierhandlung. Er bringt sie jeden Tag bis zur Ladentür und holt sie auch ab. Im Laden ist die merkwürdige Frau nicht mehr aufgetaucht, aber Annabelle bleibt auf der Hut. Sie geht nur gemeinsam mit Maarten jeden zweiten Tag zu ihrem Haus, um die Post zu überprüfen.

Bisher hat sie keinen Umschlag mit einem Bild auf der Fußmatte gefunden.

Und auch keinen Blumenstrauß mit einer Karte erhalten.

Lynn, 20. August 2017

Ich hasse Weiß. Es ist die Farbe des Todes. Sie ist steril und ohne jegliche Wärme. Selbst das Badezimmer in diesem Haus war weiß gekachelt.

Als ich das Bad betrete, starre ich zuerst in den Spiegel. Was ich dort sehe, gefällt mir ganz und gar nicht. Mein Gesicht blickt mir nicht gerade gelassen entgegen und mein blondes Haar ist wirr und lässt mein Gesicht noch blasser wirken, als es ohnehin schon ist. Dann schaue ich zur Seite.

Ich kneife die Augen zusammen und kämpfe mit aller Kraft gegen meine Übelkeit an, hartnäckig und verbissen, als hänge mein Leben davon ab. Ich presse die Hand auf den Mund und klappe den Toilettendeckel hoch. Keine Sekunde zu früh. Nachdem mein Magen sich entleert hat, verharre ich noch eine Weile mit dem Kopf über der Schüssel.

Als die Übelkeit verflogen ist, setze ich mich auf den Toilettendeckel und lasse meinen Kopf erschöpft gegen den kühlen Marmor der Badezimmerkacheln sinken. Nur ein paar Sekunden. Dann wähle ich Bernadettes Rufnummer.

„Was ist los?!" Bernadette ist völlig aufgebracht.

„Hier liegt eine Verlängerungsschnur."

„Was sagst du?", schreit sie in den Hörer. „Sag nicht solche bescheuerten Sachen. Ich mache mir Sorgen und du benimmst dich, als würden wir ein Spiel spielen!"

„Beruhige dich!", antworte ich. „Game over, Bernadette. Sie liegt in der Badewanne. Mit dem Heizlüfter, der an der Verlängerungsschnur hängt. Mutter ist tot, Bernadette!"

„Ruf 112 an", ruft Bernadette im Tonfall unserer Mutter. „Jetzt! Sofort! Hörst du mich? Anrufen! Und wiederbeleben!"

Erneut überkommt mich eine Welle der Übelkeit. Ich schließe die Badezimmertür.

259

Nach dem Notruf wimmelt es im Nu im Haus vor Polizisten und Kriminaltechnikern. Karin hat die Hausärztin meiner Mutter angerufen.

„Wünschen Sie ein Beruhigungsmittel, Frau von Raaben?"

Ich schüttle den Kopf.

Sie dreht sich um und spricht mit einem Polizisten. „Elisabeth von Raaben war todkrank", höre ich sie sagen. „Aber diese Tatsache hat sie kaum belastet, sondern vielmehr der körperliche Zerfall, der mit ihrer Krebserkrankung einherging. Das hat sie aus der Haut fahren lassen und so richtig wütend gemacht." Sie nickt in meine Richtung.

Der Polizist macht sich Notizen und kommt auf mich zu. „Ich habe mich Ihnen noch nicht vorgestellt." Er zeigt mir seinen Ausweis. „Lukas Belling, Kripo Maastricht. Ich leite die Ermittlungen. Wann haben Sie Ihre Mutter das letzte Mal gesehen, Frau von Raaben?"

„Ich war vor drei Tagen bei ihr. Sie war tatsächlich außer sich vor Wut. Wissen Sie, Herr Belling, meine Mutter hat alles getan, um ihren Körper in Schuss zu halten. Angefangen vom Sport, bis hin zu beliebige Schönheitsoperationen. Das Äußere hatte für meine Mutter immer einen sehr hohen Stellenwert. Sie war furchtbar eitel. Jedenfalls hat sie mich aus dem Haus geworfen, als ich ihr meine Hilfe angeboten habe. Ich bin davon ausgegangen, dass sie sich für ein paar Tage zurückziehen wollte, um wieder zu sich zu finden und in Urlaub gefahren war."

Während ich mich mit Lukas Belling unterhalte, höre ich laute Stimmen im Garten.

Ein Polizist kommt zu uns und flüstert Belling etwas ins Ohr.

Ein Kriminaltechniker hat im Gartenhaus eine Leiche gefunden.

Das Wort fällt fast unmittelbar danach und scheint eine plausible Erklärung für den Tod meiner Mutter, nachdem das Wort von der Hausärztin bestätigt wird.

Selbstmord.

Selbstmord funktioniert, wenn man in einer Badewanne sitzt, einen Heizlüfter mit einer Verlängerungsschnur hat, ihn heranzieht und ins Wasser wirft. Die Elektrizität fließt daraufhin durch den Körper und wählt den Weg zu Nervenbahnen und Blutgefäßen. Dies führt zu Schäden an Herz und Lunge, und hat katastrophale Folgen, wenn der Widerstand gering ist. Zum Beispiel den Tod.

Selbstmord durch Stromschlag. Dem Todeskampf eines aussichtslosen Leidens entsprungen. Aber auch das Entkommen einer Gejagten, die Tilda Stolte ein Messer zwischen die Rippen gestoßen und wie Dreck in ihrem Schuppen zurückgelassen hat. Die Tatwaffe steckt immer noch in Tildas Rücken und das Messer fehlt in dem Messerblock in der Küche. In der Mülltonne liegt eine blutige Bluse, die ich als Kleidungsstück meiner Mutter identifiziere. Bis jetzt kann niemand erklären, was zwischen diesen Frauen geschehen ist. Und ich werde ebenfalls schweigen. Auch über den Rest der Geschichte. Auch über die Wahrheit.

Bernadette sitzt bereits im Flugzeug und Harrys Flug geht heute Abend. Wir können noch nichts regeln, solange der Körper meiner Mutter nicht freigegeben ist.

Ich habe die Leiterin des Pflegeheims angerufen und ihr erzählt, was geschehen ist. Wir haben vereinbart, dass nur ich meinen Vater über den Tod seiner Frau informieren werde. Und dass ich entweder noch heute oder ansonsten morgen kommen werde.

Morgen habe ich eine Verabredung mit Simon, die ich mit Sicherheit einhalten werde.

Meine Mutter wird mir nicht posthum im Weg stehen.

Sie wird mich nie wieder verletzen, nie wieder zurückweisen, nie wieder belästigen, mich nie wieder quälen.

Mich niemals wieder bedrohen.

Ich kann meine Erinnerung an das letzte Gespräch mit meiner Mutter nur in Etappen zulassen.

Alles zusammen ist zu verwirrend, zu schockierend.

Nur Stück für Stück kann ich einigermaßen damit umgehen.

Lynn, 22. August 2017

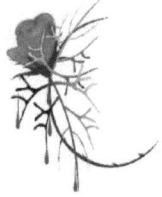

Mein Handy vibriert. Ich sehe auf dem Display, dass es Bernadette ist.

„Ich bin gerade gelandet", sagt sie. „Könntest du mich abholen, Lynn?"

Ich nehme meine Autoschlüssel und fahre zum Flughafen *Maastricht Aachen Airport*.

„Aber was genau hat Mama über ihre Gesundheit gesagt?", erkundigt sich Bernadette jetzt zum dritten Mal.

„Mama hatte Eierstockkrebs. Er wurde zu spät festgestellt, war inoperabel, weil er bereits alle Organe besetzt hat. Eine Chemotherapie hat sie abgelehnt. Mehr weiß ich auch nicht."

„Und hast du ihr sonst keine Fragen gestellt?"

„Nein, die Botschaft war deutlich."

Bernadette zündet sich noch eine Zigarette an. „Entschuldigung, ich rauche im Haus. Ich brauche es im Moment. Es stört dich doch hoffentlich nicht?"

Ich finde den Gestank von Zigaretten widerlich, aber sie kann von mir aus weiterrauchen. Sie hat ihre Mutter verloren. Ich nicht. Ich kann nichts verlieren, was ich nie hatte.

„Aber warum bist du denn noch einmal zu ihr gegangen?"

Ich habe sorgfältig über die Antworten nachgedacht, die ich auf diese Art von Fragen geben muss. „Weil sie mich enterben wollte. Sie wollte mich zwingen, auf meinen Pflichtteil zu verzichten. Sie wollte, dass ich ihr das schriftlich bestätige."

„Hast du das gemacht? Ich meine, schriftlich bestätigt?"

„Ich bin doch nicht meschugge."

„Und das hast du ihr gesagt?"

Ich winke mit meinen Händen, um den Rauch von mir fernzuhalten. „Puste bitte in eine andere Richtung, Bernadette!"

„Und dir ist nichts an ihr aufgefallen? Sie hat wirklich nichts über ihre Pläne verlauten lassen?"

Aber zuerst gehe ich baden.

„Nein", antworte ich.

Kommissar Belling hat uns einiges über unsere Mutter erzählt, aber Bernadette hat mir versprochen, dass wir nicht mehr darüber reden werden, was Lukas Belling herausgefunden hat.

Die Ermittlungen der Kripo sind abgeschlossen, den Ausführungen des Kommissars muss nichts mehr hinzugefügt werden. Die Fingerabdrücke meiner Mutter wurden auf dem Messer gefunden, mit dem Tilda getötet worden war und das Blut auf ihrer Bluse stammt ebenfalls von Tilda. Warum sollten wir uns noch weiter damit auseinandersetzen?

Es ist schlimm genug, dass die Zeitungen darüber berichten werden. Auch wenn der Name meiner Mutter nicht erwähnt wird, so werden doch viele Leute wissen, wer Elisabeth von R. ist. Wie gut, dass meine Schwester in den Vereinigten Staaten lebt und Harry wer weiß wo.

Mich interessiert es nicht, was die Leute über mich sagen oder von mir halten werden. Mit einer Ausnahme: Simon. Deshalb habe ich beschlossen, ihm heute Abend zu erzählen, was meine Mutter mir angetan hat. Mehr muss er nicht wissen. Ich schließe das Buch über meine Mutter, sie ist meine Aufmerksamkeit nicht wert.

Ich habe allerdings einen Roman angefangen. Den muss ich schreiben, weil ich die Wahrheit sonst nicht ertrage.

„Wir begraben sie im kleinen Kreis", beschließt Harry.

Er ist seit zwei Tagen im Lande und wohnt im Haus unserer Mutter. Bis heute hat er kein einziges Wort mit mir gewechselt.

Er wendet sich an Bernadette. „Kommt dein Mann auch? Und deine Kinder?"

„Nein", antwortet sie.

„Nein? Gut. Dann sind wir zu dritt. Möchtest du eine Einäscherung? Vielleicht ist das eine bessere Idee als eine herkömmliche Bestattung."

„Ich halte es für keine gute Idee, wenn unsere Mutter ein Grab bekommt, das wahrscheinlich nicht gut gepflegt wird", antwortet Bernadette. Sie sieht mich nicht an, als sie das sagt.

„Ich stimme dir zu. Sie soll eingeäschert werden. Das macht man

263

mit Hexen!", keife ich.

„Dann können wir danach die Karten verschicken", schlägt Harry vor. „Liegt ihr Notizbuch mit den Namen und Adressen noch immer in der Schublade des Beistelltisches?" Er steht auf.

Mein Herz beginnt laut zu pochen.

Ich weiß, dass es dort liegt …

„Ich hab es", ruft Harry. „Ich werde eine Mailingliste machen."

Kapitel 10

Annabelle

Maartens Töchter übernachten bei einer Freundin, deshalb sind sie mal wieder zu dritt. Dieses Mal bei Hendrik. Das Haus wirkt verlassen, es ist nur ein Geist, eine Hülle, Herz und Seele Corinnas fehlen. Es ist eher das Zusammentreffen in einem Haus, das nun von unsichtbaren, lautlosen Geistern heimgesucht wird.

Hendrik hat ein aufgedunsenes Gesicht. Er isst wenig, trinkt aber umso mehr. Annabelle versucht, die Flasche Wein so unauffällig wie möglich zu entfernen.

„Hast du immer noch Kontakt zu Kommissar Belling, Hendrik?", will sie wissen.

Hendrik sieht sie mit glasigen Augen an. „Warum? Glaubst du, dass diese Jungs etwas ändern können? Ich habe ihnen gesagt, dass ich Tim Stoltes Mutter im Nachhinein doch nicht traue. Aber es gibt keine DNA-Spuren von ihr in Corinnas Büro. Die Kriminaltechnik hat alles noch einmal auf den Kopf gestellt."

„Bei Laura auch nicht", sagt Maarten. „Ich denke, wir können eine Beteiligung von Tilda Stolte gänzlich streichen."

„Aber wer ist dann hinter uns her?", fragt Annabelle. „Eines ihrer Kinder? Hat die Polizei Tilda schon gefunden?"

„Sie wird immer noch vermisst", berichtet Hendrik. Er sieht Annabelle an. „Ist bei dir noch etwas vorgefallen? Warum wirst du nicht mehr beschützt? Treten sie nur in Aktion, wenn es Tote gibt?"

Annabelle möchte ihn für einen Moment berühren, aber sie wagt es nicht. „Ich stehe mit der Kripo in Kontakt und ich bin niemals allein. Und vorgefallen ist auch nichts mehr. Auf dem Umschlag und den Kärtchen würden ebenfalls keine Fingerabdrücke von Tilda gefunden. Wir können sie wirklich ausschließen", sagt Annabelle. „Ich fühle mich irgendwie befreit."

„Ich fühle nichts", antwortet Hendrik.

Für einen Moment herrscht eine unangenehme Stille.

Maarten weiß das von Hendrik und mir, denkt Annabelle. Sie sucht nach Augenkontakt, aber er vermeidet es, sie anzusehen. Das bedeutet, Silke hat geredet. Was für eine Sache ist das?

265

„Das Telefon klingelt", sagt Maarten. „Entschuldigt mich einen Moment. Vielleicht ist etwas mit den Kindern." Er geht in den Flur, das Handy an sein Ohr gedrückt.

Sie hört ihn reden, kann aber nicht verstehen, was er sagt. Dann ist es still im Flur.

„Soll ich mal nachsehen, wo er bleibt?"

Hendrik nickt. In diesem Moment kommt Maarten wieder herein. Er ist blass, versucht etwas zu sagen, zuckt hilflos mit den Schultern. Annabelle geht auf ihn zu. „Was ist los, Maarten? Setz dich bitte! Du bist kreidebleich."

Maarten sieht Hendrik an. Er spricht so leise, dass er ihn kaum verstehen kann. „Eine Freundin von Tilda Stolte wurde tot in der Badewanne aufgefunden. Ihre DNA stimmt mit den DNA-Spuren überein, die bei Laura und Corinna gefunden wurden. Und Tilda ... Tilda wurde auch tot gefunden. Auf dem Grundstück, das zu dem Haus dieser Freundin gehörte. Im Gartenschuppen."

„Auch tot?", hakt Annabelle nach.

„Ja, auch tot", bestätigt Maarten.

„Ich verstehe überhaupt nichts mehr", seufzt Hendrik.

Maarten hat seine Stimme wieder. „Sie sind auf dem Weg zu uns, weil sie es uns erklären wollen."

„Vielleicht kann ich dann nach Hause gehen", sagt Annabelle. „Ich möchte so gerne wieder nach Hause."

Lynn, 27. August 2017

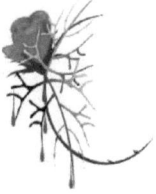

Als ich meinen Vater sage, dass seine Frau Elisabeth gestorben sei, zeigt er keine Reaktion.

Ich habe ihn in sein Schlafzimmer gebracht und sitze ihm in seinem Rollstuhl gegenüber, in dem alten Ledersessel, der einst in seinem Büro stand. Ich versuche, Blickkontakt mit ihm aufzunehmen, aber seine Augen folgen einer Fliege, die sich Zugang zum Zimmer verschafft hat.

Auf der Fensterbank liegt eine Fliegenklatsche, und ich treffe den Brummer mit einem guten Schlag. Am Fenster klebt Blut, blitzschnell habe ich eine blutige Bluse vor Augen. Ich befeuchte die Spitze eines Handtuchs und wische das Blut weg.

Als ich mich umdrehe, sehe ich, dass mein Vater gähnt.

Für meinen Vater ist seine Frau schon lange nicht mehr da, also belasse ich es dabei.

Acht Uhr morgen ist eine lächerliche Zeit für eine Einäscherung, aber mein Bruder ist der Ansicht, dass wir um diese Zeit die geringste Chance haben, neugierige Journalisten im Krematorium anzutreffen. Die Polizei hat uns vor brutalen Fragen und sensationshungrigen Menschen gewarnt, aber wir haben nicht damit gerechnet, dass es vor unserem Elternhaus nur so vor Journalisten und Fotografen wimmelt.

Harry schläft im Elternhaus, Bernadette im Hotel. Trotz der Presse sind wir unbemerkt zum Krematorium gekommen und schauen jetzt auf eine weiße Kiste. *Welch ein Hohn.*

Bernadette hat darauf bestanden, dass sie die Musik spielen, die unsere Mutter gemocht hätte. Es ist gut, dass ich das nicht organisieren musste, weil ich keine Auswahl hätte treffen können. Ich weiß nichts über die Vorlieben meiner Mutter in Hinblick auf Musik, Filme oder Bücher. Ich möchte auch nicht über die Vorlieben nachdenken, von denen ich weiß.

Wir haben darüber diskutiert, ob mein Vater dabei sein soll, weil Bernadette darauf bestanden hat.

„Ich halte das für keine gute Idee, Bernadette", protestierte ich. Ich wurde unerwartet von Harry unterstützt. „Lynn hat recht. Es wird Papa unnötigerweise belasten."

Bernadette schubst mich. „Der Sarg wird hinuntergelassen." Wir stehen auf. *Da geht sie hin.*

„Ich hätte mich um sie kümmern wollen, ich habe ihr angeboten, für ein paar Monate zu ihr zu kommen", sagt Bernadette. „Hätte ich das einfach nur getan."

Harry legt einen Arm um sie. „Sie hat ihren eigenen Weg eingeschlagen und wir werden das respektieren. Du wolltest doch auch nicht, dass sie gelitten hätte? Das wäre passiert, wenn Mutter sich nicht das Leben genommen hätte. Ich denke, Lynn sieht das auch so."

Wenn ich jetzt eine ehrliche Antwort geben müsste, würde ich sagen, dass ich ihr eine Agonie gewünscht hätte. Werde ich diesen Hass jemals los?

„So ist es, Harry", sind die einzigen vier Worte, die ich herausbringen kann.

Wir trinken im winzigen Familienzimmer des Krematoriums einen Kaffee.

Bernadette zeigt auf mein Haar. „Du lässt es wieder wachsen? Gute Idee, deine langen Haare waren immer so schön."

Ich erschieße dich gleich.

„Es gibt ein Testament", sagt Bernadette leise. „Mama hat nur Harry und mich als ihre Erben eingesetzt."

Ich habe das erwartet, aber es trifft mich nicht.

„Das Haus gehört Papa. Können wir es jetzt nicht verkaufen?", fährt Bernadette fort.

„Das ist nur möglich, wenn Dads gesetzlicher Vormund, seine Zustimmung gibt", antwortet Harry. Beide sehen mich an.

Ich habe zum Glück schon über dieses Thema nachgedacht. „Ich denke, Papa hat nichts dagegen, wenn wir das Haus verkaufen. Es ist sein Eigentum, der Erlös geht über das Erbe unserer Mutter hinaus. Aber er lebt noch, also wird das Geld auf sein Sparkonto überwiesen. Wir teilen, was davon übrig geblieben ist, nachdem er gestorben ist."

„Er kann doch nichts damit anfangen", mosert Bernadette.

„Wir teilen, wenn er tot ist", wiederhole ich, während ich aufstehe. „Ihr könnt das Erbe unserer Mutter aufteilen, soweit es mich betrifft. Aber ich werde meinen Pflichtteil beanspruchen. Ich habe damit etwas vor!"

„Was denn?", fragen Bernadette und Harry gleichzeitig und sehen mich feindselig an.

„Ich möchte euch etwas zeigen", antworte ich und hole eine Kopie des Tagebuchs unserer Mutter aus meiner Tasche, das ich vor einigen Tagen in der Schublade des Beistelltisches gefunden habe. „Ich werde meinen Anteil dem Kinderschutzbund spenden. Und ich rate euch, das auch zu tun. Sonst werde ich das Original Kommissar Belling übergeben, an die Öffentlichkeit gehen und allen erzählen, was unsere Mutter *mir* angetan hat. Und *dir*, Bernadette, und *dir*, Harry. Und Yury. Lest dieses verdammte Tagebuch! Nein, wartet! Ich gebe dir mal eine Kostprobe, Bruderherz. Dich nannte sie ein „Singularproblem". Erinnerst dich, als du einmal von zu Hause fortgelaufen bist? Hör zu, Harry!"

Mein Bruder errötet. Bernadette sieht mich entsetzt an.

„November 1980. Der Junge hat Angst. Dass er vielleicht einen Fehler gemacht hat. Er hat geweint, er kann richtig gut weinen. Er sieht dabei so unschuldig aus. Zum Anbeißen. Aber was hat er nachts auf der Straße verloren? In seinem Pyjama, wo es doch so kalt ist?

Ein Polizist hat ihn zurückgebracht, diesen Ausreißer. Da sitzt er auf dem Sofa, die kleinen Hände auf seine Oberschenkel gelegt, und reibt sie immerzu darüber. Weil es so kalt ist, sagt er.

Er lügt.

Sie kennt ihn, weiß alles über ihn.

Der Junge will nur, dass sie auf seine kleinen Beine starrt. Dass sie ihn in die Badewanne holt. Dass sie sich mit ihm amüsiert. Damit er seine Missetat sühnen kann.

Noch sträubt er sich. Er ist schwierig. Er ist ihr erstes Kind und anders, als die Nobodys vom Vrijthof.

Er ist ein von Raaben. Sie hat ihn geboren, zu ihrem Vergnügen.

Er wird sich fügen."

Ich blicke auf. Harry schnappt nach Luft. Es ist ein merkwürdiges Ringen, bei dem es ihm nicht gelingt, seine Fassade aufrechtzuerhalten. Ich sehe ihn an und sehe in meine Augen, sehe meine Qualen, sehe unsere Tränen. Dennoch lese ich weiter.

269

„Und jetzt zu Dir Bernadette. Über dich hat sie Folgendes geschrieben. *Nobody wurde bestraft. Sie hat Brandblasen bekommen. Und sie hat geweint. Das hat nicht unbedingt etwas zu sagen. Manche Tränen sind so mächtig, dass sie Dinge bewirken, die das Mädchen eigentlich nicht kann. Aber es hat „sie" verwirrt. Denn das Mädchen ist wie sie. Es hat kein Herz.*

Anfangs hat sich Nobody wie das andere Kind gewehrt, natürlich, es war doch noch so jung. Erst sechs. Das Mädchen wurde ihr in die Wiege gelegt. Sie hat es unter großen Schmerzen geboren. Nicht vergeblich. Das Mädchen hat sich als würdig erwiesen. Mit ihrem zweiten Kind hat sie eine perfekte Spielgefährtin bekommen.

Sie denkt an ihre Freundin aus den Jugendtagen. Sie treffen sich immer wieder, denn ihre Liebe hat Bestand. Sie tauschen sich aus. Auch sie hat gesiegt und zwei Kinder geboren. Sie wollen beide viele Kinder haben. Mindestens vier.

Bis dahin bemühen sie sich gemeinsam um moralische Vollkommenheit."

Ich sehe meine Schwester an. „Mutter war so feige, dass sie in ihrem Tagebuch nicht mal unsere Namen erwähnt hat, Bernadette. Harry und Yuri waren die Singularprobleme und die Mädchen ihre Nobodys. Sie und ihre Freundin nannten sich nur *Sie.*" Ich atme tief ein. „Ihr habt es gewusst. Warum habt ihr mich nicht beschützt?"

„Harry und ich haben immer geglaubt, dass sie dich verschont hätte."

„Habt Ihr mich deshalb all die Jahre so feindselig behandelt. Verdammt! Ich bin durch die Hölle gegangen", schrie ich.

Harry richtet sich aus seiner zusammengesunkenen Haltung auf. In seinen Augen lese ich unermessliche Qual. „Verzeih mir, bitte", flüstert er.

„Unsere Mutter war ein Monster, Bernadette, und du legst sie in einen weißen Sarg. Ich könnte kotzen." Ich stehe auf. „Ich halte es hier nicht mehr aus."

Draußen singen zwei Vögel. Bevor ich in mein Auto steige, schaue ich noch einmal zu dem hässlichen Gebäude.

Ob sie schon in dem Ofen liegt?

„Sie"

Nobody

Auszug aus Bernadettes Tagebuch, Sommer 1987

Ich blicke herab. Auf das Mädchen, diese Andere mit der Glatze und dem leeren Blick in seinen Augen. Ich sehe, dass es nicht anders kann als das hier geschehen zu lassen. Weil es weiß, dass Widerstand zwecklos ist.

Das Mädchen ist nicht oft allein. Auch jetzt nicht. „Sie" gönnen ihm keine Ruhe. Sie bestimmen sein Leben. Sein Körper wurde zu oft von ihnen beansprucht, die ihn als ihr Eigentum betrachteten. Sein Körper muss die Qual erdulden, geschändet und missbraucht zu werden. Es ist zu schwach sich dem zu widersetzen. Selbst seine Seele gehört ihnen.

Wenn ich diese Andere ansehe, fällt mir auf, dass sie ein hübsches Gesicht hat. Diese Andere – das bin nicht ich. Nein. Sonst könnte ich nicht auf sie hinabsehen. Ich bin jemand, der sich um sie kümmern möchte, die ihr die schwere Last von den Schultern nimmt. Jemand, der sich erhebt, um den Schmerz der Anderen zu tragen, so dass sie es nicht muss. Ich helfe ihr, wenn es ihr für einen kurzen Moment zuviel wird.

Ich sehe ein Mädchen, das gelernt hat, dass sein Körper ihm nicht allein gehört. Es hat Abstand von ihm genommen. Und nun von so vieles mehr. Es ist bedauerlich, dass es nur so funktioniert, aber das ist es, was sie ihm eingeprägt haben. Das hat es gelernt. So ist es programmiert.

Ich bin jünger als das Mädchen, aber wir kennen uns gut. Gemeinsam sind wir stärker, besser als jeder für sich allein. Bis heute.

Es hat hier schon oft gestanden, aber dann konnte das Mädchen es doch nicht. Nun sucht es die Sanftheit des Wassers. Und die Kälte, woraus es seit Ewigkeiten besteht. Als sei das Wasser der Maas immer sein Zuhause gewesen. Sein leerer Blick ist auf die dunklen Höhlen in der Tiefe gerichtet, durch die das Wasser fließt. Der Fluss wird diese Andere schützen. Er wird die Andere umarmen und gemeinsam werden sie fließen. So wird es geschehen. Eine seltsame Fügung des Schicksals, weil sie sich getrennt hat, weil sie nie nur eine Person war. Es war in der Vergangenheit manchmal leichter für sie, sich völlig von ihrem Körper zu entfernen, um nichts mehr zu fühlen.

Ich schaue auf das Mädchen hinab. Hier endet meine Behutsamkeit, meine Fürsorge. Ich muss mich nicht mehr um ihn kümmern. Es ist fast vorbei. Für das Mädchen, und deshalb auch für mich.

Ich bin „Berna", das Mädchen heißt „Dette". Im Wasser der Maas werden wir wieder eins sein. Dann sind wir nur Bernadette.

Lynn, 29. August 2017

Lukas Belling hat Bernadette, Harry und mir in meiner Wohnung seine Schlussfolgerungen aus den Ermittlungen zum Tod unserer Mutter mitgeteilt. Bei dem Gespräch bin ich besonders auf der Hut und überlege sorgfältig, was ich tue und sage. Dennoch habe ich Angst.

Eine unergründliche Kraft geht von Belling aus, aber ich muss mich auf ihn einlassen, es ist so notwendig wie das Luftholen.

„Tilda Stolte war davon überzeugt, dass die drei Freunde ihres Sohnes, den Unfalltod ihres Sohnes verschuldet hatten", beginnt er. „Aber sie vermittelte ihren anderen Kindern gegenüber den Eindruck, dass sie keine Rachegefühle gegen Tims Freunde hegte. Sie glaubten der Mutter, weil Tilda Kontakt zu einem Freund von Tim pflegte. Rückblickend hat sie aber alle in die Irre geführt. Sie plante von Anfang an ihren Rachefeldzug. Ihre Mutter half ihrer alten Freundin. Sie scheute keine rigorosen Handlungen und das wird wohl mit der schlechten Prognose ihrer Krankheit zu tun haben. Aber irgendwo muss zwischen den Frauen etwas extrem schiefgelaufen sein, mit der Konsequenz, dass ihre Mutter zuerst Frau Stolte und dann sich selbst tötete."

Belling muss eine Pause einlegen, als Bernadette hysterisch zu weinen anfängt. Harry nimmt sie eine Weile mit nach draußen auf die Terrasse.

Ich trinke währenddessen drei Tassen Kaffee, was dazu führt, dass mein Herz schneller schlägt.

Als sich Bernadette wieder beruhigt hat, fährt Belling fort. „Wir wissen allerdings nicht, warum die Partner, der an dem Unfall beteiligten Freunde, getötet wurden, aber dann plötzlich die einzige Frau aus dem Freundeskreis belästigt wurde."

„Mir fällt auf, dass nur Frauen Opfer geworden sind", wirft Harry ein.

273

Ich bleibe still und realisiere, dass ich mir selbst keine bessere Geschichte hätte ausdenken können.

„Nach dem Tod ihrer Mutter ist nichts mehr geschehen, was noch Fragen aufwirft", schließt Belling ab. „Wir bleiben wachsam, aber wir gehen davon aus, dass die Gefahr für die Freunde gebannt ist." Belling steht auf, wirft seine Lederjacke über und verabschiedet sich von uns.

An der Haustür berühren seine Finger leicht die Klinke. Plötzlich dreht er sich um und sieht mir direkt in die Augen.

Mir stockt der Atem.

„Vor einiger Zeit hat eine Frau die Tochter von Tilda Stolte aufgesucht. Sie schien mit ihrer Mutter befreundet zu sein. Aber Emma Stolte kannte sie nicht. Mit dieser Frau würde die Polizei gerne sprechen, leider ist sie unauffindbar. Gut möglich, dass der Bericht über den gewaltsamen Tod von Tilda sie so schockiert hat, dass sie sich nicht traut, sich bei der Polizei zu melden. Sie gilt nicht als verdächtig. Machen Sie es gut, Frau von Raaben."

Dann ist er fort und ich atme erleichtert auf.

Als auch Bernadette und Harry fort sind, sortiere ich meine Gedanken. Ich brauche diese Gedankentage, um das Chaos in meinem Kopf zu unterbinden. Ich denke darüber nach, was ich in den letzten Monaten durchgemacht habe, was ich getan und herausgefunden habe.

Ich weiß, dass der Tod von Laura und Corinna mich noch lange beschäftigen wird. Sie wurden unschuldige Opfer von rücksichtslosen Frauen und es ist unbestritten, dass ich für ihr Schicksal mitverantwortlich bin. Ich muss dem Schuldgefühl einen Raum geben, in dem es mich nicht zu sehr erdrückt. Aber ich werde es wohl stets bei mir tragen.

Es gibt kein Entkommen und ich kann die Schuld mit niemandem teilen.

Wirklich mit niemandem.

Lynn, 27. September 2017

Heute ist ein schöner Spätsommertag und ich habe meinen Vater in den Park gebracht.

„Es ist einen Monat her, seit Elisabeth eingeäschert wurde. Wenn Bernadette wieder nach Maastricht kommt, wird sie die Asche verstreuen. Ich werde nicht dabei sein, Papa."

Meine Kommunikation erzeugt keine Antwort, aber das erwarte ich auch nicht. Ich parke den Rollstuhl neben der Bank, stelle die Bremse fest und überprüfe, ob Papas Hemd richtig zugeknöpft ist. Dann tätschle ich sein Gesicht. „Ich habe jemanden kennengelernt, Papa. Sein Name ist Simon und ich denke, er ist ein sehr netter Mann. Ich war schon dreimal mit ihm essen, und beim letzten Mal hat er mich vor der Haustür geküsst."

Mein Vater sieht mich an. *Versucht Papa zu verstehen, was ich sage?*

Ich wische eine Fluse von seiner Nase. „Es ist das erste Mal, dass ich seit Benedikt jemanden geküsst habe. Ich hätte nie gedacht, dass es wieder passieren würde, ich dachte, ich würde es nicht wollen und nicht können. Aber es war herrlich. Ich ging danach zu Benedikts Grab und ich sagte es ihm. Ich denke, er findet das okay."

Haben Papas Augen gerade gelächelt?

„Simon ist acht Jahre älter als ich und er hat eine Tochter. Weißt du, wo er mich hinbringen will? In den Märchenwald." Meine Stimme stockt. Ich nehme seine Hand. „Er wollte nicht glauben, dass ich noch nie in einem Märchenwald gewesen bin. Er nannte das eine Bildungslücke in meiner Erziehung."

Ich lasse seine Hand wieder los. „Ich werde ihm erzählen, was mit mir passiert ist, Papa. Ich muss es an jemanden verlieren, von dem ich sicher weiß, dass er mir glauben wird. Wenn ich mit Benedikt zusammen war, stand es immer zwischen uns. Er hat stets vermutet, dass etwas nicht stimmt, aber die Worte kamen einfach nicht über meine Lippen. Es wird auch jetzt nicht einfach sein, trotzdem möchte

275

ich es Simon erzählen."

Ich drehe den Rollstuhl leicht, damit ich sein Gesicht besser sehen kann. „Ich möchte dir auch etwas sagen, Papa, etwas, das du sofort wieder vergessen darfst." Während die Worte aus mir sprudeln, wird mir klar, dass das Vergessen für meinen Vater kein großes Problem sein wird.

Ich sehe mich um. Niemand ist da, der mich sonst hören kann. „Ich wollte an jenem Abend dieses Haus verlassen und niemals wiederkommen, Papa", fange ich an.

Meine Gedanken schweifen einen Moment ab. Was wäre passiert, wenn ich mich nicht an dieser Schublade gestoßen hätte? Aber ich habe Tildas Handy, den an Annabelle Brunner adressierten Umschlag gefunden und das Tagebuch gelesen.

„Du hast doch auch stets angenommen, dass Yuri nicht einfach ertrunken ist, Papa?"

Er sieht mich verwirrt an.

„Er hatte zwei Schwimmdiplome. Hast du wirklich geglaubt, dass er einem Herzstillstand erlag? Ein gesunder elfjähriger Junge in einer fabelhaften körperlichen Verfassung? Ich wollte immer wissen, ob es stimmte, dass Yuri in der Schule gemobbt wurde und ob du wirklich mit dem Direktor und einigen Eltern von Yuris Klassenkameraden gesprochen hattest. Aber als ich anfing, mit dir über Yuri zu reden, warst du immer so traurig, dass ich bald aufgab. Ich habe deine Tränen nicht ertragen, Papa."

Ich habe immer noch den Eindruck, dass mein Vater mir aufmerksam folgte. Ist das möglich?

Ich frage mich, ob ich meinem Vater die Worte zumuten kann, die meine Mutter über Yuri geschrieben hat.

Maastricht, Mai 1993

Sie hat Yuri überredet, seine Bedenken erlegt, sie getötet, aus der Welt geschafft.

Ihr weißer feuchter Schoß, rasiert, er ist so … so weiß … vorher war er voll schwarzer Wolle. Darin wollte Yuri sich nicht verlieren. Deshalb hat sie ihn rasiert.

Er will sich immer noch nicht darin verlieren, sie da unten nicht berühren, aber dann hat er es getan. Sie hat es von ihm verlangt. Sie hat da so ihre Methoden.

Keinen Kontakt mehr ...
Er weiß nicht mehr, wo er hingehört, hat der Junge gesagt. Und dass er mit seinem Vater sprechen werde.
Das hat sie so wütend gemacht.
Ihre Lust ist zur Wut geworden.
Du bist nicht gut ... Du bist nicht gut, Mama.
Bla, bla, bla.
Nun ist dieser Junge der Feind – eine Strafe, ein Übel, ein wünschenswerter Verlust, eine Gefahr, ein drolliger Schaden, ein Fehler der Natur – in einem elfjährigen Körper.

Es war nicht schön. Yuri ist ertrunken. Das Insulin aus dem Arztkoffer seines Vaters floss in seinen Adern, die Fontäne ist eine Anklage.
Er kann nicht mit seinem Vater sprechen.
Er hat es nicht mehr geschafft.
Sie hat das nur getan, weil sie es tun musste.
Und nun ist Yuri tot.
Er hat ihr einfach nicht gehorcht.
Sie hat etwas Gutes getan.
Keine dunkle Wolke mehr.
Keine nassen Laken.
Keine Schmach.
Sie haben seinen Körper aus dem Schwimmbecken gefischt. Es steht in der Zeitung. Junge ertrank nach einem Herzstillstand. Ha!
Sie fand den Jungen bitterer als den Tod.

„Sie fand den Jungen bitterer als den Tod", flüstere ich in Gedanken. Nein, das konnte ich meinem Vater nicht sagen. Alles andere ja, aber das nicht.

„Die Frage liegt seit Jahren auf meine Lippen, Papa, aber ich habe nie gewagt, Mutter nach Yuri zu fragen, weil ich Angst vor dem strafenden Blick hatte, und den Konsequenzen danach. Ihre Augen waren stets so kalt, so falsch, so abweisend, so geringschätzig, Papa. Weißt du, dass ich Gott oft angefleht habe, dass etwas eintreten möge, dass *ich* einmal panische Angst in ihren Augen lesen könnte? Das *ich* einmal die Macht übernehmen könnte? Mein Gebet wurde erhört."

Mein Vater sieht mich mit offenen, wachsamen Augen an.

Ich zögere, aber dann fahre ich fort. „Ich habe mich gefragt, ob der

Heizlüfter, mit dem Mutter im Winter vor dem *Bad* das Badezimmer stets aufheizte, und die Verlängerungsschnur, immer noch in ihrem Kleiderschrank lagen. Als ich klein war, Papa, musste ich viele Jahre die Schnur in die Steckdose am Treppenabsatz stecken. Ich habe also nachgesehen. Der Heizlüfter war noch da, und die Verlängerungsschnur hing noch immer fein säuberlich zusammengerollt an einem Haken an der Schrankwand." Ich zitterte jetzt am ganzen Körper. „Du bist die einzige Person, der ich mich anvertrauen kann, Papa, weil du mit niemandem darüber sprechen wirst. *Sua sponte*, Papa, *eine spontane Entscheidung.* Ich habe das wirklich nicht geplant. Aber ich habe auch keine Sekunde gezögert, nachdem ich Mutters Tagebuch überflogen hatte. Mama hat uns alle nur benutzt, Papa. Selbst dich. Ich werde dir etwas vorlesen, Papa."

Maastricht, Mai 1971

„Sie hat gesiegt! Nein, es war nur ein Teilsieg."
Adrian von Raaben hat um ihre Hand angehalten. Sie werden schöne Kinder bekommen, viele schöne Kinder, denn Adrian ist ein wunderschöner Mann und zudem ein brillanter, sehr vermögender Chirurg. Sie wird ihn um den Verstand bringen, damit er seinen Samen in ihr verströmt und ihre Eizellen befruchtet. Ihre Kinder werden ihr das geben, was sie braucht. Nur deshalb wird sie sie gebären. Sie darf gar nicht an die niedlichen kleinen Hände denken, die sie einmal berühren werden, wenn sie mit ihr ein Bad nehmen. So bleibt es in der Familie und ist unverfänglicher. Es wird zu gefährlich, da draußen nach Händchen und Mündern zu suchen, die Tilda und sie befriedigen. Die Polizei sucht bereits nach den vermissten Kindern.
Sie haben ihre kleinen Körper in den vergangenen Jahren auf einem Nachbargrundstück begraben. Da wird sie vorerst niemand suchen, denn der Gärtner hat den Garten vergangenen Monat neu gestaltet. Niemand wird ihn also in den kommenden Jahren umgraben. Über jedem Körper wächst eine junge Birke.
„So schade um die Kinder", sagt Tilda und sie weiß, warum ihre Freundin das gesagt hat.
Die Kinder haben Tilda mehr geliebt als sie.
Auch Tilda wird eine gute Partie heiraten. Aber ein Sieg wird es erst dann sein, wenn sie beide ihr erstes Kind in den Armen halten.

In der Hochzeitsnacht war sie gut, aber dann hat Adrian ihre Beine

278

gespreizt. Und ihr wurde übel. Das hat sie in die dunkle Wolke gesogen.
Er ist in sie gestoßen, aber es musste sein, unbedingt.
Kurz hat sie versagt. Nur kurz.
Dann hat er sich in sie verströmt.
Es ist im Moment nur ein Teilsieg.
Vielleicht aber auch nicht.
Vielleicht ist sie schwanger ...

Ich lege das Tagebuch beiseite. Mir fällt auf, dass mein Vater seine Hände bewegt. Sie scheinen nach etwas zu suchen. Auf seinem Gesicht liegt ein Ausdruck leeren, unpersönlichen Grauens, der dämmernder Einsicht und übergreifenden Mitleids, das mir gilt. Ich rücke ein wenig näher an ihn heran. Unsere Finger verschränken sich.

„Sie hat uns nur geboren, um uns zu quälen, Papa. Bernadette und Harry haben es aus Scham verdrängt, aber das konnte ich nicht. Ich ging die Treppe hinauf, Papa, steckte den Stecker in die Steckdose auf dem Treppenabsatz und dann öffnete ich die Badezimmertür. Mutter beugte sich in der Wanne vor. Erst als ich das Gerät einschaltete, bemerkte sie mich. Sie zuckte zusammen, sah mich an, sah, was ich in meiner Hand hielt. Ich stand einfach da, in der Tür, und starrte sie an. Dann warf ich blitzschnell den Heizlüfter in die Badewanne. Er fiel ins Wasser. Ihre Arme droschen mit nutzlosen Hieben durch die Luft, aber ich achtete auf etwas anderes. Ich sah in ihre Augen, sah den verstörten Blick, sah die Angst, die Wut. Es geschah in wenigen Sekunden, aber das, worauf es ankam, das, was zählte, war dieser Ausdruck in ihren Augen. Diese unermessliche Angst. Todesangst. *Die* wollte ich sehen. Dann drehte ich mich um und verließ das Haus."

Wir bleiben still, unsere Stirnen berühren sich.

Ich zeige meinem Vater den Zeitungsartikel, will ihm einen letzten Abschnitt vorlesen. *Aber was gibt es noch zu sagen?,* denke ich und lege ihn beiseite.

Mein Vater lehnt sich zurück.

Er sieht mich wieder an, tätschelt meine Hand.

Und lächelt.

279

Epilog

Für meinen neuen Roman „Sie" habe ich, was Yuri betrifft, ein anderes Ende gewählt. Niemand muss wissen, dass meine Mutter Yuri getötet hat ...

SIE
Die Berührten – Winter 1993

Es schneit.

Es schneit dicke Flocken, die weich und lautlos niederschweben und das Grau des Maarland-Sees in ein weiches Weiß verwandeln. Das gezuckerte Maastricht gefriert allmählich zu einem mittelalterlichen Vermeer-Gemälde. In der Nähe ertönt auf dem Vrijthof das Geläut der Glocken von der Servatius-Kathedrale. Alles wirkt friedlich und rein.

Die berührten Kinder sind müde, so unendlich müde. Sie wurden in der Nacht aus ihren Betten geholt, gewaschen, „Sie" haben ihnen die Zähne geputzt, sie unter Drogen gesetzt, und die halbe Nacht mit ihnen verbracht. Jetzt ist es noch nicht mal drei Uhr nachmittags, und „sie" wollen sie schon wieder sehen. Aber die Kinder wollen das nicht mehr. Sie möchten so gern mit ihren Vätern oder Müttern darüber sprechen und ihnen sagen, dass sie „sie" nicht mehr anfassen wollen. Aber sie können es nicht. Sie schämen sich zu sehr.

Jetzt sitzen sie in ihren dünnen Schlafanzügen am Ufer des Maarland-Sees auf einer Bank. Ihre Schultern berühren sich. Sie lassen ihre Blicke über den See schweifen. Die tristen Silhouetten entlaubter Bäume starren im bleigrauen Gegenlicht auf die Kinder herab. Der Himmel drückt schwer auf die Stadt.

Sie ziehen ihre Schlafanzüge aus.

Eines der berührten Kinder trägt darunter seine Lieblingsbadehose. Ihre Zähne klappern, und ihre Finger sind schon bläulich. Aber das Frieren macht ihnen nichts aus, denn sie haben sich entschieden. Für das Glück über den Wolken.

Sie stehen auf und gehen Hand in Hand langsam mit nackten Füßen in Richtung Wasser. Dabei sehen sie nach oben und schauen den dicken Schneeflocken bei ihrem wirbelnden Tanz zu.

Die Schneeflocken sind die Boten des Himmels, hoffen sie. Ein Himmel, der bald die goldenen Pforten für sie öffnet. Dann wird es in ihren Dasein nichts Hässliches und keine Ungerechtigkeit mehr geben.

Mein Roman wird zwei Überschriften erhalten: *Nach einer wahren Begebenheit* und *Für Yuri, der die dunkle Treppe hinaufgestiegen ist, dorthin, wo warmes Licht erstrahlt. Für die Kinder, die die geballte Dunkelheit ertragen müssen.*

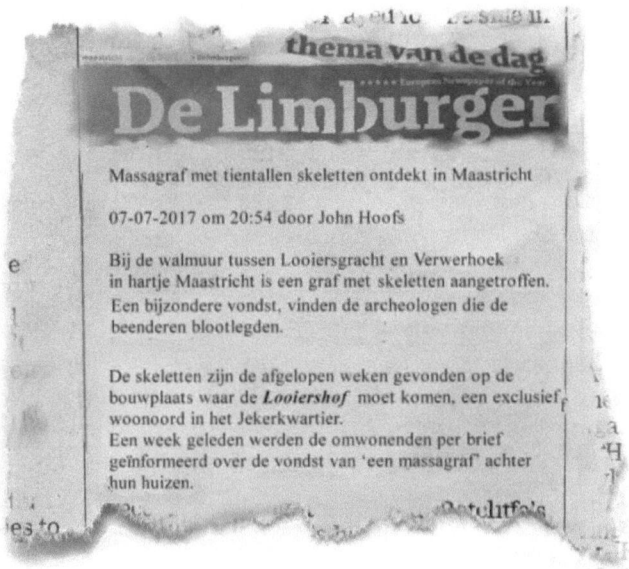

thema van de dag

De Limburger

Massagraf met tientallen skeletten ontdekt in Maastricht

07-07-2017 om 20:54 door John Hoofs

Bij de walmuur tussen Looiersgracht en Verwerhoek in hartje Maastricht is een graf met skeletten aangetroffen. Een bijzondere vondst, vinden de archeologen die de beenderen blootlegden.

De skeletten zijn de afgelopen weken gevonden op de bouwplaats waar de *Looiershof* moet komen, een exclusief woonoord in het Jekerkwartier. Een week geleden werden de omwonenden per brief geïnformeerd over de vondst van 'een massagraf' achter hun huizen.

(sinngemäße Übersetzung: An der Stadtmauer Looiersgracht im Herzen von Maastricht wurde ein Massengrab gefunden. Die Einwohner wurden über den Fund hinter ihren Häusern schriftlich informiert.)

281

Über die Autorin

Die Autorin studierte Wirtschaftswissenschaften an der Universität Maastricht. Ihr Spezialgebiet: Suspense-Thriller, Psychothriller und Romane. Bei ihrer akribischen Recherche lässt sie sich von Forensikern, Psychologen, Gentechnologen, Pathologen und Medizinern beraten.

Sie schreibt außerdem Biografien, Kurzgeschichten, Dreh- und Kinderbücher. Ihre Thriller erreichten alle die Top-Ten-Bestsellerlisten vieler Ebook-Plattformen. Die Autorin ist Mitglied im Syndikat und außerdem als Kulturredakteurin für FRAUENPANORAMA tätig. In ihrer Freizeit spielt sie Tenor-Saxophon und malt Öl auf Leinen.

Auszeichnungen und Nominierung: **2016:** Stefko, From Sarah with love: Halbfinale der Int. Writemovies Contest, Los Angeles. **2015:** Sibirien – Die aus dem Eis erwachen Finale der Int. Writemovies Contest, Los Angeles.

Weitere Romane der Autorin:
Thriller / Psychothriller: Eiskalte Umarmung, Eiskalter Schlaf, Jasper, das Böse in Dir, Tödliche Perfektion, Wintermorde, Die Behandlung des Bösen, Zeilengötter, der seinen Weg nach Hollywood fand, Wo ist Jay?, Lilith-Eiskalter Engel. Weitere Romane folgen.
Roman: Die verlorenen Zeilen der Liebe, Die Perlen der Winde.
Anthologie: Winterküsse, Nix zu verlieren
Kurzgeschichte: Sibirien – Die aus dem Eis erwachen
Mehr über Astrid Korten:
Website: www.astrid-korten.com
Facebook: www.facebook.com/Astrid Korten

282

Anmerkungen

Liebe Leserinnen und Leser,

der Deutsche Kinderschutzbund feiert 2018 sein 50jähriges Bestehen. Anlässlich des Jubiläums habe ich mich dem Thema „Missbrauch in der Familie" gewidmet.

Die Idee, das Thema aufzugreifen, begann mit einem Zeitungsartikel in *De Limburger"*, einer niederländischen Tageszeitung der Provinz Limburg, und meinen darauffolgenden Recherchen in Sachen „Missbrauch in der Familie".

Im Rahmen meiner Recherchen zu „Elternliebe" stieß ich im Netz auf folgende Aussage:
"Ich empfinde es schon als Elternliebe, wenn ich einschlafen darf und ohne Prügel aufzuwachen. Ich bin auch immer noch davon überzeugt, dass meine Mutter mich mag. Mir reicht es, das zu wissen, auch wenn es meine Mutter vielleicht nicht so sieht. Sie hat mich bestimmt als Baby irgendwann einmal im Arm gehalten und war glücklich. Das will ich glauben. Und der Moment reicht mir als Elternliebe."
Ist es nicht traurig, wenn ein junger Mensch auf die Frage "Was versteht ihr unter Elternliebe" so antwortet?

Gewalt und Missbrauch nehmen unseren Kindern jede Grundlage.

Nach Abschluss meiner Recherchen war ich erschüttert, ich habe mich gefragt, wie ich das Geschehen in einen Thriller verarbeiten kann. Viele Monate sind seitdem vergangen bis „Gleis der Vergeltung" fertig war. In den letzten Wochen vor Fertigstellung habe ich Tag und Nacht am Text gefeilt und musste erst einmal eine Pause einlegen. Missbrauch in der Familie ist eine grauenvolle Tat. Den Betroffenen, die mit mir gesprochen haben, zolle ich meinen Respekt.

Ich habe die Schilderungen der Opfer, mit denen ich gesprochen habe, wahrheitsgemäß wiedergegeben und nur die Rahmenhandlung mit Fiktion ergänzt. Der Zeitungsartikel war eine Maastrichter Ausgabe. Deshalb spielt der Thriller in Maastricht, der Stadt des Europäischen Einigungsvertrages, der Stadt von André Rieu und Dartagnan, der Stadt, in der ich Klosterschülerin war und später studiert habe.

Sexueller Missbrauch in der Familie ist nur selten ein einmaliges Vorkommnis. Häufig handelt es sich um ein Problem, von dem nicht nur ein kleiner Teil der Familie betroffen ist, sondern die ganze Familie. Nach außen hin wirken diese Familien ganz normal. Auffällig ist allerdings, dass sie sich in den meisten Fällen gegenüber der Außenwelt abschotten.

Nicht jedes Kind kann offen mit dem Thema Missbrauch umgehen. Oft ist es den Kindern peinlich über das Erlebte zu sprechen, nicht selten wird vom Täter, der in diesem Fall aus dem engsten Umfeld stammt, Druck ausgeübt, nicht über das Erlebte zu sprechen – „Das ist unser Geheimnis!" bzw. „Mama wird ganz böse auf dich sein, wenn du so etwas erzählst." (Kapitel Lynn)

Bei missbrauchten Kindern zwischen 0 und 6 Jahren zeigen sich vor allem Ängste, Albträume, Regressionen, internalisierendes und sexualisiertes Verhalten. Missbrauchte Kinder zwischen 7 und 12 Jahren leiden oft unter Ängsten, Albträumen, Schulproblemen (Lynn, Bernadette) bzw. zeigen unreifes, hyperaktives oder auch aggressives Verhalten. Im Alter zwischen 13 und 18 Jahren leiden die Kinder oft unter Depressionen. Sozialer Rückzug, Suizidneigung, Weglaufen oder aber auch Alkohol- /Drogenmissbrauch sind die Folgen (Harry und Yuri). Bei manchen in der Kindheit Missbrauchten ist keine Erinnerung als solche vorhanden, oder es ist diese nur teilweise abrufbar, etwa als „somatische Erinnerungen" an das Trauma und zu aktuellen Empfindungen wie Angst, Furcht, Ärger und Lust führen. (Bernadette).

Viele Informationen zum Thema erhalten Sie im Netz.

Eines möchte ich noch erwähnen: Ein wichtiger Faktor für die Bewältigung des Missbrauchs ist eine liebevolle und unterstützende Familie und/oder professionelle Hilfe. Eine Bewältigung gelingt besser, wenn sich das Opfer keine Mitschuld an dem Missbrauch gibt bzw. die Verantwortung ausschließlich dem Täter zuschreibt. Sollten ambivalente Gefühle im Spiel sein, ist die Verarbeitung erschwert.

Eine der wichtigsten Hilfen für das Kind ist, die Schuldgefühle zu bearbeiten und ihm glaubhaft zu machen, dass es keine Schuld an dem Missbrauch hat.

Depressionen haben die erhöhte Wahrscheinlichkeit eines Suizidversuchs zur Folge.

Herkömmliche Prävention gibt falsche Information und nicht Sicherheit („Nimm keine Schokolade von fremden Leuten", etc). Sie führt zu Vermeidungsverhalten, Verängstigung, Einschränkung der

Bewegungsfreiheit und Selbständigkeit, Verstärkung der Abhängigkeit von den Eltern, und sie bereitet geradezu den Boden für Missbrauch, denn fehlinformierte, unsichere, angepasste und abhängige Kinder sind ideale Opfer.

Sinnvolle Vorbeugung hingegen macht Kinder stark, sie versetzt sie in die Lage, sexuelle Übergriffe zu erkennen und sich dagegen zu wehren.

Passen Sie gut auf Ihre Kinder auf!

Herzliche Grüße

Astrid Korten

Verwendete Literatur: Stangl, W. (2018). *Signale und Folgen sexuellen Missbrauchs.*
http://arbeitsblaetter.stangl-taller.at/MISSBRAUCH/Sexueller-MissbrauchFolgen.shtml
https://www.dksb.de/de/ueber-uns/
http://www. hilferufe.de/zombiehead

Danke

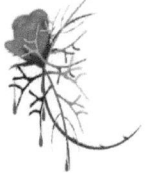

Mein Dank geht heute an meine Leser/innen, die mich am 4. Mai 2018 nach Maastricht begleitet haben, um die beschaulichen Plätze des Thrillers *Gleis der Vergeltung* kennenzulernen: Manuela Hahn, Alexandra Eichelmann, Manfred Bülow, Susanne Paraquin, Veronika Kay, Anke Bultmann, Sandra Smitt, Jeanette Lube und Andrea Grimm. Mit euch wurde unser Meet & Greet zu einer besonderen deutsch-niederländischen Begegnung. (Respekt, ihr habt alles gegessen, obwohl ihr nicht wusstest, was drin war!) Vielen Dank, dass ihr *Gleis der Vergeltung* vorabgelesen habt.

Danke an die zauberhafte Romy Onischke, die meine Bücher stets vorabliest, für ihren Humor zur späten Stunde. I love it!

Mein besonderer Dank gilt der wunderbaren Melanie Hinterreiter, ohne ihren letzten Schliff kann ich mir keinen Roman mehr vorstellen.

Kindesmissbrauch erschüttert und macht betroffen. Das Schreiben darüber ist schwer. Ich habe viele Monate zum Thema recherchiert, mit Betroffenen und Therapeuten gesprochen.

Gleis der Vergeltung wurde von meiner wunderbaren Lektorin, Christine Hochberger, Buchreif, begleitet, die sich vermutlich zum Veröffentlichungstermin auf dem Jakobsweg „die Füße vertritt". Liebe Christine, danke aus tiefstem Herzen, dass du mich immer wieder auf die richtige Spur bringst und mir meine ewigen Zweifel nimmst.

Mein Dank gilt auch der Stadt Maastricht und dem Kruisherenhotel. Beide haben einen festen Platz in meinem Herzen.

Und dann gibt es da diesen wundervollen Mann, der mich so großartig unterstützt und mir immer wieder Raum lässt für Kreativität.

Für Ihre Notizen